銀河英雄伝説３
雌伏篇

田中芳樹

己の失策で喪った親友との約束を果たすべく邁進するラインハルト。彼の元にイゼルローン要塞の前面に帝国軍の要塞を跳躍移動させ，攻略するという大計が献じられる。この大規模な作戦の指揮官には意外な人物が指名された。その裏では第三勢力フェザーンが，帝国・同盟双方で謀略の糸を張り巡らせていた。一方，ヤンは被保護者ユリアンの初陣と武勲に安堵する間もなく，査問会への出頭を命じられ同盟首都《ハイネセン》に召還される。その隙を衝くようにイゼルローン要塞の眼前に帝国軍要塞“禿鷹の城《ガイエスブルク》”が出現，“奇蹟のヤン”不在のまま，巨大要塞同士による壮絶な闘いの火蓋が切って落とされた！

銀河英雄伝説３

雌伏篇

田　中　芳　樹

創元ＳＦ文庫

LEGEND OF THE GALACTIC HEROES III

by

Yoshiki Tanaka

1984

目次

登場人物

●銀河帝国

ラインハルト・フォン・ローエングラム……帝国軍最高司令官。帝国宰相。公爵

パウル・フォン・オーベルシュタイン……宇宙艦隊総参謀長。統帥本部総長代理。上級大将

ウォルフガング・ミッターマイヤー……艦隊司令官。上級大将。〝疾風ウォルフ《ウォルフ・デア・シュトルム》〟

オスカー・フォン・ロイエンタール……艦隊司令官。上級大将。金銀妖瞳《ヘテロクロミア》の提督

フリッツ・ヨーゼフ・ビッテンフェルト……〝黒色槍騎兵《シュワルツ・ランツェンレイター》〟艦隊司令官。大将

エルネスト・メックリンガー……帝国軍統帥本部次長。大将。〝芸術家提督〟

ウルリッヒ・ケスラー……憲兵総監兼帝都防衛司令官。大将

カール・グスタフ・ケンプ……艦隊司令官。大将

ザムエル・ワーレン……艦隊司令官。大将

コルネリアス・ルッツ……艦隊司令官。大将

ナイトハルト・ミュラー……艦隊司令官。大将

ファーレンハイト……艦隊司令官。大将

アルツール・フォン・シュトライト……ラインハルトの主席副官。少将

ヒルデガルド・フォン・マリーンドルフ……宰相主席秘書官。〝ヒルダ〟
ハインリッヒ・フォン・キュンメル……ヒルダの従弟。男爵
アンネローゼ……ラインハルトの姉。グリューネワルト伯爵夫人。山荘に陰棲
エルウィン・ヨーゼフ二世……第三七代皇帝
ルドルフ・フォン・ゴールデンバウム……銀河帝国ゴールデンバウム王朝の始祖

†墓誌

ジークフリード・キルヒアイス……アンネローゼの信頼に殉ず（第二巻）

●自由惑星同盟

ヤン・ウェンリー……イゼルローン要塞司令官、駐留艦隊司令官。大将
ユリアン・ミンツ……ヤンの被保護者。軍曹待遇軍属
フレデリカ・グリーンヒル……ヤンの副官。大尉
アレックス・キャゼルヌ……イゼルローン要塞事務監。少将
ワルター・フォン・シェーンコップ……要塞防御指揮官。少将
フィッシャー……要塞艦隊副司令官。艦隊運用の達人
ムライ……参謀長。少将
パトリチェフ……副参謀長。准将

ダスティ・アッテンボロー……………………分艦隊司令官。ヤンの後輩。少将
オリビエ・ポプラン……………………要塞第一宙戦隊長。少佐
グエン・バン・ヒュー……………………ヤン艦隊の猛将
メルカッツ……………………ヤンのもとに亡命した帝国軍の宿将。中将待遇の客員提督
シュナイダー……………………メルカッツの副官。
ビュコック……………………宇宙艦隊司令長官。大将
ルイ・マシュンゴ……………………ヤンの護衛役。准尉
ヨブ・トリューニヒト……………………国家元首。最高評議会議長

†墓誌
ジェシカ・エドワーズ……………………反戦派代議員。〝スタジアムの虐殺〟で犠牲（第二巻）
ドワイト・グリーンヒル……………………フレデリカの父。軍事クーデターを首謀するも失敗（第二巻）

●フェザーン自治領
アドリアン・ルビンスキー……………………第五代自治領主。〝フェザーンの黒狐〟
ルパート・ケッセルリンク……………………ルビンスキーの補佐官
レオポルド・シューマッハ……………………亡命してきた元帝国軍大佐

ボリス・コーネフ……………………独立商人。ヤンの旧知。駐ハイネセン弁務官オフィスの一員
マリネスク……………………ベリョースカ号事務長。
デグスビイ……………………地球からルビンスキーの監視に派遣された主教
地球教大主教……………………ルビンスキーの影の支配者

注／肩書き階級等は［野望篇］終了時、もしくは［雌伏篇］登場時のものです

銀河英雄伝説3

雌伏篇

第一章　初陣

I

少年は、最初から宇宙が好きだったわけではなかった。

まだ少年と呼ばれる年齢でさえなかったころ、冬の一夜、彼は父親の肩の上で空を見あげたことがある。蒼《あお》みをおびた雪嶺《せつれい》の上に、硬く冷ややかな漆黒のひろがりを見たとき、彼はおびえて父親の首にしがみついた。無限につづく闇のなかから、目に見えない腕が伸びてきて、彼の小さな身体をすくいあげるのではないか、という恐怖にかられたのだった。

いま、父親は亡《な》い。宇宙の深淵《しんえん》への恐怖も彼にはない。あるのは、父親以上の人と、星々の大海を翔《と》ぶための翼を欲する心だ。

宇宙暦《SE》七九八年、帝国暦四八九年の一月。

ユリアン・ミンツは、もうすぐ一六歳を迎える。

自由惑星同盟《フリー・プラネッツ》軍イゼルローン駐留艦隊のうち、ダスティ・アッテンボロー少将の管轄する大小二二〇〇隻の分艦隊は、要塞《ようさい》を離れ、イゼルローン回廊を銀河帝国領の方向へ突出していた。ユリアン・ミンツもそのなかにいる。

分艦隊の目的は、最前線の警備・哨戒《しょうかい》と、新兵の大規模な訓練であった。

昨年、自由惑星同盟《フリー・プラネッツ》を揺るがした、いわゆる〝救国軍事会議〟のクーデターによって、同盟軍はすくなからぬ人的資源を消耗した。イゼルローン要塞駐留艦隊はヤン・ウェンリー提督の指揮下で多くの戦闘を経験したが、内戦終結後、その経験者たちの多くが、新増設された部隊の中核的存在たることをもとめられ、〝引き抜かれた〟のである。

熟練兵の補充は、新兵によってなされた。人数はおなじでも、戦闘力の質が低下するのは当然のことである。彼らに潜在的な能力はあっても、それを効率よく生かすためには経験と時間が必要不可欠であった。

こいつらを一人前の兵士に育成するのは容易ではないぞ――新兵を教育する立場にある者は、そう考えて前途の遼遠《りょうえん》を思いやるのがつねである。まして、イゼルローン要塞は最前線にあり、銀河帝国が軍事行動をおこすとき、身をもって第一撃をうけとめる立場にあった。しかるに、この重要な軍事拠点から熟練兵をひきぬき、未訓練の新兵をもってそれにかえるとは、同盟政府の低能どもはなにを考えているのか！

ひとしきり政府を罵倒《ばとう》したあと、イゼルローンの士官たちは目前の現実を処理にかかった。勝利の可能性を高め、彼らの生存の確率を高めるためには、一〇分の一人前の新兵どもを、せめて半人前にはしたてておいて戦闘に臨まねばならなかったのだ。

こうして新兵たちは、イゼルローンに配属されるが早いか、最初から血相を変えた教官や熟練兵の苛烈《かれつ》な訓練と叱咤《しった》に動転することになった。

「きさまら、遊ぶつもりでここへ来たのか！　役たたずのひよこどもが！」

「生き残りたかったら技倆《うで》をあげろ！　敵はお前たちのレベルにあわせてはくれんぞ」

「いいか、勝つのは強い者だ。正しい者じゃない。負けたら正義をどうこう言う資格どころか、生命まで失うんだ。このことを忘れるな」

「速く撃つより正確に撃て！　さきに発砲するのも時によりけりだ。敵に自分の位置を知らせることになる」

「反応が遅い！　もう一度、最初から！」

「幼年学校からやりなおせ！　それでよく卒業できたものだな。せめて、おしめがとれてから、ここへ来てほしかったぞ」

教官たちの声は、しだいに高く、熱をおびてくる。説明を聞きそこなったり、反応がにぶかったりした者には、容赦ない罵声がたたきつけられた。

ユリアンほど理解力と反射神経のするどさに恵まれた少年はまれであったが、それでも一度ならず怒声の洗礼をうけずにはすまされなかった。できの悪い新兵と同ていど、あるいはそれ以上に、できのよすぎる者はにらまれるのが、軍隊という特殊な階級社会の唾棄《だき》すべき欠点だった。

なぐられた者はいなかったが、それもイゼルローン駐留艦隊に所属していればこそで、ほかの部隊ならそうはいかないところである。司令官のヤンは、ほかの件にかんしては、むしろ軍律に甘いほうだったが、二点、軍人が民間人に危害をくわえること、上官が部下に私的制裁をくわえること——については、別人のように厳格に対処した。あるとき、多くの戦場で武勲をたてた士官を、降等のうえ同盟首都《ハイネセン》へ送還したことがある。一度ならず部下にたいする暴力事件をおこした男で、その能力をおしむ声もあったが、ヤンは耳をかさなかった。

「抵抗できない部下をなぐるような男が、軍人として賞賛に値するというなら、軍人とは人類の恥部そのものだな。そんな軍人は必要ない。すくなくとも、私にはね」

ヤンは大声をはりあげたりはしなかった。表情も声も、むしろやわらかい。自分の意志をつらぬきとおすときの、それは彼の癖だった。

ユリアンが軍人になりたいと希望を述べたとき、彼の保護者であるヤン・ウェンリーは、あまり好い顔をしなかった。職業選択の途《みち》はひろいのに、よりによって軍人などをえらぶことはないではないか——表情と声の双方でそう言ったものである。

ヤン・ウェンリー自身は軍人であった。それも、若くして大将の地位にあり、自由惑星同盟《フリー・プラネッツ》軍においては、統合作戦本部長クブルスリー大将、宇宙艦隊司令長官ビュコック大将につぐ制服組のナンバー3と目《もく》されている。

ユリアンが軍人を志望すれば、喜んで便宜《べんぎ》をはかるべき立場であるはずだが、ヤンは軍人を自分の天職だなどと考えてはいなかったし、ユリアンにたいしても、どうやら同様であるらしかった。だが、同時に、少年の自由意思をしりぞけるほど頑迷《がんめい》に徹することもできず、しぶしぶながら黙認している、というのが現在の情況なのである。

ヤンはユリアンの保護者であり、親権者であり、保証人であるが、それが訓練の場において

ユリアンを有利にすることはまったくなかった。むしろ、意地の悪い下士官などは、それを罵倒と皮肉のまたとない材料につかった。ヤン提督の養子だからといって甘えるなよ――なんだ、そのざまは。提督の名をはずかしめる気か――おれたちが遠慮するなんて思ったら大まちがいだ――提督に泣きついたらなんとかしてもらえると思っているんだろうが、そうはいくものか――それらの声は腹だたしいことではあったが、ユリアンの忍耐力の限界をこえはしなかった。自分がねたまれる立場にあることを少年はわきまえていた。イゼルローン要塞と艦隊のもつ雰囲気は、うたがいもなく同盟全軍のなかで最上のものであったが、それでもこの種の負《マイナス》の感情を一掃できないところに、軍隊にかぎらず、人間の集団がもつ一種のやりきれなさがあるのかもしれなかった。

Ⅱ

分艦隊の旗艦トリグラフは古代スラブ神話の軍神の名をもつ戦艦で、優雅なまでに洗練された機能美は、ヤンの旗艦ヒューベリオンをしのぐものがある。トリグラフが最新鋭艦としてイゼルローン要塞に配属されてきたとき、ヤン司令官が指揮座をこの艦にうつすのではないか、

との予測がささやかれたが、それははずれた。すると、逆に、ヤン司令官は軍艦に美しさなどの必要を認めない主義なのだ、という声があがった。

「なぜ、トリグラフを旗艦になさらなかったのですか？　あれは旗艦にふさわしい風格をもっていると思うのですが……」

参謀長のムライ少将はそう質問し、ヤンの返答を聞いて絶句した。黒髪黒目の青年司令官は言ったものである——たしかにトリグラフはみばえのいい艦だ。だからこそ旗艦にしなかったのさ。自分がそれに乗ったら、その美しさを鑑賞するわけにいかないじゃないか……。

ヤンの返答が真実であるか、という点について、ユリアンには多少の疑問がある。ヤンは乗り慣れた艦から指揮座をうつすのがめんどうくさいだけかもしれない。本質をはずれて議論したがる部下たちがわずらわしいので、意表をついた返答で彼らの口を封じてみせたのではないだろうか。そう思うのだが、意外に本気で言ったのかもしれない、という気もする。要するに、ユリアンにはまだヤンの心理を読むことはむずかしいのだ。

……そのトリグラフの艦橋で、オペレーターたちのうごきが、あわただしいものになっていた。索敵システムに、未確認艦船群の存在が捕捉《ほそく》されたのである。数は一〇〇〇隻以上。大規模な亡命者の船団という、極小の可能性を除外すれば、銀河帝国軍の艦隊でしかありえない。報告は分艦隊司令官アッテンボロー少将のもとにもたらされ、少将から各艦の艦長へ、訓練中止と第二級臨戦態勢入りの命令が伝達される。そのとき、早くも前グループの各艦は、通信電波の混乱によって、敵との接近を皮膚で感じている。

警報がひびきわたる。敵艦隊発見！　五〇分後に接触！　全員、戦闘配置！

　緊張は光の速さで全将兵の精神回路をみたした。就寝中の兵もはねおき、食堂はたちまち無人となる。新兵の場合は、熟練兵にないものがくわわっている——狼狽《ろうばい》と、未知への恐怖である。熟練兵の二倍も時間をかけて戦闘服を着た彼らは、なすべきことを知らず、廊下で右往左往したあげく、殺気だった熟練兵たちにつきとばされるていたらくだった。

「まったく、なんてことだ。おれはボーイスカウトを指揮して敵と戦わねばならんのか」

　艦内モニターを見たアッテンボロー少将は、黒い軍用ベレーの上から鉄灰色の髪をつかんだ。二九歳の彼は、同盟軍でも最年少の将官のひとりで、士官学校ではヤンの二年後輩にあたる。度量と勇気を充分にそなえた男で、一時的にとはいえ、ユリアンを彼にあずけたのは彼にたいするヤンの信頼を証明するものであろう。

　分艦隊主任参謀のラオ中佐が眉をひそめた。

「とおっしゃると、新兵や訓練生も出動を？」

「当然だ！」

　アッテンボローは叫んだ。彼らも戦うために艦隊に配属されているのであり、いつかは〝最初の戦い〟を経験しなくてはならないのである。多くの、というよりほとんどすべての新兵たちにとって、この戦いは早すぎるものであろう。だが、この期《ご》におよんで戦闘を回避するのは不可能であり、熟練兵だけで新兵を無傷のまま保護することもできない。だいいち、新兵を各部署に配置しなければ、戦闘要員の数が決定的な不足をきたすことになるのだ。

「彼らにも戦ってもらう。特等席で戦争ゲームを見物させてやる余裕はない。出動させろ」

命じながら、アッテンボローは内心で暗然とせざるをえない。新兵たちのうち幾人が、イゼルローン要塞内の宿舎のベッドに帰ることができるだろう。せめて救援が来るまで、被害を最小限にくいとめるしかない。〝勝つ〟ことより〝負けない〟ことを方針として採ることに若い指揮官は決めた。というより、それ以外の選択肢は彼にはあたえられなかったのである。


「アッテンボロー分艦隊は、回廊《かいろう》FRポイントにおいて帝国軍と接触、戦闘状態にはいれり――」


通信士官からその報がもたらされたとき、同盟軍大将ヤン・ウェンリー提督は要塞の中央指令室にいなかった。勤務時間外も職場にはりついているほど勤勉な男ではない。それでも居場所を連絡することだけはおこたっていなかったので、副官フレデリカ・グリーンヒル大尉は、植物園のベンチで昼寝をきめこむ青年司令官の姿を、ほどなく発見することができた。

「閣下、おきてください」

その声に、ヤンは顔の上にのせていたベレーに手をかけたが、そのままの姿勢で、

「なんだい」

と眠そうな、こもった声をだした。ベレーをとっておきあがったのは、副官の報告を聞き終えてからである。

「辺塞《へんさい》、寧日《ねいじつ》なく、北地、春光おそし――か。めんどうなことだな。ユリアン……」

習慣で少年を呼んだヤンは、周囲を見わたし、フレデリカの顔に視線をとめ、小さくため息をついて、黒い頭髪を片手でかきまわした。そしてたちあがると、ベレーをかぶりながら憮然《ぶぜん》として独語した。

「安全だと思ったから送りだしたんだがなあ……」

「きっと無事に還《かえ》ってきますわ。才能も運もゆたかな子ですから」

言葉の無力を充分に承知しながらフレデリカが言うと、ヤンは微妙な表情をみせた。公私混同の発言をしたと思ったのであろう。

「新兵が多く乗りくんでいる。アッテンボローもやりにくいだろう。できるだけ早く救援に行ってやらないとな」

不機嫌そうな表情と声は、どうみてもてれかくしでしかなかった。

一月二二日、イゼルローン回廊と称される細長いトンネル状宙域の帝国寄り宙点《ポイント》で、銀河帝国、自由惑星同盟《フリー・プラネッツ》両軍の偶然の衝突によって開始された戦闘は、戦略的にはおよそ無意味なものであった。

典型的な遭遇戦であったと言えるだろう。帝国軍、同盟軍、双方とも、敵がこれほど前進してきているとは思わなかったのだ。

体制のことなる二国の勢力範囲がぶつかりあう、そこは国境地帯である。双方ともに相手を対等の外交対象として承認しておらず、国境として公然と存在してはいないが、緊張と不安と敵意とが無音無形のサイクロンとして渦まく危険な宙域である。そこへむけられる目は、平和的なものでありえようはずはない。だが、それでもときとして弛緩《しかん》が訪れる。彼我《ひが》いずれの艦隊も、日常的な哨戒行動のさなかに、敵軍と接触するとは考えていなかったのだ。うかつと言えばうかつである。しかし、可能性のきわめて低い事態にたいしてもつねに万全のそなえをするほど、人間は完璧な注意力をもってはいない。

単座式戦闘艇スパルタニアンの搭乗員として戦闘服にしなやかな肢体をつつんだユリアンは、艦内放送に耳をかたむけながら、母艦の格納庫で出撃命令を待っていた。

「敵の兵力は、戦艦二〇〇ないし二五〇隻、巡航艦四〇〇ないし五〇〇隻、駆逐艦およそ一〇〇〇隻、宇宙母艦三〇ないし四〇隻と推定される」

大規模なものではないな、と、ユリアンは思った。それでも二〇万人からの将兵が搭乗し、その生命と未来を、宇宙の真空と壁一枚へだてた艦内空間にゆだねているのであろう。そのなかには、自分とおなじような初陣の者もいるのだろうか。ユリアンは、自分の周囲にいるパイロットたちを見わたした。熟練兵たちの、ふてぶてしいまでに自信をたたえた表情は、新兵たちの青白んだ顔と対照的だった。虚勢かもしれない。しかし、新兵たちには虚勢をはる余裕もないのだ。

「……ミンツ軍曹！　スパルタニアンに搭乗せよ」

管制官の声がヘッドホンをつうじて鼓膜《こまく》をうった。新兵たちのなかでは、彼が最初に名を呼ばれたのだ。

「はい《ヤー》」

と応《こた》えて、ユリアンは、316と数字を刻印された彼の専用艇に駆けよった。

氏名、DNAパターン、血液型（ABO式とMN式の二種類）、指紋、声紋、軍籍番号、階級を記録したIDカードを風防の一点におしあてる。スパルタニアンの電子頭脳がそれを読みとると、はじめて風防が開き、パイロットを迎えいれるのだ。

操縦室に身体をおちつけ、ベルトをしめ、フルフェイスのヘルメットをかぶる。電磁石によって、ヘルメットは戦闘服に密着する。このヘルメットは二本のコードによって電子頭脳に直結しており、パイロットの脳波パターンを伝える。もし脳波パターンが電子頭脳の記憶するパイロットのそれとことなる場合、低出力・高圧の電撃が彼を気絶させることになる。立体TV《ソリビジョン》の子供むけのアクションドラマとことなり、スパルタニアンが敵の兵士によって強奪され操縦されることはありえない。一機のスパルタニアンをただひとりのパイロットに操縦させるための、擬似プリンティング・システムである。

ヘルメットをつけたユリアンは、手早く機器をチェックし、機内の備品を検査した。

塩の錠剤。これは塩化ナトリウムをピンクの果糖でコーティングしたもので、濃縮ビタミン液のプラスチックボトル、ロイヤルゼリーと小麦蛋白《グルテン》の混合チューブなど、一週間は生命を保持しうる栄養補給セットの一部である。機体に亀裂《きれつ》が生じたときのための、瞬間凝固樹脂のスプレー、信号弾とそのハンド・カタパルト、さらにカルシウムの注射薬。これは、無重力状態においては人体からカルシウムが失われ、食事や内服薬によってそれをおぎなうことができないからである。これに、即効性鎮痛剤、体温低下・擬似冬眠剤、有機ゲルマニウム剤、その他の医薬品と、圧搾《あっさく》式注射器とがひとつのセットになっている。

いずれも、即死しなかったときのみ有効かつ有益な品物である。それは、同盟軍が兵士を消耗品として見てはおらず、最大限、彼らの生命を尊重しているということを、声高に宣伝しているようであった。それは、国家に貢献する死を美化することと、矛盾なしの並存が可能なのだろうか。

自分の死にたいしては、誰でも予感をおぼえるものだ——そうユリアンは聞いたことがある。真実だろうか、と思って、少年は、幾度となく死線をこえたはずのヤン・ウェンリーに、その当否を訊《たず》ねた。答えはこうだった。

「一度も死んだことのない奴が、死についてえらそうに語るのを信用するのかい、ユリアン？」

このときのヤンの手きびしさは、むろんユリアンにむけられたものではなかったが、少年は赤面してひきさがらざるをえなかった……。

「管制官どの、発進準備すべてととのっております。ご指示を願います」

形式どおりにユリアンが言うと、応答があり、「よろしい。発進ゲートに進入せよ」と指示があたえられた。

すでに一〇機以上が母艦から虚空へと躍りだしている。ユリアンの乗ったスパルタニアンは、壁づたいにゲートへとすべってゆく。壁じたいが電流によって磁力を有し、スパルタニアンの機体を吸着させているのだ。

ゲートの端にいたったとき、電流が停止し、壁面が磁力を失う。

「発進！」

スパルタニアンは母艦から切り離された。

Ⅲ

ユリアンの周囲で、世界が回転した。

少年は息をのんだ。なにごとが生じたかはわかっていた。有重力状態から無重力に移行した瞬間、上下感覚が失調し、自分のいる場所を見失ってしまうのだ。訓練で何度も経験している。しかし何度経験したところで、容易に慣れることはできそうになかった。

呼吸と脈搏《みゃくはく》が速くなり、血圧が上昇する。アドレナリンの分泌値もあがっていることだろう。頭蓋骨《ずがいこつ》の内部と外側が同時に赫《かっ》と熱くなる。心臓と胃が、それぞれべつの方向へむけて走りだすようだ。耳の奥では三半規管が反逆の歌を叫びたてている。その歌が小さく、低くなり、ついには消えて、平衡と安定がよみがえったのは二〇秒以上もたってからだった。

ユリアンは大きく呼吸し、ようやく周囲を観察する余裕をとりもどした。

戦場のただなかであった。闇と光が一瞬ごとに位置をいれかえ、たがいの領域を侵食しあっている。闇は無限の厚みと深みによって光を封じこめ、光は瞬間的な生命の解放でそれに抗しているようにみえた。

ひとつの光景がユリアンの目を奪った。味方の母艦がスパルタニアンを切り離そうとした瞬間に被弾し、もろともに爆発したのだ。膨張しきった白い光球が消えさると、あとには常闇の空虚な一部分が残るだけであった。

慄然《りつぜん》とした。よくも発艦の瞬間を狙撃されなかったものだと思う。母艦の管制官が絶妙のタイミングで発艦させてくれたことを、少年は感謝した。

死と破壊が充満する空間を、ユリアンの愛機は飛翔していった。被弾した戦艦が、引き裂かれた瀕死《ひんし》の巨体をのたうたせながら、なおも破壊をまぬがれた砲からエネルギーの束を敵にたたきつけている。操艦者を失った巡航艦の残骸《ざんがい》が、残留エネルギーのほの白い光をちらつかせつつ、ユリアンの傍を泳ぎさってゆく。ビームがきらめいて闇を灼《や》き、ミサイルの曳光《えいこう》が宙をぬい、艦艇の爆発光は超短命の恒星となって四方を照らす。いたるところで、無音のいなずまが交差している。もしこの世界に音が存在するなら、悪意にみちたエネルギーの咆哮《ほうこう》が人々の鼓膜を破り、狂気が全員を永遠の虜囚とするだろう。

突然、視界に帝国軍の単座式戦闘艇ワルキューレが一機、躍りこんできた。心臓が鼓動を一拍とばしたような思いでユリアンが見なおすと、それはもとの位置に残像をのこしただけで急速移動している。

うごきのするどさ、剽悍《ひょうかん》さが、無生物のものとは思えない。パイロットは歴戦の強者《つわもの》であろう。未熟な敵兵を前にして殺意と勝利の確信にかがやく両眼を、ユリアンは見たように思う。思いながら、少年の両手は所有者の意思をこえてうごいた。それは、スパルタニアンの機体が抗議の震動をおこすほど急激な運動だった。強烈なGの急変で嘔吐《おうと》中枢を刺激されながら、ユリアンは機体をなめそこなったハイパワー・バズーカ弾の曳光を至近に見た。

好運と呼ぶべきだろうか？　そうとしか呼びようがない。ユリアンは、自分よりはるかに練達した敵の初弾を回避したのだ。

戦闘服の下で、全身の皮膚が戦慄するのを少年は知覚した。だが、胸をなでおろす暇さえ、彼にはあたえられない。彼がやらねばならないのは、メイン・スクリーンにとらえた敵の姿を正視しつつ、同時に左右の小モニターに表示された複数のデータを読みとり、最大限の効率をもって敵の戦闘力をそぐこと。言うのは簡単だ！　スパルタニアンの設計者や教本《マニュアル》の著者は、操縦者に、昆虫のような複眼をもつことを要求しているのだろうか？　ほかのパイロットたちも、そしてワルキューレに搭乗した帝国軍の兵士も、この過重な要求に応えることでしか生き残ることができないのだろうか。そうであるとすれば、無理を承知でやるしかない。

必殺の一撃をかわされた敵は、増幅する殺意でみずからをかりたてて、再挑戦してきた。ビームが白熱した牙となって襲いかかる。だが、これも命中しなかった。はずしたのか？　それとも、はずれたのか？……

直線的なうごきは、可能なかぎりさけねばならない。宇宙空間における物体のかたちは、動であれ静であれ、円と球が基本である。

旋回——上昇——降下。見えざる球面を虚空に仮定し、その表面を可能なかぎり高速で移動する。かならずしも計算どおりにうごけたわけではないが、それがかえって敵の予測をはずす結果になった。双方が機体を擦過《さっか》させるほど至近に交錯したつぎの一瞬、ユリアンは眼下に敵の機体を見おろし、中性子ビームの発射スイッチをおしていた。

命中した！　ほんとうに？　ほんとうに！

無彩色と有彩色が視界いっぱいに炸裂《さくれつ》する。破壊された機体の破片が、光球の中心から暗黒の虚空へと吐きだされ、虹色の粒子となって宇宙の一隅を万華鏡のかがやきでかざった。

いま、ユリアン・ミンツは生涯で最初の敵を葬ったのだ。それも、おそらくは百戦練磨の敵であり、多くの味方が彼の剣先に倒れたであろうことはうたがいえない。初陣の孺子《こぞう》のために人生を中断されるなどと想像もしなかっただろう。

興奮が内側から体細胞を灼きつくすようだったが、溶岩の熱流のなかに屹立《きつりつ》する岩があるように、ユリアンの精神の一部に冷《ひ》えた部分がのこる。彼が倒した敵は、どんな男だったのだろう。妻子がいたのだろうか。それとも恋人が……？　一機のワルキューレはひとりの兵士の人生につらなり、それは無数に枝わかれしてひとつの社会の隅々までのびてゆく。

これは感傷ではない。ひとつの人生を、なんの権利もなく断ちきった者が、自分にそのときが訪れるまで脳裏に銘記しておくべきものだった。

帝国軍の各艦で、小首をかしげる者がでてきた。現在のところ、彼らは敵にたいして優勢にたっている。それは歓迎すべきことであるはずだが、いっぽうで奇妙さを禁じえないのだった。敵の戦力に、アンバランスが生じている。イゼルローン要塞の駐留艦隊は、同盟軍の最精鋭と聞くが、スパルタニアンに搭乗した敵兵は、なかば自滅のかたちで最期をとげる劣悪な技倆の所有者が多い。いかなる理由か。帝国軍の指揮官アイヘンドルフ少将はケンプ大将の麾下《きか》で、まず一級の用兵家とされていたが、このときは急進をさけ、優勢を確保しつつ慎重に戦いをすすめようとした。ヤン・ウェンリーの名が、彼に用心をさせた一面もあるが、通常の場合、賞賛されるべきこの態度は、結果として優柔不断のそしりをうけるものとなった。


　イゼルローン要塞の会議室に、幹部たちが参集している。「ヤン提督の会議ずき」などとも言われるが、それをやらなければやらないで、独断専行だの独裁的傾向だのと評されるだろう。ヤンにしてみれば、部下たちの意見が聞かれるだけ、こちらがましだろうと思いたい。

　今度の場合、可及的すみやかに援軍を送ることに異論はない。問題はその規模である。ひとわたり意見を聞いたあと、ヤンは司令官顧問のメルカッツに訊ねた。

「客員提督《ゲスト・アドミラル》のお考えは？」

　質問した者でもされた者でもなく、周囲の幹部たちのほうが、あるいは緊張したかもしれない。ウィリバルト・ヨアヒム・フォン・メルカッツは昨年まで帝国軍上級大将として、敵の禄《ろく》をはんでいた男である。帝国の権臣、若きラインハルト・フォン・ローエングラムが貴族連合軍を敗滅させた際、副官シュナイダー少佐のすすめで自殺を思いとどまり、同盟に身をよせてヤンの顧問をつとめる身となっていた。

「増援なさるのであれば、緊急に、しかも最大限の兵力をもってなさるがよろしいと小官は考えます……それによって敵に反撃不可能な一撃をくわえ、味方を収容して、すみやかに撤収するのです」

敵、という言葉を発したとき、初老のメルカッツの顔に、微かな苦渋の翳《かげ》りがみえた。たとえラインハルトの麾下であろうとも、それが帝国軍と聞けば、やはり虚心ではいられないのである。

「客員提督《ゲスト・アドミラル》のお考えに、私も賛成だ。兵力の逐次投入《ちくじ》は、この際、かえって収拾の機会を減少させ、なしくずしに戦火の拡大をまねくだろう。全艦隊をもって急行し、敵の増援が来る前に一戦して撤退する。ただちに出動準備にかかってくれ」

幹部たちは敬礼で司令官に応えた。たとえほかの面で不満があったとしても、ヤンの用兵にたいする彼らの信頼は絶対的なものである。兵士たちにとっては、もはや信仰となっていると言ってよい。それを見てから、ヤンはメルカッツに言った。

「メルカッツ提督には旗艦に同乗していただきたいのですが、よろしいですか」

メルカッツは同盟軍では中将待遇であり、本来、階級が上のヤンがこれほどていねいな口をきく必要はないのだが、ヤンは彼を賓客《ひんきゃく》として遇しているのだ。

極端に言えば、ヤンは、メルカッツがどれほど愚劣な提案をしても、全面的にそれをうけいれるつもりであったのだ。メルカッツが亡命してきたとき、その保証人となったのはヤンであった。それは彼が、敵国人ながらメルカッツに敬意をいだいていたからであるが、さらにメルカッツの同盟軍における立場を強化するため、多少の犠牲はおしまないつもりだった。

これは、ヤンが、いかに不利な戦略的状況のもとにおかれても、その条件下で最大限の成功をおさめてきたという自信がさせることであった。もっとも、過去の実績はかならずしも未来の成功を約束しはしないのだから、これはヤンの自信過剰であるかもしれない。

メルカッツの意見は、ヤンのそれと一致した。彼が正統派の堅実な用兵家であることを再確認して、ヤンはうれしく思ったが、同時にいささか恥ずかしくもある。どれほど愚劣な提案でも——などと考えたのは、用兵学の老巧な先達《せんだつ》にたいして、いかにも非礼なことであった。

いっぽうでは、ヤンはメルカッツの心情を思いやり、彼を帝国軍との直接戦闘の場にひきずりだすことはしたくないと考えていた。だが、ヤンが艦隊をひきいて出撃し、メルカッツが居残るということになれば、司令官が留守のあいだの危険を憂慮する声がかならずでてくるのである。ばかばかしい懸念《けねん》だとヤンは思うが、無視することはできない。部下にたいする配慮のバランスの問題である。メルカッツにも、ヤンと自分自身の立場はわかっている。

「承知しました」

と短く答える亡命の客将だった。

Ⅳ

ユリアンはなお激戦の渦中にある。

敵味方識別モニターに不明瞭《ふめいりょう》な発振がキャッチされたとき、反射的にユリアンは愛機を左下方へ急速移動させていた。一瞬の間をおいて、ユリアンがいた位置の空間を銀色の光条がつらぬいた。それがエネルギーを空費して消えさるより迅《はや》く、ユリアンはビームの発射位置を確認している。狙点《そてん》をさだめ、ビームを二連射した。直撃をこうむったワルキューレの機体が白熱光を球型に盛りあがらせて四散する。メイン・スクリーンの入光量調整システムが作動し、脈打ちつつ拡大する爆発光を、まるで画家のペン先が描きだすように映しだした。

「二機撃墜──」

ヘルメットのなかでユリアンはつぶやいた。自分自身で信じられない、これは戦果だった。敵を屠《ほふ》るどころか、最初の戦いと最後の戦いを一時に経験することになる新兵が、あまた存在するというのに。これは幸運のしからしめるところだろうか。否《ノー》──幸運だけであるはずがない。すくなくとも、相対的には、ユリアンの技倆が敵をしのいでいたからこそであろう。

ヘルメットのなかで、ダークブラウンの瞳がするどく、自信にみちてかがやいた。もう自分は一人前になれたのではないか、と思う。初陣で二機の敵を葬ったとあれば、ヤン提督もほめてくれるにちがいない。

あらたな敵が少年の前に出現したとき、彼は自分がおちついていることを自覚した。どんな状況にも最善の対応ができるように感じていた。

X字型の翼をもつワルキューレの中心部から閃光が湧きあがる。だが、それがまだ極小の光の点にすぎなかったとき、すでにユリアンは左へ〝跳んで〟いた。電磁砲《レール・キャノン》の弾丸は、数センチの差でスパルタニアンの機体に接吻しそこなって、超低温の空間を永遠の彼方へと飛びさってゆく。ユリアンは中性子ビーム砲のスイッチをおしたが、ワルキューレも虚空を蹴るかのような勢いで移動しており、光の槍《やり》は無窮《むきゅう》の闇をつらぬいただけだった。

ユリアンは舌打ちしたが、空撃《くうげき》に終わった無念さは、敵とても同様であろう。第二撃のチャンスを少年はねらったが、一騎討の空間に、このとき敵味方の戦闘艇が殺到してきて、視界は光と影の奔流にみたされ、ユリアンは敵手を見失った。

乱戦となった。

闖入者《ちんにゅうしゃ》にたいする怒りが、少年の胸に湧きあがる。あと二、三分の時間をあたえられれば、ユリアンの戦果にあらたな一ページがくわえられていたはずだ。彼の敵手は運がよかった——そう思ってから、急になぐられたような気がした。

ユリアンは心のなかで赤面した。自分の増長に不意に気づいたのだ。最初の戦闘において二機の敵を葬りさったということで、彼は、自分が歴戦の勇者であるかのような錯覚にとらえられていたのである。冗談ではない。つい数時間前まで、教官や熟練兵に罵倒されるのが彼の仕事ではなかったか。実戦を経験としてではなく想像の産物としてしか知らぬ未熟者ではなかったか。ヤン・ウェンリーの傍で、大艦隊どうしの会戦を至近に見たことはある。だが、そのとき判断し洞察し決断するのはヤンであり、どれほど熱心で真摯《しんし》であっても、ユリアンは責任のない傍観者であったにすぎない。だが、傍観者としてではなく、当事者として戦うということは、自分自身と、そして敵にたいして責任をもつということなのだ。

それをユリアンはヤンから学んでいたはずだった。口にだして説かれたわけではない。彼の態度から、あるべき姿を教えられたのだ。そう思い、忘れずにおこうと言い聞かせたのに、すこしばかり武勲をたてると増長してしまう。ユリアンは自分が情なかった。いっぽうには、一〇〇万の部下と一〇〇万の敵にたいして責任をはたしている人がいるのに、自分ときたら自分ひとりにすら責任をおいかねている。いつかこの距離を埋めることのできる日がくるのだろうか。ほんとうに、くるのだろうか?

思うあいだにも、ユリアンは忠実な愛機を酷使しつづけていた。敵のビームを回避し、味方の機体をよけ、その軌跡によって虚空を飽和状態にした。発砲も数十度におよんだが、守護天使が仮眠でもしているのか、それともこれが実力相応の結果であるのか、一撃すら命中させることができなかった。

そのうち、操縦盤の赤いランプが点滅しはじめた。帰投せよとの信号である。スパルタニアン本体と、中性子ビーム砲と、双方のエネルギーが残りすくなくなったのだ。一〇分後、ユリアンは母艦に着艦した。〝子守唄《ララバイ》〟と呼ばれる、母艦と搭載機とのあいだの特殊な感応システムのたまものである。整備兵が駆けよるのを見ながら管制官に報告した。

「ミンツ軍曹、帰還しました」

「よろしい。エネルギー補給のあいだ、休息を許可する。規定にしたがって行動するように
……」

あたえられた時間は三〇分である。その間に、シャワーを浴び、食事をすませ、あらたな戦闘にそなえなくてはならない。

皮膚が真赤になるほど熱い湯と、冷水とを交互に浴びて、ユリアンはみずみずしい生気にみちた皮膚をいちだんとひきしめた。服を着て食堂へ行き、食事をうけとる。盆《トレイ》の上に、プロテイン入りミルク、鳥肉のグラタン、ヌードル・スープ、ミックス・ベジタブルなどが盛られているが、胃が心身の緊張を一手に負担しているらしく、食欲がまるでなかった。ミルクだけを飲みほしてたちあがると、テーブルのむこう側で、やはりミルクにだけ手をつけていた兵士が声をかけてきた。

「そうだ、坊や、食わんほうがいい。腹を撃たれたとき、胃に食物がはいっていると、腹膜炎をおこすからな。用心にしくはなしさ」

「ええ、そうですね、気をつけます」

そうとしか、ユリアンは答えられなかった。宇宙空間における戦闘で、その種の注意がどれほど有効であるのか。ユリアンの敵手がそうであったように、一瞬で肉体が四散するのが大部

分であろう。腹部だけを撃たれたとしても、腹膜炎をおこすより早く、内外の気圧差で内臓がとびだし、血液は血管内で沸騰して脳や心臓の細胞を煮えたぎらせ、口、耳、鼻孔から噴きだす。生存の可能性などありえない。だが、死の側より一ミクロンでも生の側にちかづくために努力する義務が兵士にはあるのだ。この兵士がユリアンに教えてくれたのは、むしろそのことであったのだろう。

食堂をでたとき、二五分が経過している。五、六人の兵士を乗せた飛行甲板行きの電気自動車が発車しかけるのに走りよって身軽にとびのり、三分ほど走ったところでとびおりた。

すでに再発進の準備がととのっていた。足早に愛機に歩みよりながら、ユリアンは手袋をはめた。整備兵たちから声がかかった。

「坊や、がんばれよ、死ぬんじゃないぞ」

「ありがとう」

応えながら、いささか複雑な気分になる。

〝坊や〟と呼ばれるような年齢のうちには、やはり死にたくないものだ。

二度めの発艦はうまくいった——最初のときに比較すれば、の話だが。

それでも母艦の重力制御システムの保護を失った瞬間に襲いかかってくる上下感覚の失調からは、一〇秒ほどで脱却することができた。

暗黒の花園に、爆発光と条光の花が咲き乱れている。そのすべてが、人間が殺人と破壊にささげる情熱の証《あかし》だった。そして空費された情熱の残滓《ざんし》が、エネルギーの無秩序な波濤《はとう》となっておしよせ、小さなスパルタニアンの機体を翻弄《ほんろう》するのだ。

全体の戦況はどうなっているのか知りたかったが、電磁波や妨害電波が見えざる波濤で戦場をつつむ現在、通信機能をたよるべくもない。各種の信号と、いささか滑稽《こっけい》ではあるが、通信カプセルを積んだ連絡ボートによって、艦隊の有機性はどうにか保持されている。これが地上戦になると、味方どうしの連絡には、伝令や、ときには軍用犬や伝書鳩までもちいられることがあり、戦場の様相は二〇〇〇年ちかくも歴史を逆行することになる……。

いずれにせよ、味方が優勢だとは、ユリアンは思わない。アッテンボロー少将は有能な指揮官だが、今度の戦いでは、部下が少将の意思どおりうごかない。否、うごけない。ユリアンのような少数の例外をのぞいて、新兵たちは、敵にとって血なまぐさいカーニバルの絶好の供犠《くぎ》となっているだろう。ユリアンとしては、せめて、彼の母艦アムルタートの無事を祈るしかなかった。アムルタートとは〝不死〟を意味する語だというが、ぜひそうあってほしいものだ。

そう考えた瞬間、ユリアンは愕然とした。自分と愛機の眼前に巨大な壁がたちはだかっている。無意識のうちに愛機を急上昇させなかったら、その壁に激突し、のぞまない死を強制されていたにちがいない。

巡航艦《クルーザー》であった。戦艦にくらべれば小さいが、逆にスパルタニアンにくらべればうごく城砦《じょうさい》とし《さい》か形容のしようがない。それは金属と樹脂と結晶繊維の幾何学的な合成品であり、殺人を目的とした工業技術が産みおとした、手で触れることの可能な蜃気楼《ミラージュ》だった。たったいま、その火力によって同盟軍の巡航艦を火球に変え、勝ち誇っていた。

うかつにうごけないことを、ユリアンはさとった。巡航艦の主砲に直撃されれば、苦痛を感じる暇もなく、この世から消失してしまう。それは、あるいはもっとも理想的な死のかたちであるかもしれないが、その途をえらぶ意思はユリアンにはなかった。少年は愛機の速度を巡航艦に同調させ、その外壁から三メートルほどの距離を慎重にたもった。巡航艦の発するエネルギー中和磁場に接触せんばかりである。

外壁に設置された砲塔のひとつが、急速旋回を開始したが、砲口がさだまらない。ユリアンは索敵システムに一時は発見されたのだろうが、いまはその内側の死角に潜入してしまったのだ。巡航艦としては、同格の敵を屠っているあいだに、とんでもない格下の小敵に懐にとびこまれてしまったわけである。しかも、索敵が肉眼にによらないだけに、こざかしい小敵が密着しているか、あるいは逃げさったか、判断に苦しんでいた。

ユリアンは待った。なんらのアクションもおこさず、心臓の鼓動だけを伴侶《はんりょ》として、敵の判断の天秤《てんびん》が楽観の側に傾くのを待った。無限の数瞬のあと、巨大な敵の背面が小さく割れ、銀灰色の光子ミサイルが浮上して、悪意にみちた半球型の先端部を同盟軍の駆逐艦にむけた。ユリアンは呼吸をとめた。発射の直後、ミサイルが内側から磁場を突き破ったその一瞬、ユリアンは無形の隠れ家から躍りだし、中性子ビーム砲を撃ちこんだ。急上昇する。背後で光の塊が炸裂し、エネルギーの怒濤がスパルタニアンを高々とすくいあげ、放りだし、またすくいあげた……。

V

「巡航艦レンバッハ、破壊されました」

オペレーターの報告は、往々にして指揮官に不快感をいだかせる。無機的なまでにおちついていても、ヒステリックな危機感にみちていても、それぞれことなるかたちで、指揮官の神経回路を撹乱するのだ。それがどうした、と、オペレーターにむかって怒号してやりたくなるのである。誰にも判断と決断をゆだねることのできない指揮官の孤独が、その責任のない者にたいしていだかざるをえない感情なのであろう。このとき、ユリアンの武勲を、味方の被害というかたちで報告した帝国軍のオペレーターのひとりは、

「よけいな報告をするな！」

という理不尽な怒声と殴打によってむくわれたのだった。彼もまたユリアンの被害者と称してよいかもしれない。

だが、同盟軍のアッテンボロー少将にも、それと同質のいらだちがある。彼は指揮官として卓越した素質を有していたが、〝ボーイスカウトの集団〟を指揮する困難さが、自分にかわって責任をとってくれる者の存在をもとめるのである。

彼にとっては、帝国軍のアイヘンドルフ少将の慎重すぎる態度は、意外な救いだったが、同

時にそれは味方の致命的な弱点がいつ暴露されるかという危惧《きぐ》を、ゆるやかに、だが確実に高めていくことにもなった。たえがたい圧迫感にたえつづけていたアッテンボローは、スクリーンを悠然と横ぎった僚艦を見て、おや、という表情をし、副官に訊ねた。

「あれは、たしかユリシーズだな」

「はい、戦艦ユリシーズです」

その名を耳にして、少将の若々しい顔がほころんだ。激戦のさなかであっても、死滅したわけではないユーモアの感覚が刺激されるのである。ユリシーズはイゼルローン艦隊でも有数の〝闘士艦《ファイター・ウォーシップ》〟であり、参加した戦闘の数と、樹立した武勲の数は僚艦のほとんどにまさる。にもかかわらず、その名を語りその名を聞く人々が笑いを誘われるのは、ユリシーズが〝トイレをこわされた戦艦〟として知られているからであった。それは事実ではないのだが、人は散文的な事実より、彼ごのみの化粧をほどこされた虚構を、はるかに好ましく思うものだ。それが先方にとって、いかに迷惑であったとしても……。

「ユリシーズの武運にあやかりたいものだな。みんな、かっこうが悪くてもいい、生き残れよ！」

艦橋内に笑い声があがり、一瞬ではあったが、なごんだ空気が流れた。ユリシーズの搭乗員たちにとっては不本意であるだろうが、その名は将兵の緊張をほぐし、心身を再活性化するのに、たしかに有効だったのである。

戦闘開始後、すでに九時間を経過していた。その間に、ユリアンは四度、母艦アムルタートから出撃している。三度めの出撃では、一機一隻の戦果もなかった。味方のスパルタニアンがつぎつぎとワルキューレの銃火の好餌《こうじ》となり、双方の生存機数に差ができたためであろう。二機のワルキューレに同時に襲いかかられ、死力をつくして逃げまわらなければならなかった。ユリアンが、最初から無益な反撃を断念して逃走に徹したこと、二機のワルキューレが獲物をあらそって個人プレイにはしり、相互の協力を欠いたこと——このどちらの条件が欠落しても、ユリアンの生命はなかったであろう。むしろたがいに邪魔をしあう二機のワルキューレをふりきり、かろうじて母艦の胎内に逃げこんだとき、ユリアンはしばらく操縦席に突っ伏したまま、声をだすこともできなかった。

そして四度めの出撃だが、これは正確には、被弾した母艦からの脱出だった。〝不死《アムルタート》〟はその名に背《そむ》いて、核融合弾の餌食となり、中央から二つに折れたあと、それぞれ爆発四散したのである。巨大化する火球にのみこまれかけて、ようやく虚空に脱出したユリアンは、眼前にあらわれたワルキューレを、一瞬の数分の一の差で撃ち砕いた。火球を背にしたため、敵の索敵能力がいちじるしく低下したのだ。勝利はえたものの、母艦での補給が不完全だったため、エネルギーがほとんど底をついていた。ユリアンはダークブラウンの瞳を絶望に曇らせてモニターを見やり、息をつめて凝視し、神経質な笑い声をあげた。イゼルローン要塞の方角から無数の光点があらわれ、急速に拡大して光の壁となった。

「援軍が来た！　援軍が来たぞ！」

戦艦トリグラフの艦橋では、通信士官が飛びあがって叫んだ。この場合、多少おおげさな反応をしめすのは、彼らにとってむしろ義務である。事実によって味方の士気《モラール》を鼓舞《こぶ》するのだ。

効果は、みごとなものだった。歓声があがり、無数の軍用ベレーが宙を舞う。味方に連絡し、同時に敵に知らせてやるため、傍受されることを充分に予期した電波が、同盟軍の通信回路をかけめぐった。

いっぽう、衝撃をうけたのは帝国軍である。各艦のオペレーターたちが蒼白《そうはく》になってモニターに見いり、悲鳴まじりの報告が指揮官たちを凝固させた。

「一万隻以上だと？　それでは勝負にならん」

うめき声を発する彼らの脳裏に、〝退却〟の文字が点滅していた。有利不利を計算する理性と、解答が不利とでれば退却するだけの柔軟さを、彼らは失ってはいなかった。彼らの援軍も遠からず到着するだろうが、敵ほどの大兵力ではなく、まず彼ら自身が敗滅したのち、援軍も各個撃破の犠牲者となるであろうことは確実であった。アイヘンドルフはみずから模範をしめして退却をはじめた。

「敵は戦意を喪失して逃走にうつっております。追撃しますか？」

戦艦ヒューベリオンの艦橋で、副官フレデリカ・グリーンヒル大尉が、黒髪の司令官に指示をあおいだ。

「いいさ、逃がしてやろう」

ヤンは答えた。帝国軍を退却させ、味方を救えば、出動の目的は達せられるのである。戦意のない少数の敵をおいつめて壊滅させても戦略的に無意味であるし、用兵家としての快感がもたらされるわけでもない。そもそも、大兵力をととのえる理由のなかばは、戦わずして敵を威圧することにあるのだから。

「では、乗艦を破壊された味方を収容し、修復を応急にすませしだい全艦隊帰投、そういうことでよろしいでしょうか、閣下」

「けっこう。ああ、それと、今後のためだ、監視衛星と電波中継衛星をいくつか、このあたりに配置しておいたほうがいいだろうな」

「はい、すぐに手配いたします」

きびきびと司令官の指示を実行するフレデリカに、メルカッツがおだやかな賞賛の視線をむけた。これほど有能な副官は、彼の長い軍歴でも、そう記憶に多くはない。

「それから、ユリアン・ミンツ軍曹は……」

あらたな報告をするフレデリカの視界のなかで、ヤンの身体がつくる輪郭《りんかく》は心もち硬直したようである。

「……無事、生還しました」

肩から力をぬいたヤンを、温かさをこめて見ながら、フレデリカはつづけた。

「彼の戦果は、ワルキューレ三機撃墜、そして巡航艦一隻を完全破壊、以上です」

「巡航艦を破壊？　初陣でか」

声をあげたのはヤンではなく、新兵たちの訓練の成果を見たいと称して乗りこんでいた要塞防御指揮官ワルター・フォン・シェーンコップ少将である。ユリアンにとっては射撃と白兵戦技の師にあたる男だ。フレデリカがうなずいて肯定すると、彼は愉快そうに両手を打ちあわせた。

「こいつはおどろいた。天稟《てんびん》というやつだな。おれの初陣だってこんなにはでじゃなかった。この将来《さき》、どれほどのびるか、すえおそろしい気さえする……」

「なに、たんに一生ぶんの好運をまとめて費《つか》いはたしただけだろう。これで戦いを甘くみるようになったら、かえって本人のためにならない。真に器量が問われるのはこれからだ」

厳格な指導者兼教育者らしい態度でヤンは言ったつもりだったが、フレデリカやシェーンコップの表情を見ると、成功したとはとても言えないようだった。無理をしなくてもよいのに、と、彼らの表情は語っていた。


……こうして、ユリアン・ミンツは、初陣を終えて生き残ったのである。

第二章　はばたく禿鷹《ガイエ》

I

イゼルローン回廊においておこなわれた宇宙暦《SE》七九八年、帝国暦四八九年一月の戦闘は、規模としては大きかったが、たんなる国境紛争で終わるはずであった。

同盟軍の責任者であるイゼルローン要塞司令官ヤン・ウェンリー提督は、戦闘を拡大しようとせず、さっさと艦隊を要塞内に収容してしまっている。

帝国においては、この方面の警備責任者カール・グスタフ・ケンプ提督が、敵を撃滅できなかったことを帝国軍最高司令官ラインハルト・フォン・ローエングラム元帥に陳謝したが、

「百戦して百勝というわけにもいくまい。いちいち陳謝は無用である」

と、一言でかたづいてしまった。

帝国宰相でもあるラインハルトは、内政の整備と、自己の権力基盤の充実とに、かなりの精力と時間をさかねばならず、国運を賭けての大会戦ならともかく、戦略的にも外交的にも意味の小さい、局地的な一戦闘の勝敗などにこだわってはいられなかったのである。

二二歳を迎えたラインハルトは、生来の華麗な美貌《びぼう》に、憂愁の翳りと支配者としての威厳をくわえて、半神のような趣《おもむき》すらある昨今だった。兵士たちにとって、信仰と同質の畏敬《いけい》をささげるにたる存在であったが、その理由のひとつは彼の生活態度にあった。

姉アンネローゼが去ったあと、ラインハルトはシュワルツェンの館をひきはらい、官舎のひとつにうつり住んだ。高級士官用の官舎ではあったが、二五〇億の人民と数千の恒星世界を支配する権力者の住居としては質素すぎるものであった。書斎、寝室、バスルーム、居間、食堂、キッチン、従卒用の個室——それですべてである。庭の一角に、警護兵用の宿舎が建てられはしたが。

「帝国宰相ともあろうおかたが、これでは質素すぎる。豪奢《ごうしゃ》にとは言わぬが、いますこし、権威を示されるべきではないか」

そういう声は当然ながらラインハルトの周辺にあったが、彼はそれにたいして冷淡に微笑しただけであった。

物質的な欲望にとぼしい点で、ラインハルトとヤン・ウェンリーは軌を一にしている。彼がもとめてやまないものは、地上の権力と栄光であったが、それはかたちとしてあらわれないものであった。権力は、むろん、物質的な充足を約束するものである。その意思さえあれば、ラインハルトは、大理石の宮殿に住み、部屋ごとに美女をかかえ、黄金と宝石に腰まで埋まって生きることができるが、それではルドルフ大帝の醜悪な戯画《カリカチュア》を演じるだけのことだ。ルドルフは、手にいれた強大無比な権力を、目に見えるかたちにせねば気がすまない男だった。壮麗をきわめる新無憂宮《ノイエ・サンスーシー》、広大な荘園と猟園、無数の侍従と女官、絵画、彫刻、貴金属、宝石、専属の楽団、近衛兵、巡幸用の豪奢な客船、肖像画家、ワイン醸造所……最高のものを彼は独占した。貴族たちは彼の周囲にむらがって、彼が大きな手から投げあたえるものをおしいただいた。彼らは、ある意味では分《ぶん》をわきまえた人間たちであり、歴史上はじめて全人類にたいする専制君主となった巨人にたいして、奴隷というよりは家畜のごとく従属したのだった。彼らがルドルフにむかって尻尾をふらなかったのは、たんにそれが彼らの肉体についていなかったからにすぎない。ルドルフは、たびたび後宮《ハレム》の美女を廷臣《ていしん》たちに下賜した。彼女たちには、荘園、爵位、宝石などが付属しているのがつねであったから、廷臣たちは嬉々《きき》としてそれをうけ、皇帝陛下の恩寵《おんちょう》をたまわったことをほかの貴族に自慢するのだった。

このような精神の腐食は、現在のところ、ラインハルトとは無縁だった。彼が創造性と進取性に富んだ為政者ではない、ということを論証できる者は存在しなかった。――たとえ、どれほど彼を嫌っていたとしても。

「体制にたいする民衆の信頼をえるには、ふたつのものがあればよい。公平な裁判と、おなじく公平な税制度。ただそれだけだ」

この発言は、ラインハルトが戦争の天才であると同時に統治の天才でもあるゆえんをしめすものだった。たとえそれが個人的な野望から出発したものであったとしても、民衆がのぞんでいたものはまさにそれだったのだ。

ラインハルトは、公平な刑法および民法の制定と税制度の改革をおしすすめるとともに、旧大貴族の所有していた広大な荘園を農民に無償であたえ、荘園の農奴も解放した。ブラウンシュヴァイク公の陣営に属して滅亡した多くの貴族の邸宅が、病院や福祉施設として平民に開放され、貴族たちが秘蔵してきた絵画、彫刻、陶磁器、貴金属細工のたぐいは、公共の美術館にうつされた。

「……美しい庭園は身分いやしき者どもの土足に踏みにじられ、厚い絨毯《じゅうたん》には泥靴の跡がつき、汚れた不潔な子供たちが、高貴な者のみ寝《やす》むことを許された天蓋《てんがい》つきのベッドに、寝よだれの痕《あと》をつけている。いまや、かつては偉大であったこの国は、美と高貴さを理解しえない半獣人どもの手中にある。願わくば、この醜態と惨状が一夜の悪夢にすぎぬことを……」

特権と富を奪われた貴族のひとりは、怒りと憎悪をペン先にこめて日記をつづった。今日までの彼のゆたかな生活が、〝身分いやしき者ども〟の労働と犠牲にささえられた不公正な社会体制の産物であったことなど、この貴族は考えようともしなかったのだ。そして、その無反省が彼ら自身の足もとを掘りくずし、彼らを転倒させたのだということも。

このように、過去の光をのみなつかしむ人々が敵であるかぎり、ラインハルトはおそれる必要がなかった。彼らがなしうるのは、反社会的な陰謀とテロでしかなく、それが貴族過激派以外の支持と支援をえられるはずがなかったからである。

いま、民衆はラインハルトの味方であり、敵意と復讐心にみちた彼らの目が、旧貴族たちをきびしく監視していた。無形の檻《おり》に、かつての彼らの支配者たちは閉じこめられている。

ラインハルトは財政や法体系だけでなく、行政組織にも容赦のない改革の手をのばしていた。

民衆支配・思想弾圧の政策実行機関として悪名高かった内務省社会秩序維持局は、五世紀ちかい歴史に終止符をうった。局長ハイドリッヒ・ラングはオーベルシュタインの監視下におかれ、思想犯や政治犯は、急進的な共和主義者とテロの実行者をのぞいて、すべて釈放された。発禁処分をうけていた、いくつかの新聞や雑誌も再刊を許可された。

貴族を対象とした特殊な金融機関が廃止され、解放農奴に営農資金を低利で貸しつける〝農民金庫〟が新設された。〝解放者ラインハルト〟〝改革者ラインハルト〟を賞賛する民衆の声はうねりを高めるいっぽうだった。

「ローエングラム公は戦争だけでなく、人気とりもたっしゃなものだな」

開明派の要人として、ラインハルトの改革を手助けするカール・ブラッケが、同志のオイゲン・リヒターにそうささやいた。

「そうだ、人気とりかもしれない。だが、旧体制の貴族どもは、人気とりすらやらなかった。一方的に民衆から搾取するだけだった。それにくらべれば、これは前進であり向上であることはまちがいない」

「だが、民衆の自主性によらない前進が、前進の名に値するだろうか」

「前進は前進だ」

リヒターの声には、ブラッケの教条性にたいするかすかないらだちがひそんでいる。

「たとえ上からの強権によってうながされたものであっても、ひとたび民衆の権利が拡張された以上、ひきかえすことはできない。現在のところ、吾々《われわれ》にとって最善の道は、ローエングラム公を擁《よう》して改革を推進することだ。そうではないか？」

ブラッケはうなずいたが、その表情には、満足と納得以外のなにかがあった……。

Ⅱ

帝国軍科学技術総監の地位にあるアントン・ヒルマー・フォン・シャフト技術大将は、工学博士と哲学博士の学位をもつ五六歳の男である。頭部ははげあがっているが、暗赤色の眉とひげはふさふさとしており、鼻は赤みをおび、全身、栄養のよい乳児のようにつやつやとして肉づきがよく、一見、ビアホールの亭主を思わせる。

だが、眼光はビアホールの亭主のものではない。この技術大将は、軍事科学者としての研究開発能力もさることながら、上司をおいおとし、同僚を抜きさり、部下を抑えつける才能と闘争心によって、今日の地位をきずきあげたのだ、と噂されていた。彼の野望は、艦隊指揮官でも作戦参謀でもなく、軍事科学者として歴史上はじめて〝帝国元帥〟の称号をえることにある、とも言われている。

そのシャフトが元帥府のビルを訪問したとき、ラインハルトは午前中の執務を終えて昼食をとっていたが、客の名を告げられて不機嫌な表情をつくった。六年来、科学技術総監部のボスとして君臨しながら、指向性ゼッフル粒子をのぞいてはさしたる業績もあげず、悪い意味での政治力を駆使して地位と特権を維持しているこの"科学屋"を、ラインハルトはけっして好いてはいなかったのだ。

一度ならず、ラインハルトはシャフトを更迭《こうてつ》して科学技術総監部の陣容を刷新《さっしん》することを考えた。だが、この六年間で、シャフトの競争者と目される人物はことごとく中央からおわれており、総監部の主要ポストはシャフト閥《ばつ》によって独占されていた。シャフトを更迭し、その派閥を整理することはできるが、当面、組織の運営面にすくなからぬ障害がでることは確実である。くわえて、シャフトは以前から大貴族一辺倒ではなく、ラインハルトにたいして協力をいとわぬ姿勢をしめしてもいた。

ラインハルトとしては、シャフトを切り捨てたいが、さしあたりそうすべき理由が見いだせないでいたわけである。ラインハルトは、シャフトにかわる人材をひそかに探させるいっぽう、シャフトが大きな失敗をするか、公私混同のスキャンダルがあきらかになるか、しばらくはそれを待つつもりだった。また、シャフトひとりの処分に専念していられる状態でもなかったのである。帝国の状況は、ラインハルトの才能の建設的な面を必要とすること、切実なものがあった。

その日も、午後から内政関係の高官数名と会い、旧貴族領の地権、徴税と司法警察にかんする惑星レベルの権限規定、中央官庁の組織再編など、繁雑ないくつかの問題について説明を聞くことになっていた。それらは帝国宰相としての職務なので、昼食後、元帥府をでて宰相府におもむかねばならない。ラインハルトが一言いえば高官たちは元帥府へやってくるのだが、この若者は潔癖なのか頑固なのか、そのような点で楽をすることを拒否するのである。

「会おう、ただし一五分間だけだ」

だが、ラインハルトの予定はくるい、高官たちは宰相府で若い権力者に待たされることになった。ラインハルトの心をとらえるべく、シャフトは熱弁をふるったのだ。

「……つまり、イゼルローン要塞の前面に、それに対抗するための拠点となるわが軍の要塞を構築するというのか」

「さようです、閣下」

おもおもしく、科学技術総監はうなずいた。あきらかに賞賛を期待していたが、彼が若い帝国宰相の秀麗な顔に見いだしたものは、にがにがしい失望の色であった。わずか一五分でも、時間を浪費したと言いたげなラインハルトである。

「構想としては悪くないが、成功するにはひとつ条件が必要だな」

「それは？」

「わが軍がそれを構築するあいだ、同盟軍の奴らがだまってそれを見物し、けっして妨害しない、という条件だ」

科学技術総監は沈黙でラインハルトにむくいた。返答に窮しているようにみえる。

「いや、総監、そいつは魅力的なアイデアではあるが、実際的とは言いがたいな。改良すべきを改良したうえで、いずれあらためて提案してもらうとしよう」

ラインハルトはしなやかな動作でたちあがりかけた。これ以上、この尊大で不快な男に対面していると、神経がたかぶって、罵声のひとつもあびせてやりたくなりそうだった。

「お待ちください。その条件は不要です。なぜなら私の思案は……」

科学技術総監は演技力たっぷりに声を高くした。

「すでに構築された要塞を、イゼルローン回廊まで移動させるというものです」

ラインハルトの視線は、自信を練りかためたようなシャフトの顔を正面から射とおした。蒼《アイ》氷色《ス・ブルー》の瞳に、興味の影がゆらめいた。彼は浮かした腰をふたたびソファーにおちつけた。

「くわしく聞こうか」

科学技術総監の血色のよすぎる顔に勝利の色がいちだんと艶《つや》をつけた。ラインハルトにはそれが気にいらなくはあったが、興味がうわまわったのである。

Ⅲ

カール・グスタフ・ケンプ大将を、〝嫉妬ぶかい性格の持ち主〟と評する者は、これまでにいなかったし、今後もあらわれないであろう。彼は豪放で公明正大な人物であり、統率力も勇気も非凡であるとされていた。

しかし、ケンプにも自尊心と競争意識がある。昨年の〝リップシュタット戦役〟において、ミッターマイヤーとロイエンタールの武勲がいちじるしく、彼らが上級大将に昇進しながら、ケンプ自身は大将にとどまったことが、不満とはいわぬまでも残念であった。まして彼は今年三六歳で、彼らより年長でもあるのだ。

そしてあらたな年を迎えた早々、イゼルローン回廊の国境紛争で、彼の麾下の艦隊が苦戦を強《し》いられたのだ。ケンプの自尊心は傷つかざるをえず、名誉回復の機会――すなわち、あらたなる戦いをのぞむようになった。しかし、彼ひとりの自尊心を救うために戦いをおこせようはずもない。部下の訓練と国境哨戒の任にあたりながら、心満たされぬ日々を送っていた。

そこへラインハルトから、帝都オーディンへ還り、元帥府に出頭せよ、との命令がとどいたのである。

副官ルビッチ大尉をともなって元帥府へ出頭したケンプは、リュッケ中尉に迎えられた。かつてケンプの麾下で、昨年来、元帥府の直属となっている、まだ二二歳の若者である。彼の案内で、ラインハルトの執務室にはいったケンプは、黄金の髪と蒼氷色《アイス・ブルー》の瞳をもつ美貌の青年元帥のほかに、もうひとりの人物を見いだした。シャフト技術大将である。

「早かったな、ケンプ。すぐにオーベルシュタインとミュラーも来る。そこにすわってすこし待て」

ラインハルトの言葉にしたがいながら、ケンプは驚きを禁じえないでいた。若い元帥が俗物の技術大将を嫌っていることに、ケンプは気づいていたのである。

やがて、パウル・フォン・オーベルシュタイン上級大将と、ナイトハルト・ミュラー大将があいついで姿をみせた。

オーベルシュタインは帝国統帥本部総長代理と宇宙艦隊総参謀長を兼任する男だから、重要な会合に出席するのは不思議ではない。いわば後方作戦集団の代表である。それにたいして実戦指揮官グループの代表はロイエンタールとミッターマイヤーであるはずだが、両者の姿はない。ミュラーは大将の階級をもつ提督たちのなかでも、ケンプやビッテンフェルトより席次は下であり、年齢も若い。非凡な作戦実行能力を有し、武勲もたてているからこそ、若くして提督の称号をおびているのだが、僚友《りょうゆう》たちほどゆるぎない名声はまだえていなかった。

「そろったようだな。では、シャフト技術大将、卿《けい》の提案を話してもらおうか」

ラインハルトにうながされてシャフトはたちあがったが、その姿は、鶏冠《とさか》をさかだてて勝ち誇るチャボを連想させた。精神の昂揚《こうよう》が、自信ではなく過信に直結するタイプであるのだろう。

彼が合図すると、オペレーション室からの操作で、空間に立体映像が浮かびあがった。銀色にかがやく球体――それは一見、無個性なものにみえた。だが、帝国と同盟とをつうじて、軍人である以上、知らぬはずはない存在だった。

「これがなにか、ご存じかな、ケンプ提督」

軍人ではなく教師の口調であった。両者の年齢差が二〇年におよぶということも、その口調をシャフトに使わせた一因であろう。

「イゼルローン要塞ですな」

ケンプは礼儀正しく言った。口調を抑制したのは、ラインハルトの手前である。ミュラーが必要以上にかしこまって見える理由も同様であろう。シャフトはうなずき、厚い胸をそらした。

「わが銀河帝国は、人類社会における唯一の政体であるのに、それを認めようとせず、一世紀半の長きにわたって宇宙に流血と破壊をもたらしつづける悪逆な叛徒《はんと》どもがおる！　奴らは自由惑星同盟《フリー・プラネッツ》などと、おこがましくも僭称《せんしょう》しておるが、そのじつ、遠い昔に帝国臣民としての道を踏みはずした過激な暴徒どもの子孫が、夜郎自大の喜劇を演じておるにすぎんのだ」

この学問にたいする敬虔《けいけん》さというものを一片も感じさせない俗物は、いったいなにを言いたいのだ——心のなかでケンプは毒づいた。表情や態度はそれぞれことなっても、この非独創的な演説で感銘をうけた者は、四人のなかにいなかった。シャフトはつづける。

——吾々は宇宙の平和と人類社会の統一のため、自由惑星同盟の叛徒どもを滅ぼさなければならない。それには、敵の侵攻にたいして反撃をくわえるだけではだめで、こちらから侵攻して敵の本拠地を制圧すべきである。しかし、敵の本拠地はあまりに遠く、補給線と通信線が長くなりすぎる。まして、双方のあいだには、トンネル状のイゼルローン回廊が一本あるのみで、迎撃する側にとっては戦力が集中できて有利である。攻撃する側は、その逆に、戦術上の選択肢をいちじるしく制限されることになる。

——かつて帝国軍が敵の勢力範囲の奥深く侵攻しえたのは、イゼルローン要塞を橋頭堡《きょうとうほ》として、また補給拠点として利用できたからである。だが、現在、イゼルローン要塞は敵の手中にあり、これがため、帝国軍は回廊を通過して敵の本拠地をつくことができない。現在、同盟軍はアムリッツァ会戦の惨敗と、昨年の内乱との打撃からたちなおっておらず、イゼルローン要塞さえ陥落させれば、帝国軍は一気に全同盟領を制圧することが可能である。しかも、イゼルローンには同盟軍最高の智将《ちしよう》ヤン・ウェンリーがおり、イゼルローンを陥《おと》すと同時にヤンを捕殺すれば、同盟軍に人的資源の観点からも致命的な打撃をあたえることができる。

——しかしイゼルローンはハードウェアの面だけからみても難攻不落である。直径六〇キロの人工球体の表面は、耐ビーム用鏡面処理《ミラー・コーティング》をほどこした超硬度鋼と結晶繊維とスーパー・セラミックの四重複合装甲であり、巨大戦艦の大出力主砲《ハイパワー》をもってしても傷つけることはできない。これは理論だけでなく、同盟軍が外側からの攻撃によっては、ついにイゼルローンを陥落させえなかった、という事実によって証明されている。

——艦隊によってイゼルローン要塞を攻略しえないとすれば、どうすべきであろうか。唯一の方法は、イゼルローンに匹敵する火力と装甲をもって対抗することである。すなわち、要塞をして要塞にあたらせる。イゼルローンの前面に、それに対抗しうる要塞を移動させて、イゼルローンにたいし攻撃をかけさせるのだ。

シャフト技術大将が口を閉ざし、ほかの四人を見わたしたとき、すでに話を知っているラインハルトはおどろかなかった。オーベルシュタインは、たとえ内心でおどろいているにしても、それを表情や動作にはあらわさなかった。ほかの二名はそうはいかず、ケンプは太い息をついて椅子の肘かけを力強い指でたたき、ミュラーは口のなかでなにかつぶやきながらさかんに首をふった。

シャフトは話を再開した。

——イゼルローンに対抗しうる要塞を帝国内にもとめるなら、それは昨年の内戦に貴族連合軍の本拠地となった〝禿鷹の城《ガイエスブルク》〟要塞である。放棄されたままのそれを修復し、跳躍《ワープ》と通常航行用のエンジンをとりつけ、一万光年を航行してイゼルローンに要塞どうしの決戦をしいるのだ。現在のワープ・エンジンの出力では、巨大な要塞を航行させることはできないので、一ダースのエンジンを輪状にとりつけ、それを同時作動させることになる。技術上の問題はなく、あとは指揮官の統率力と作戦実施能力のいかんによる……。

肥大しきった自尊心で内側からふくれあがったシャフトが着席すると、かわってラインハルトがたちあがった。

「卿《けい》らを呼んだのはこのためだ」

蒼氷色《アイス・ブルー》の瞳が鋭気をこめて提督たちを見すえ、ケンプとミュラーは背すじを伸ばした。

「ケンプを司令官、ミュラーを副司令官に任命する。科学技術総監の計画にもとづいて、イゼルローンを攻略せよ」

あらたな作戦行動の司令官にカール・グスタフ・ケンプ大将、副司令官にナイトハルト・ミュラー大将が任命された人事は、軍部内に多少の波紋を投げた。これほど大規模な、しかも独立した作戦行動の指揮をとるのは、ロイエンタールかミッターマイヤー、どちらかの上級大将であろう、というのがしぜんな観察だったからである。

むろん、ふたりは公式的な発言はいっさいしなかったが、たがいのあいだでは、失望の思いを口にださずにはいられなかった。

「どうせオーベルシュタイン総参謀長どののご意向で決定したのだろうさ」

ミッターマイヤーがそう断定したのは、推理というより偏見にもとづいてのことだが、それほど的《まと》をはずしてはいなかった。

作戦指揮官の人選をラインハルトに問われたとき、オーベルシュタインは即答せず、参謀チームの一員であるフェルナー大佐の意見を聞いた。返答はこうであった。

「ロイエンタール、ミッターマイヤーの両提督が武勲をたてたとき、彼らに酬《むく》いるのは帝国元帥の地位しかなく、彼らがそれを得れば、ローエングラム公爵と階級をおなじくすることになります。人事秩序のうえから、それはまずい。むしろ大将たちのなかから人選すれば、作戦が成功したとき、上級大将に昇格させることで、ロイエンタールとミッターマイヤーの地位の突出をさけることができるでしょう。失敗した場合でも、切札を使ったわけではありませんから傷は比較的すくなくてすみます」

その意見はオーベルシュタインの思案と一致した。人事秩序を維持し、第一人者の権威を高めるには、ナンバー2をつくらぬことである。ジークフリード・キルヒアイスの生存当時、オーベルシュタインが意をもちいたのもその点であった。キルヒアイスはラインハルトをかばって死に、無数の栄誉をもって酬われた。死者にたいしては過大な栄誉があたえられてもよい。だが生者にたいしては事情がことなる。キルヒアイスが去ったあと、ミッターマイヤーないしロイエンタールが代わってその地位をしめたのでは意味がない。ナンバー2をつくらず、ナンバー3を数多くして権限と機能を分散し、ラインハルトの独裁体制を強固にせねばならなかった。

この際、オーベルシュタインがナンバー2の座をみずからの手ににぎろうとすれば、エゴイズムとの誹《そし》りをまぬがれないであろうが、彼を嫌っているミッターマイヤーも、オーベルシュタインに地位への野心がないことは認めている。彼がのぞんでいるのは、もっとべつのものだった。

「ケンプにしよう。先だっての敗戦の辱《はじ》を、彼は雪《そそ》ぎたがっているからな。機会をあたえてやろう」

オーベルシュタインが、大将級の提督たちのなかからの人選を、と意見を具申《ぐしん》したのをうけて、ラインハルトはそう断をくだしたのである。副司令官は当然、ケンプより格下でなければならず、年齢も経歴も下まわるミュラーがえらばれたのだった。

この当時、ラインハルトの精神世界のどこかに、それまでの熱い苛烈さとは一枚の膜をへだてて、自分自身をすら遠くに、冷淡にながめる視点が生じていた。それを冷たい情熱と呼ぶべきか、乾いた虚無とでも称すべきなのか、彼にはわからない。彼の脚は天の高みへ翔けあがるためにつくられていたはずだが、その浮揚力がいちじるしく低下しているように彼には思えた。

その原因が彼にはわかっている。だが、彼はそれを直視するのにたえられなかった。自分は強い人間で、他人の助力や理解を必要としないのだ——そう思おうとしているラインハルトであった。以前は、そう思おうとする努力など必要なかった。ときおりふりむいて、ジークフリード・キルヒアイスが半歩おくれてついてくるのを確認するだけで、すべてがすんだのである。そう——夢は共有してこそ価値があるものだった。だからこそ、彼は彼ひとりのものではない野心を実現させなくてはならない。

宇宙を手にいれるのだ。影を失い、翼のいっぽうをもがれたとしても、まだ牙は残っているはずだった。この牙をさえ失ったら、ラインハルト・フォン・ローエングラムがこの世に生を享《う》けた意味がなくなるであろう。いずれ折れ砕けるものであるにしても、いまは磨《みが》きあげておかねばならなかった。

Ⅳ

昨年、忠誠心と識見と能力において比類ない存在であったジークフリード・キルヒアイスが逝《い》ったあと、ラインハルト麾下の提督たちのなかで双璧《そうへき》とされるようになったのは、ウォルフガング・ミッターマイヤーと、オスカー・フォン・ロイエンタールであった。

ともに用兵の名手であり、知謀にも勇気にも欠けるところはないとされている。彼らは必要とあれば、中央突破背面展開でも、全面直進攻勢でも、拠点専守防御でも、状況に応じて最高水準の用兵技術を駆使してのけた。ミッターマイヤーの作戦行動の迅速さ、ロイエンタールの攻守両面における冷静さと粘《ねば》り、ともにえがたいものであり、状況判断の正確さ、危機にたっての剛毅さ、柔軟な対処能力、準備の周到さなどは、優劣がつけがたかった。

ウォルフガング・ミッターマイヤー上級大将はちょうど三〇歳、おさまりの悪い蜂蜜《はちみつ》色の髪と、活力に富んだグレーの瞳の所有者である。どちらかといえば小柄な身体は、体操選手のようにひきしまって均整がとれており、俊敏そのものといった印象を他人にあたえる。

オスカー・フォン・ロイエンタール上級大将は三一歳、髪は黒にちかいダークブラウンで、貴公子的な美貌と長身を有している。だが、なによりも強烈な印象をあたえるのは、黒い右目と青い左目のくみあわせ――金銀妖瞳《ヘテロクロミア》であろう。

彼らふたりは、名声と実績において拮抗《きっこう》していたが、たがいに閥をつくって対抗するということがなかった。それどころか、戦場では多く共同作戦をとって巨大な武勲を分かちあってきた。戦場を離れても、彼らは友人としての深い交際があり、同格の地位とことなる気質のふたりがそのような関係をたもちうるのは、他の人々には不思議にも当然にも思われるのだった。

ミッターマイヤーは平民の出身であり、彼の家の社会的地位や生活水準はまず中どころというところだった。父親は造園技師で、貴族や富裕な平民を相手に、堅実な商売をやっていた。

「こんな上から下まで枠組のきっちりした世の中では、平民の生きる途は手に職をつけることさ」

父親は息子にそう教訓をたれた。父親は、息子が技術者か職人になって、波乱のない人生をおくることを願っていたにちがいない。息子はたしかに職人になった。それも、名人と称される域に達したのだ。ただし、彼がすすんだ分野は、庭づくりでも手工芸でもなく、〝戦争〟という波乱だらけのものであったが……。

ミッターマイヤーは一六歳で士官学校に入学した。一学年上にはオスカー・フォン・ロイエンタールがいたが、在学中は知りあう機会がなかった。士官学校では、上級生が集団で下級生にさまざまな干渉や圧力をくわえるものだが、ロイエンタールはその種の集団行動にまったく関心がなかったのだ。

ひさしぶりに寄宿舎から家へもどった二年生の夏、ミッターマイヤーは家族がひとりふえているのを知った。母の遠縁の少女が、父親を戦場で失って、ひきとられてきていたのである。エヴァンゼリンという名の一二歳の少女は、クリーム色の髪とすみれ色の瞳とバラ色の頰をしていて、たぐいまれな美少女というわけではないが、くるくると活発にたち働きながら、笑顔をたやすことがなかった。小走りに彼女が走りさると、燕《つばめ》が春空に身をひるがえすような明るさと軽快さが印象となって残った。

「ミッヘル、ミッヘル、ミッヘル——起きなさい《シュテー・アウフ》、とっても明るいよい天気《スイス・ヘレル・リヒテル・ターク》……」

その歌声も耳のなかで快く反響するのだ。

「明るくて素直でいい子でしょう、ウォルフ」

母親に言われた士官学校生は、いかにも興味なさそうに生返事をしただけだったが、以後、休暇のたびに、まめに帰宅するようになったから、両親にしてみれば心底が見えすいていた。

やがてミッターマイヤーは士官学校を卒業して少尉に任官し、両親とエヴァンゼリンに見送られて戦場にでた。軍人は、この俊敏で勇敢な若者にとって、あきらかに天職であった。ごく短時日で、彼は大小の武勲をかさね、階級をあげていったが、万事に果断即行の彼が、さんざん悩んだあげく、すみれ色の瞳の少女にたいして求婚を決意するまで、じつに七年間の歳月を必要とした。

その日、休暇をとって町へでた彼は、周囲を見まわし、なにごとかとおどろく人々のあいだを走りぬけ、生まれてはじめて花屋の扉をおした。とびこんできた軍服姿の青年を見て、花屋の女主人は心臓の停止する思いをあじわった。血相を変えた軍人があわただしくとびこんでくるなど、吉事とは思えなかったのである。

「花！　花！　花をくれ。花ならなんでもいい、いや、そうじゃない、とびきりきれいな、女の子に喜ばれそうなやつがほしいんだ」

強制捜査でも弾圧でもないと知って安堵《あんど》した女主人は、黄色いバラをすすめた。その店にあった黄色いバラの半分を買いとって花束をつくってもらうと、ミッターマイヤーは菓子屋にはいり、チョコレートとラム酒入りスポンジケーキ《フランクフルター・クランツ》を買った。宝石店の前をとおったとき、指環を買おうか、とも考えたが、いくらなんでも先走りすぎるように思えたし、だいいち、財布が空《から》にちかくなっていたので、これは断念したのである。

花束とケーキの箱をかかえて、ミッターマイヤーは両親の家に到着した。庭で芝生の手入れをしていた少女は、顔をあげたとき、すみれ色の瞳に、しゃちほこばった青年士官の姿を映し、おどろいてたちあがった。

「ウォルフ――さま？」

「エヴァ、これをうけとってくれ」

彼の緊張は、戦場における比ではなかったのだ。

「わたしにくださるんですか？　ありがとうございます」

かがやくような笑顔が、ミッターマイヤーにはまぶしい。

「エヴァンゼリン――」

「はい、ウォルフさま……」

ミッターマイヤーは、求愛のための気のきいた台詞をいろいろと考えてはいたのだが、少女のすみれ色の瞳を見ると、文学的修辞など一〇〇光年の彼方に飛びさってしまい、ただただ自分が愚かに思えるだけだった。

「なにをしとる、しっかりせんかい、甲斐性《かいしょう》なしが」

遠くからそれを見やって、ミッターマイヤーの父親は舌打ちした。彼は息子の戦場での戦いぶりなど知らなかったので、求婚まで七年もかける息子の優柔不断がひたすら歯がゆかったのである。園芸用の鋏《はさみ》を手に彼が見まもっていると、息子は手ぶりをまじえながら、しどろもどろでなにか話しかけ、少女はうつむきながら凝《じっ》とそれを聞いている。不意に造園技師の息子は少女を抱きよせ、無器用に、だが満身の勇気をふるいおこして接吻した。

でかした、と、父親は満足げにつぶやいた。

このとき、蜂蜜色の髪の青年士官は、自分自身より貴重なものが地上に存在し、しかも彼の腕のなかにいることを全身で実感していたのである。

つつましい結婚式がおこなわれた。ウォルフガング・ミッターマイヤーが二四歳、エヴァンゼリンが一九歳のときである。以後六年が経過した。子供はいないが、それは彼らの幸福にとって瑕瑾《かきん》にすらならなかった。

オスカー・フォン・ロイエンタールは、故人となったジークフリード・キルヒアイスのように、偶像となる女性を心の神殿に住まわせたことはなかった。僚友ウォルフガング・ミッターマイヤーのように、可憐な少女とまっとうな恋愛をしたこともない。

少年のころから、女性の関心を集めてはいた。貴公子的な容姿に、深く沈んだような黒とするどくかがやく青の金銀妖瞳《ヘテロクロミア》が神秘的な印象をあたえ、うら若い娘から中年の貴婦人までため息をつかせたものである。

後年、この若者は、智勇を兼備する銀河帝国屈指の名将と称されるようになるが、軍人として、敵にたいする容赦なさをおそれられるようになる以前から、女性にたいする冷酷さが知人のあいだでは有名だった。一方的に愛情をよせられ、関係したあと、一方的に捨てるのである。

士官学校を卒業して数年のうちに、ウォルフガング・ミッターマイヤーと相知り、多くの戦場で肩をならべて戦った。環境も性格もことなるふたりだが、ふしぎとたがいに好感をおぼえ、交際を深めるようになった。そのうちミッターマイヤーはエヴァンゼリンという伴侶をえて幸福な家庭をもったが、ロイエンタールは独身のまま、傍目《はため》には漁色としかみえない女性関係をつづけていた。

「あまり罪つくりなことをするなよ」

見かねたミッターマイヤーに忠告されたことが一度や二度ではない。それにたいしてロイエンタールはうなずきはするが、忠告をいれてあらためようとはしなかった。ミッターマイヤーとしても、ロイエンタールの心理に屈折したものがあることを悟り、なにも言わなくなった。

帝国暦四八四年、彼らふたりは惑星カプチェランカの戦闘に参加した。酷寒、高重力、水銀性ガスという悪環境のなかで凄惨《せいさん》な地上戦が展開され、まだ中佐だったロイエンタールとミッターマイヤーは、前線の所在すら不明確な混戦下で苦闘をしいられた。エネルギー・カプセルが空《から》になるまで粒子ビーム・ライフルを撃ちまくり、逆手ににぎった銃身で、同盟軍兵士を零下三〇度Cの泥濘《でいねい》のなかになぐり倒す。戦斧《トマホーク》が冷気を裂き、噴きだす血は瞬間的に凍結して、無彩色の酷寒世界に鮮烈な緋色《ひいろ》の花を咲かせた。

「おい、まだ生きているか?」

「なんとかな。何人やっつけた?」

「さあ、一〇人まではかぞえたがな……」

戦斧《トマホーク》を失い、血染めの銃身も曲がって役にたたなくなり、敵の包囲にあって、彼らは早すぎる死を覚悟した。あまりに勇猛に、あまりに苛烈に戦い、尋常ならぬ損失を敵にあたえていたので、投降したところで許してもらえそうになかったのだ。ミッターマイヤーは心のなかで妻に別れを告げた。だが、轟音《ごうおん》とともに帝国軍の大気圏内戦闘機が急降下し、同盟軍のただなかに極低周波ミサイルを撃ちこんだ。舞いあがる氷片と土砂が、それでなくてさえ弱々しい太陽の光を完全にさえぎり、レーダーを攪乱し、包囲の一角がくずれて、混乱と暗黒のなか、ようやくふたりは脱出することができた。

その夜、基地のバーで、ふたりは生還の祝杯をあげた。香料いりのシャワーで身体の血は洗い落としたが、精神の血を洗い落とすのにアルコール以上のものはなかった。欲求のままに、彼らは適量をこえて飲みつづけたが、不意にロイエンタールがすわりなおして友人を見すえた。色のことなる両眼に、酔いとそれ以外のものがやどっていた。

「いいか、ミッターマイヤー、よく聞け、お前は結婚なんかしたがな、女という生物は男を裏切るために生を享けたんだぞ」

「そう決めつけることもなかろう」

エヴァンゼリンの笑顔を思いだして、ミッターマイヤーがひかえめに反論すると、金銀妖瞳《ヘテロクロミア》の友人は激しく首をふった。

「いや、そうだ。おれの母親がいい例だ。話してやる。おれの父親は名ばかりの下級貴族だったが、母親は伯爵家から嫁《とつ》いできた……」

ロイエンタールの父親は、大学を卒業して財務省の官吏になったが、閉鎖性と階級性の強い官界での将来に早々とみきりをつけ、ニオブとプラチナの鉱山に投資して、五年がかりで成功し、巨億とは呼べないまでも、孫の代まで食うにこまらないていどの資産をきずいたのである。

彼は四〇歳ちかくまで独身だったが、きずいた資産をてがたい債券と不動産にふりかえ、生活が完全に安定したところで、花嫁を迎えて家庭をもとうと考えた。そこそこの資産と、そこそこの家柄の娘であれば、と思っていたのだが、知人がもたらした縁談は、マールバッハ伯爵家の三女レオノラとのものだった。

銀河帝国において名門貴族は政治的にも経済的にも手厚く保護されているが、それでも落ちこぼれがでるのはさけられない。マールバッハ家は二代つづきで放蕩《ほうとう》家の主人がでており、広大な荘園と別邸のことごとくを手放したばかりか、ゴールデンバウム帝室から下賜された生活安定のための高利率の債券まで売りはらうありさまだった。

立体映像で見たレオノラの美貌は、充分に分別も打算もあったはずのロイエンタールの父親を呆然とさせた。彼はマールバッハ伯爵の負債を肩がわりし、二〇も年齢のちがう美しい花嫁を新居に迎えたのである。

この結婚は、妻と夫の双方に苦痛をあたえた――ただ、時間的なずれが存在したにすぎなかった。夫は、自分の年齢や身分にひけめを感じ、物質でそれを埋めようとした。おそらく、それは致命的な誤りであったろうが、それを助長したのは妻であった。彼女は高価な商品をつぎつぎと夫にねだり、それをあたえられると、とたんに興味を失った。

ロイエンタールの母親は、閉鎖された上流社会の女性にときとしてみられるように、科学より占いや運命学に信頼をおく女性だった。青い目の自分と、やはり青い目の夫とのあいだに、金銀妖瞳の赤ん坊が生まれたとき、彼女の脳裏をしめたのは、遺伝上の確率のことではなく、黒い目の愛人のことだったのである。

彼女は神の悪意を信じ、恐怖にかられた。夫の財力に保護されてこその贅沢であり、男遊びだったのである。美貌だが生活力に欠け、彼女からのひそかな援助で遊び暮らしている青年と、ふたりで社会に放りだされたらどうなることか。物質的な安定だけでなく、愛人をもけっきょくは失ってしまうことはうたがいえなかった。

「……というわけで、おれは、目が開くようになると、父に対面する前に、実の母親の手で右目をえぐりだされるところだったのだ」

ロイエンタールは、ゆがんだ微笑を唇の端にひらめかせた。ミッターマイヤーは声もなく友人を見つめた。

ロイエンタールの脳裏には、ひとつの光景が浮かんでいる。

若い優美な女性がベッドに半身をおこし、繊細な顔の筋肉をこわばらせ、目には炎を揺らめかせて、胸に抱いた赤ん坊の右目に、果物ナイフの尖端をつきこもうとするのだ。扉が開き、女主人に温かいミルクをはこんできたメイドがけたたましい悲鳴をあげる。カーペットの上に飛散するミルクとカップの破片。室内にとびこんでくる人々。ナイフが白い手を離れて床に落ち、凝固した空気を引き裂くように、赤ん坊の泣き声がひびく……。

憶えているはずのない光景を、しかし、金銀妖瞳《ヘテロクロミア》の青年は、手を触れることさえ可能な実体として網膜と心の双方に焼きつけてきたのである。それは女性全般にたいする深刻な不信となって彼の精神の土壌に根をおろしたのだった。

ミッターマイヤーは、友人の漁色の裏面にあるものをはじめて知ったのである。彼は言うべき言葉を見いだせず、黒ビールをひと口飲み、友人にたいする同情と、妻のために女性を弁護してやりたい心情とに挟撃されて、あらぬかたをながめやった。このようなとき、とるべき態度を決するのは知性や教養とはまたべつのものである。ミッターマイヤーは幸福なのであり、この際はそれがひけめになるのだった。

「なあ、ロイエンタール、おれは思うんだが……」

ふりむいたミッターマイヤーは、口を閉ざした。金銀妖瞳の青年士官は、カウンターに突っ伏して、眠りの神《ヒュプノス》の愛撫《あいぶ》に身をゆだねていた。

翌日、宿酔《ふつかよい》のふたりは、士官食堂で顔をあわせた。食欲がないままにミッターマイヤーがフォークのさきでポテトやベーコンをつついていると、不機嫌そうな友人の声がした。

「昨夜は酒の勢いでつまらんことを言った。忘れてくれ」

「なんのことだ、まるで憶えてない」

「……ふん、そうか、それならいい」

皮肉っぽく、ロイエンタールは笑った。ミッターマイヤーの嘘のまずさに苦笑したのか、酒に勢いを借りて女性蔑視《べっし》の原因を告白した自分を嘲笑したのか、彼自身にもわからなかった。とにかく、その日以来、その話題が両者の口にのぼったことは一度もない。

彼らは、そういう仲だった。

V

長きにわたってラインハルトの副官をつとめたジークフリード・キルヒアイスが、独立した部隊の指揮官となって以後、幾人かの士官がその座をついだが、誰も長つづきしなかった。ラインハルトと心を共有しうる者は、ほかに存在しなかったし、彼らのほうにも遠慮があって、ラインハルトとの精神的な同調性に欠け、とかく一方的な命令の受領と伝達に終始しがちだったのである。

キルヒアイスが健在だったころ、ラインハルトは参謀を欲してオーベルシュタインをえた。いまは、キルヒアイスの万分の一でも忠実で有能な副官が必要だった。

一日、アルツール・フォン・シュトライトがラインハルトのもとを訪れた。

シュトライトは大貴族連合の盟主ブラウンシュヴァイク公の部下であったが、大規模な内戦をおこして帝国全土を戦禍にまきこむより、ラインハルトひとりを暗殺することで局面を打開すべきである——と大胆な提案をおこない、かえって主君の不興をこうむり、見捨てられた。ラインハルトの手にとらわれたとき、堂々とした態度であったので、ラインハルトは好感をいだき、自由の身にしてやったのである。

ラインハルトは、人々の行動の美醜にたいしてきわめて敏感で、敵であっても、この種の人間にたいして賞賛をおしまなかった。

昨年九月、彼にとって兄弟以上の存在であったジークフリード・キルヒアイスを失ったとき、その衝撃と悲哀は、彼の人格を崩壊させかねないほどのものであった。にもかかわらず、キルヒアイスを殺害したアンスバッハにたいして、ラインハルトは奇妙に憎悪を感じなかったのだ。彼自身の自責の念があまりに大きく深かったからでもあるが、アンスバッハが自分の生命を捨ててまで主君の讐《かたき》を討とうとした行為に、美を感じたからでもあった。

いっぽうで、旧敵ブラウンシュヴァイク公にたいしては、軽蔑をまじえた怒りがある。アンスバッハにせよ、シュトライトにせよ、有能な人材を生かすことができず、虚栄と倨傲《きよごう》のはてに無残な死をとげた唾棄すべき男。

「滅びるべき男だったのだ。ことさら、おれが滅ぼしたのではない」

ラインハルトはそう思っている。この件にかんして、良心の痛みなど感じたこともない。シュトライトが彼を訪ねたのは、親族に泣きつかれたからである。彼にとっては恩義のある人で、貴族であるがゆえに財産を没収されて、一家が路頭に迷うとあっては、看過《かんか》するわけにいかなかった。ラインハルトに頭をさげれば、財産の全部とはいわぬまでも一部は残しておいてくれるであろう。二度と世にでないことをみずからに誓ったシュトライトであったが、恥をしのんで旧敵の前にひざまずいたのである。

話を聞いたラインハルトは微笑してうなずいた。

「わかった。悪いようにはしない」

「感謝いたします」

「ただし、条件がある」

ラインハルトは微笑を消した。

「私の部下になって統帥本部の一員に名をつらねよ」

「…………」

「卿《けい》の見識と知謀を、私は高く評価しているのだ。一年ちかく野《や》においていたが、年もあらたまったこと、そろそろ旧主への忠誠に区切りをつけてもよいのではないか」

頭をたれて聞いていたシュトライトは、やがて顔をあげた。決意の色が眉のあたりにただよっていた。

「閣下のご寛容には、申しあげる言葉もございません。不肖《ふしょう》の身にそれほどのご厚意、酬いるにわが忠誠心のすべてをあげさせていただきます」

アルツール・フォン・シュトライトは少将の位をあたえられ、ラインハルトの首席副官に任命された。もうひとり、次席副官としてテオドール・リュッケ中尉が登用され、シュトライト新少将とコンビをくむことになった。かつてのキルヒアイスの席が、単一人によってはしめられないということが、これで確定したのである。リュッケの場合、階級といい年齢といい、副官シュトライトのさらに副官という立場であろう。

シュトライトは、ラインハルトの旧敵であったことが知られていたので、彼を副官という要職に任命したラインハルトの決断は、人々をおどろかせた。

「大胆なことをなさる」

と、大胆さでは人後におちないミッターマイヤーが舌をまかずにはいられなかった。

オーベルシュタイン総参謀長が反対するだろう——との見かたもあったが、その予測ははずれ、彼は上官の大胆な人事をうけいれた。彼はシュトライトの有能さを知っていたし、ブラウンシュヴァイク公の忠臣であったシュトライトすら、ラインハルトにひざを屈したという事実の政治的効果も考慮したからである。だが、将来、シュトライトが必要以上の力をえたとき、彼はそれをそぎにかかるであろう……。


オーベルシュタインは家庭をもたない。宿舎では従卒が、私邸では初老の執事夫妻が、彼の身辺の世話をするのだが、このほかに同居者がいる。

それは人間ではなく、ダルマチアン種の犬で、一見しただけでも、かなりの老齢である。先年の春、まだ〝リップシュタット戦役〟が本格的な戦火をまじえる段階にいたらなかったころ、一日、外で昼食をすませてオーベルシュタインはラインハルトの元帥府のビルへもどろうとした。階段をのぼってビルの玄関をはいろうとすると、衛兵が捧《ささ》げ銃《つつ》の礼をしながら、奇妙な表情をする。ふりむくと、彼の足もとに、やせて薄よごれた老犬がまつわりついて、愛想のつもりであろう、貧弱な尻尾をゆっくりふっているのだ。

「なんだ、この犬は？」

冷徹非情の名が高い総参謀長におもしろくもなさそうな口調で訊ねられ、無機的な義眼の光をむけられて、衛兵は、緊張と狼狽の表情をつくった。

「は、あの、閣下の愛犬ではございませんので……？」

「ふむ、私の犬にみえるか」

「ち、ちがうのでありますか？」

「そうか、私の犬にみえるのか」

妙に感心したように、オーベルシュタインはうなずいた。そして、その日から名もない老犬は、銀河帝国宇宙艦隊総参謀長の扶養家族になったのである。

この老犬が、流浪の身を拾われたくせに、まるで殊勝さがなく、やわらかく煮た鳥肉しか食べないので、泣く子も黙る帝国軍上級大将が夜中にみずから肉屋へ鳥肉を買いに行くそうな——とは、勤務の帰途にその姿を見かけたナイトハルト・ミュラーが、提督たちのクラブで披《ひ》露《ろう》におよんだ話であった。

そのとき、ミッターマイヤーやロイエンタールはなにか言いたげであったが、けっきょく、沈黙によって節度をまもった。

「ふん、われらが参謀長どのは、人間には嫌われても犬に好かれるわけか。犬どうし気があうのだろう」

毒づいたのは、〝黒色槍騎兵《シュワルツ・ランツエンレイター》〟艦隊の司令官フリッツ・ヨーゼフ・ビッテンフェルトだった。

ビッテンフェルトは猛将の誉《ほまれ》高い男であり、〝二時間と時間をかぎって戦闘をおこなえば、ロイエンタールやミッターマイヤーでさえ一歩をゆずるかもしれない〟と評されている。

ただし、この評価は、彼が短気なこと、忍耐心にとぼしいことを証明してもいるのだ。一撃強襲、全面攻撃が彼のもっとも得意とするところだが、最初の一撃をたえられると、あとがつづかないのである。彼の第一撃をたえぬく敵など、めったに存在はしなかったが……。

「ビッテンフェルトはたしかに強い。おれと奴が戦場で相まみえるとして、戦いがはじまったとき、優勢なのは奴だろう。だが、戦いが終わったとき、立っているのはおれさ」

自信にみちて、ロイエンタールがミッターマイヤーにそう言ったことがある。むろん、彼らふたりだけのときである。金銀妖瞳《ヘテロクロミア》の提督が、敗北を覚悟するほどの強敵は、この宇宙に片手の指ほどもいないのだった。

ラインハルトの改革に、聖域は存在しないようだった。浪費と奢侈《しゃし》の花々が乱れ咲く宮廷にも、彼の手はおよんだ。

皇帝の居城〝新無憂宮《ノイエ・サンスーシー》〟は、とりこわされこそしなかったが、広大な庭園と壮麗な建築物群の半数が閉鎖され、それにともなって多くの侍従や女官が解雇された。

残された者の多くは年老いていた。宮廷が華麗であることをローエングラム公がきらったのだ――そういう噂が流れたが、ラインハルトには彼なりの考えがあった。老齢の侍従や女官は、何十年もの歳月を宮廷内ですごし、いまさら外の社会では生きていけない者が大部分である。若い人間なら、体力も適応力も、さらには労働力としての需要もあるから、ほかの職業に就《つ》いて生活することができるだろう。

非情な野心家という仮面の下にあるラインハルトのこのような優しさ——あるいは甘さを、口にしなくとも理解してくれたのは、いまは亡きジークフリード・キルヒアイスくらいのものだった。口にだして理解をもとめることを頑固にこばむラインハルトであれば、皇帝にたいする悪意と解されてもしかたないことだった。実際、彼は皇帝に悪意をいだいていたのだから……。


若き権臣ローエングラム公爵が、いつ幼帝を廃して至尊《しそん》の冠をみずからの頭上にいただくか。帝国のみならず、全宇宙が息をひそめて見まもっているようであった。

宇宙暦《SE》三一〇年にルドルフ・フォン・ゴールデンバウムが共和制を廃し、銀河帝国を建てて以来、五世紀にわたって、皇帝といえばゴールデンバウム家の当主を意味した。ひとつの家族、ひとつの血統が、国家を私物化し、最高権力を独占して五〇〇年を経過すると、それが正統の体制ということになり、神聖不可侵の状況がつくりだされてしまうのだ。

だが、簒奪《さんだつ》が世襲より悪いなどと、誰がさだめたのか。それは既得権をまもろうとする支配者の自己正当化の論理にすぎないではないか。簒奪や武力叛乱による以外、権力独占を打破する方法がないのであれば、変革をこころざす者がその唯一の道をえらぶのは当然のことである。

ある日、ラインハルトのもとを訪れたオーベルシュタインが、それとなく訊ねたことがある——幼い皇帝にたいして、どのような処遇をあたえるのか、と。

「皇帝は殺さぬ」

ラインハルトが手にしたクリスタル・グラスのなかで、血の色をした芳醇な液体がわずかに揺れ、それが蒼氷色《アイス・ブルー》の瞳に映《は》えて妖しく反射した。

「生かしておいてこそ利用する価値もあろう。そう思わないか、オーベルシュタイン」

「たしかに、いまのところは、さようでございますな」

「ああ、いまのところは……」

ラインハルトはグラスをかたむけた。熱い質感をもつ流体が胸郭《きょうかく》の奥へ落下してゆく。それは彼の胸郭の内部を熱く灼いたが、けっしてその空洞をみたしはしないのだった。

第三章　細い一本の糸

Ⅰ

イゼルローン要塞の中央指令室は、約八〇メートル四方の広さと一六メートルの天井高を有する巨大な部屋である。廊下からのドアを開くと、警備兵の控室になっており、さらに奥のドアを開くと、正面の壁一面にスクリーンがひろがる。メイン・スクリーンは縦八・五メートル、幅一五メートル。その右側に一二面のサブ・スクリーン、左側に一六面の戦術情報モニターが設置されている。メイン・スクリーンの手前に、三列二四席のオペレーター・ボックスがならび、その背後の床に、三次元ディスプレイがおかれる。さらにその背後に司令官席があり、通常、ヤン・ウェンリーがおもしろくもなさそうな表情でお茶を飲んでいる。このデスクからは、ホットラインをつうじて、首都ハイネセンの統合作戦本部や出動中の駐留艦隊との直通会話が可能である。司令官席の左右と後方に、合計二〇のシートがあり、要塞の首脳部が陣どるわけだ。通常、ヤンの左隣には副官フレデリカ・グリーンヒル大尉、右隣には参謀長ムライ少将が着席し、背後には要塞防御指揮官シェーンコップ少将がすわる。客員提督《ゲスト・アドミラル》メルカッツ、艦隊副司令官フィッシャー、要塞事務監キャゼルヌらの席もあるが、キャゼルヌは事務管理本部のオフィスに、フィッシャーは出入港管制室にいることが多い。

　室内の連絡、指示、命令、公的会話はすべてヘッドホンをつうじておこなわれる。壁面には二つのモニターカメラが設置され、それぞれべつのモニター管制室に映像を送りだしている。万が一、中央指令室が敵に占拠された場合、このモニター管制室が戦闘継続のためのあらたな指令センターになるのである。

　後年、イゼルローンのことを回想するとき、ユリアン・ミンツの脳裏にまず浮かぶのは、司令官席にすわったヤン・ウェンリーの姿である――ヤンは行儀が悪く、デスクに両脚を投げだしているか、シートではなくデスクの上にあぐらをかいているか、で、謹厳な形式美こそが軍人の第一条件だと信じている一部の人々には評判がよくなかった。もともと、規格品としてできあがっている男ではなく、謹厳さなどもとめるほうが無理なのだが……。

　そしてユリアンは、まだこの場に定位置をあたえられず、スクリーンにむかって階段状に傾斜した床の上にすわり、ヤンに呼ばれるたび、はじかれるようにたちあがって彼のもとへ駆けつけたものだ。彼が指令室内に自分の席を確保するのは、士官に昇進して以後のことである。

　嗅覚の記憶で言えば、それは微かな電子臭と、人々が手にする紙コップからたちのぼるコーヒーの香りである。ヤンは紅茶党だが、指令室では少数派で、紅茶の香りはコーヒーのそれに圧倒されるのがつねだった。それがヤンには多少いまいましいことであったようだ。もっとも、そんなことはささいなことで、彼はほかに大小さまざまな、意にそまぬ問題をかかえていた。

ユリアンの初陣にしてからが、そうであった。

ユリアンが初陣から帰還してヤンに最初に会ったとき、ヤンはなんとも形容しがたい表情で少年を迎え、しばらく沈黙したあげくに、

「あぶないことをしちゃいけない、と、いつも言っているだろう」

などと、軍人としては矛盾もはなはだしいことを言い、ユリアンも、傍にいたフレデリカ・グリーンヒル大尉も、笑いを抑えるのに苦労せねばならなかった。

ユリアンが官舎に帰って、ホーム・コンピューターを駆使した平和的な日常作業をはじめ、夕食のメニューを思案していると、TV電話《ヴィジホン》が鳴って、フレデリカが画面にあらわれた。

「生活戦争の戦士に変身しているようね、ユリアン」

「この件では上官がたよりになりませんからね。なにかご用ですか」

少年はすこし形式ばった。年上の女性に憧れる年齢だと言われれば、むきになって否定したにちがいない。

「重要な伝達事項があるわ。あなたは明日から曹長に昇進よ。明日正午、辞令を受領のため司令官オフィスに出頭すること、いいわね」

「昇進ですか、ぼくが」

「当然でしょう。あなたは武勲をたてたんだから。初陣でみごとなものだわ」

「ありがとうございます。でも、ヤン提督のお考えはどうなんでしょう」

ヘイゼルの瞳に、フレデリカはかるいおどろきの色を浮かべた。

「むろん、喜んでおいでよ。口にはお出しにならないけど……」

彼女としてはそう答えるしかないであろう。通話を終えて、少年はすこし考えこんだ。ヤンはユリアンを軍人などにしたくないのである。だが、ユリアン自身は軍人志望であり、ヤンとしては自分の意思を少年におしつけるわけにもいかず、いっぽうで自分の手もとにおいておきたい心情もあり、この件にかんしては〝同盟軍最高の智将〟も言動に整合性を欠くことはなはだしかった。

なにしろヤン自身の職業選択は没理想のきわみなのだ。無料で歴史を学べる学校を探して、士官学校の戦史研究科にはいり、それが中途で廃止されたので、いやいや戦略研究科に転じ、ひとかけらの喜びもなく軍隊にはいったのである。

それに比較すれば、ユリアンの軍人志望のほうが、よほど主体的で、職業にたいしても自分自身にたいしても誠実というものだろう。ヤンがとやかく言う筋合はないはずである。はずではあるが、ユリアンは、やはりヤンにこそ彼の進路を祝福してもらいたかった。

ユリアンの父は軍人だったが、その死後、ヤンのもとで育たなかったら、ユリアンはかならずしも軍人志望にはならなかったろう。よしあしはべつとして、ヤンの人格的影響はユリアンに大きくおよんでおり、ヤンとしては、少年の軍人志望にとやかく言えば、鏡にむかってしかめ面《つら》をしてみせる結果になるのである。

ヤンの表情を思いだして、ユリアンはひとり笑った。いずれ理解してもらえるだろうということには、彼はうたがいをもっていなかった。

この年、ヤン・ウェンリーは三一歳になる。なりたくてなっているわけではない、とは本人が熱心に主張するところである。お若いですよ、とユリアンはなぐさめるのだが、実際、ヤンは若々しくて、二〇代なかばで充分に通用する。士官学校の先輩アレックス・キャゼルヌに言わせると、家庭もちの苦労をしていないから若く見えるのだ、ということになる。それに反論してヤンのいわく――苦労しているのは、あんな亭主をもったキャゼルヌ夫人のほうさ！　あの忍耐心たるや聖女のものだ。あんな横暴な夫に、通常の女性なら一年もたえられはしないだろう……。

ユリアンはそれを聞いて、くすくす笑う。キャゼルヌ家が温かい雰囲気の家庭であること、ヤンとキャゼルヌが〝悪口友だち〟であることを知らなければ、手きびしい弾劾《だんがい》としか聞こえないところであるが……。

軍人としてのヤンは、射撃はまずいし、腕力も反射神経もどうにか水準というところで、戦闘員としてはものの役にたたない。キャゼルヌなどからは、

「あいつは首から下は不必要な男だ」

と酷評されるありさまだ。もっとも、そう言うキャゼルヌ自身、デスクワークの達人で優秀な軍官僚ではあっても、戦闘員としての能力は一流とは言えないだろう。

キャゼルヌの任務は、巨大なイゼルローン要塞を、ハードウェアとソフトウェアの両面から管理運用することにある。施設、装備、通信、生産、流通――要塞が有機的に活動するために

不可欠なかずかずの機能が、彼の手腕によってささえられているのだ。

「キャゼルヌ少将がくしゃみをすれば、イゼルローン全体が発熱する」

兵士たちは、ジョークの殻に真実をつつんでそう言う。実際、キャゼルヌが急性胃炎で一週間ほど休養したとき、イゼルローンの事務部門は、たんなる前例処理の場と化して、

「無能！　非能率！　お役所仕事！」

という兵士たちの非難の合唱にかこまれたものだ。

文字には強いが数字には弱いヤンであるから、キャゼルヌの存在は副官フレデリカ・グリーンヒルとともに、貴重なことこのうえないものだった。

散文的な仕事は彼らにまかせっきりで、ヤンがいきいきとするのは、大軍を相手とする作戦案をねり、戦場においてそれを実行するときなのである。ヤン自身の思いはべつとして、その資質は乱世むき、非常時むきにできているのであろう。平和な時代であれば、無名で終わるはずの青年——せいぜい二流の歴史家として一部の人々に知られるていどであろう——が、巨大な恒星間国家の重要人物《VIP》たりえたのは、時代がその才能を必要としたからにほかならない。

軍事的才能というものは、人間の能力のなかでも、きわめて特異な部類に属する。時代や状況によっては、社会にとってまったく無用な存在となる。平和な時代に、巨大な才能を発揮させることなく逝った者もいるであろう。それは学者や芸術家のように、死後、埋もれていた作品が世にでるといったたぐいのものではない。可能性が評価されることもない。結果だけがすべてなのである。そして、その〝結果〟を、若くしてヤンは充分以上にきずきあげていた。

Ⅱ

ヤンとユリアンは、その夜、アレックス・キャゼルヌの官舎を訪問していた。以前にもときにあったことだが、彼らの生活の場がイゼルローンにうつってからは、毎月一、二回はおこなわれる習慣になっている。夫人は、家庭的な料理でもてなしてくれるし、食事がすむと、主人と客はブランデーをかたわらに三次元チェスを楽しむのがつねだった。

その夜は、とくに、ユリアン・ミンツ曹長の初陣と初武勲と昇進を祝って、ささやかだが温かい会食がおこなわれることになっていた。

ふたりの客人が到着すると、キャゼルヌ家の長女で八歳になるシャルロット・フィリスが出迎えた。

「いらっしゃい、ユリアンお兄ちゃま」

「こんばんは、シャルロット」

小さなレディに、少年はあいさつを返した。

「いらっしゃい、ヤンおじちゃま」

「……こんばんは、シャルロット」

返礼の遅れたヤンを見やって、五歳の次女を腕に抱いたキャゼルヌ家の当主は、人の悪い笑顔を見せた。

「不満顔だな、どうした」

「傷ついてるんです。独身のあいだはお兄ちゃまと呼ばれたい、と思っているんですがね」

　プライベートな場所では、ヤンはキャゼルヌにたいして後輩としての言葉遣いになるのだ。

「とんだ贅沢だ。三〇歳をすぎて独身だなんて、許しがたい反社会的行為だと思わんか」

「生涯、独身で社会に貢献した人物はいくらでもいますよ。四、五〇〇人リストアップしてみましょうか」

「おれは、家庭をもったうえに社会に貢献した人間を、もっと多く知っているよ」

　勝負あったな、とユリアンはみた。三次元チェスでも毒舌合戦でも、六歳年長のキャゼルヌに一日の長があるようだが、ヤンが再反撃しなかったのは、料理の匂いに気をとられたからだろう。

　食事は楽しかった。キャゼルヌ夫人ご自慢の料理――魚と野菜のクリームシチュー《ヴァテルズィ》、チコリのオムレツなどもおいしかったが、ユリアンにとって記念すべきは、はじめてワインを勧められたことである。これまでは、シャルロットとおなじアップルサイダーだったのだ。

　もっとも、結果としては、顔じゅう真赤に染まって、おとなたちにおもしろがられただけであったが……。

　食後、客と主人は例のごとく、サロンにうつって三次元チェスをはじめたが、一勝一敗となったとき、キャゼルヌが表情をあらためた。

「ひとつまじめな話をしたいんだがな、ヤン」

いいかげんにうなずきながら、ヤンはキャゼルヌの肩ごしに視線を送った。床に画用紙をひろげて、ユリアンが女の子たちに絵を描いてやっている。絵になる子だ、とヤンは思った。戦闘服に身をかためて戦場に立っても、平和な家庭にあっても、名画に描かれたように〝きまっている〟のだ。生まれつきの素質であろう。直接にではないが、このような素質の所有者を、ヤンはいまひとり知っている――銀河帝国のローエングラム公ラインハルトである。

「……ヤン、お前さんは組織人としては保身に無関心すぎる。そいつはこの際、美点ではなくて欠点だぞ」

ヤンはわずかに視線をうごかして、士官学校の先輩の真剣な顔を見た。

「お前さんは荒野の世捨て人じゃない。多くの人間にたいして責任をもつ身だ。自分をまもるため、すこし気をくばったらどうだ」

「ですが、ただでさえ忙しいんですよ。そんなことまで考えていたら……」

「いたら?」

「昼寝をする暇もなくなってしまう」

ヤンは冗談めかしてみせたが、キャゼルヌはのってこなかった。ヤンと自分のグラスにブランデーをそそぎ、ひざをくんですわりなおす。

「暇のあるなしじゃないだろう。お前さんは、いやなんだ。それについて考える必要を充分に承知しているくせに、考えたくない、と、そういうことだろう」

「それほど潔癖な人間じゃありませんよ、私は。めんどうくさいんです。ほんとうに、ただそれだけです」

グラスを片手にしたまま、キャゼルヌはため息をついた。

「おれがこんなことを言うのもな、われらが尊敬する元首、トリューニヒト閣下のことが気になるからだ」

「トリューニヒト議長がなにか？」

「奴には理想も経綸《けいりん》もないが、打算と陰謀は充分にあるだろう。笑ってくれてかまわんが、じつのところ、最近、おれは奴が少々怖いのだ」

むろん、ヤンは笑わなかった。昨年の秋、群衆の歓呼のなかで気のすすまぬ握手をしたときの、異次元的な恐怖を想いだしていた。

「詭弁《きべん》と美辞麗句だけが売りものの二流の政治屋だと思っていたが、このごろなにやら妖怪じみたものを感じる。とんでもないことを平気でやらかすのじゃないか、と、その危惧が強まるいっぽうさ。なんと言うか、そう、悪魔と契約をむすびでもしたような印象だ」

キャゼルヌの不安の種はいくつもあったが、そのひとつに、軍部にたいするトリューニヒト派の影響力の増大があった。制服組ナンバー1の統合作戦本部長クブルスリー大将は、暗殺未遂と長期の入院およびクーデター派の拘禁にたえて現職に復帰したが、本部の中枢が、ドーソン大将を中心とするトリューニヒト閥に占有されているのを知り、消極的不服従と摩擦の連続に嫌気がさしているという。

「あの元気なビュコックじいさんも、幕僚人事や艦隊運用でことごとく邪魔されて、うんざりしているそうだ。このままいくと、いずれ軍上層部はトリューニヒト一門の分家ってことになってしまうぞ」

「そのときは辞表をだしますよ」

「うれしそうに言うな。お前さんは引退して、あこがれの年金生活にはいれば、それでいいかもしれんが、残される将兵の身になってみろ。ドーソンみたいな輩《やから》が要塞司令官で赴任してきたら、イゼルローン全体が神学校の寄宿舎みたいになってしまう。日を決めて、将兵みんなで全要塞のダストシュートの大掃除をしよう、なんて言いだしかねんぞ」

冗談としても、まじめな推測としても、笑いかねる話だった。

「まあ、とにかく、保身のことはすこしでもいい、気にとめておいてくれ。ユリアンは一度すでに親をなくしている。いくらできの悪い保護者でも、もう一度なくすのは気の毒だからな」

「私はそんなにできの悪い保護者ですか」

「いいとでも思ってたのか」

「四年前、わざわざユリアンをできの悪い保護者におしつけたのは、どなたでしたかね」

「……ブランデー、もう一杯いくか」

「いただきましょう」

何杯めかのブランデーを口にふくんで、客と主人は申しあわせたようにユリアンのほうを見やった。小さなレディがふたりとも眠そうなので、キャゼルヌ夫人とユリアンが抱きあげて寝室へはこんでいくところだった。

「保護者とちがって、よくできた子だ」

「保護者との差はね、保護者は悪い友人をもっているけど、あいつには友人がいないってことです」

「と言うと？」

「あの年齢のころには、けんか友だち、カンニング仲間、チームメイト、ライバル——いろいろな名目で同世代の友人がいるものです。ユリアンの場合は、周囲の成人《おとな》、それもひねた成人ばかりですからねえ。ちょっと問題です。同盟首都《ハイネセン》にいたときは、むろん、そうじゃなかったんですが」

「そのわりに、素直に育っている」

「そう思いますよ」

まじめな口調で応じてから、ヤンはつけくわえた——保護者がいいから救われてます、と。キャゼルヌでなくとも、それがてれかくしであることは明白だった。

「あいつは、一度だけ言いつけを破ったことがあるんですよ。隣家《となり》の夜鶯《ナイチンゲール》を一日あずかってね。餌をやっておくよう言ったのにフライング・ボールの練習試合にでかけてしまった」

「で、どうした？」

「厳然として、夕食ぬきを命じました」

「それはそれは、お前さんも気の毒なことだったな」

「どうして私が気の毒なんです」

「ユリアンを夕食ぬきにしておいて、自分だけ腹いっぱい食べるお前さんとも思えないね。どうせ、つきあって一食ぬいたんだろうが」

「……翌朝、食欲があったことは事実ですよ」

「ほう、ほう、食欲がね」

ヤンはブランデーをすすり、態勢をたてなおそうと試みた。

「自分が家庭人として完全にほど遠いことは承知してますよ。でも私にだって言いぶんがあります。独身だし、欠損家庭で育ったんですからね。完全な親になれるはずが……」

「子供は完全な親を見ながら育ったりするものじゃないさ。むしろ、不完全な親を反面教師にして、子供は自主独立の精神を養うんだ。わかるかね、提督閣下」

「ずいぶんとひどいことを言われているのはわかりますよ」

「言われたくなかったら、どうだ、完全にちかづけるため結婚したら？」

突然の奇襲に、ヤンはかるくむせんでしまった。

「戦争が終わってないのにですか？」

「そう言うと思った。だがな、人間にとって最大の義務はなんだ？　人間にかぎらん、生物全般にとってだが、そいつは遺伝子を後世につたえて種族を保存することだ。あらたな生命を産みだすことだ。そうだろう？」

「ええ、ですから、人間にとって最大の罪悪は、人を殺すことであり、人を殺させることなんですよ。軍人ってのは、職業としてそれをやるんです」

「そういうふうに思考をすすめんでもいいさ。だが、罪を犯したとしてだ、五人も子供をもてば、ひとりぐらいは人道主義を奉じて、父親の罪をつぐなう奴がでてくるかもしれん。中絶したこころざしを継いでくれる息子だって……」

「こころざしを継ぐのは、べつに血を分けた息子である必要はないでしょう」

言いながら、ヤンは、ユリアンのほうへ視線を投げ、それを士官学校の先輩にもどして、

「……こころざしがあれば、の話ですがね」

と、思いだしたようにつけくわえた。

ヤンがトイレに立つと、キャゼルヌは、ユリアンを呼んで、ヤンがいままですわっていた椅子に腰をおろさせた。

「なんですか、だいじなお話って」

「お前さんは、ヤン第一の忠臣だ。だから話すんだがな、お前さんの保護者は昨日のことはよく知っている。明日のこともよく見える。ところが、そういう人間はえてして今日の食事のことはよく知らない。わかるな?」

「はい、わかるつもりです」

「極端なたとえだが、今日の夕食に毒が盛られているとする。それに気がつかなければ、明日や明後日のことがいくらわかっても、ヤン自身にとっては意味がなくなる。こいつもわかるな」

今度はユリアンは即答しなかった。ダークブラウンの瞳に、思慮深そうな光彩がゆらめいた。

「……つまり、ぼくに毒味役をしろとおっしゃるんですね」

「そういうことだ」

キャゼルヌはうなずいた。ユリアンは聡明そうな微笑をたたえた。

「いい人選をなさいますね、キャゼルヌ少将」

「人を見る目はそう悪くないつもりでね」

「ぼくにできることはなんだってやります。それにしても、ヤン提督のお立場は、それほど危険なんですか」

ユリアンの声が低くなる。

「いまはまだ大丈夫だ。帝国という強大な敵がいる以上、ヤンの才能は必要だからな。だが、事態なんてものはどう急変するか、わかったものじゃない。おれが気づいているくらいだ、ヤンが知らないはずはないが、なにしろあいつときたら……」

「純真な少年をへんに洗脳しないでくださいよ、先輩」

もどってきたヤンが苦笑まじりの声をかけた。ユリアンに帰るしたくをするよう言うと、キャゼルヌを見て肩をすくめる動作をしてみせる。

「まあ、そう心配しないでください。私だってなにも考えていないわけじゃありません。ミスター・トリューニヒトのおもちゃになるのはごめんですし、安定した老後を迎えたいですからね」

Ⅲ

PHEZZAN――フェザーン。

奇妙な国であった。正確には、国ですらない。それは銀河帝国皇帝の宗主権のもとで、内政の自治と交易の自由を認められた、特殊な地方行政単位であるにすぎない。しかし、その名は同時に、活発な経済活動、集積された富、繁栄、成功の機会、享楽、才能の発揮――といったさまざまな印象を人々にあたえる。カルタゴ、バスラ、コルドバ、長安《チャンアン》、サマルカンド、コンスタンチノープル、ジェノバ、リューベック、上海《シャンハイ》、ニューヨーク、マーズポート、プロセルピナ……〝冒険家と野心家の天国《パラダイス・オブ・アドベンチュアー・アンド・アンビシャスマン》〟の人類史的結集とも言うべき存在なのだ。

本来、不毛の地であったこの惑星は、多くの成功の伝説と、それに倍する失敗の説話にいろどられている。フェザーンは流れの中心である。およそ人類が住むかぎりの宇宙において、人間が、物資が、金銭が、そして情報が、流れこみ、付加価値をともなって流れでてゆく。

噂話もまた、情報の流れの重要な一分野である。独立商人たちの集まることで知られる酒場『ドラクール』は、広大なメイン・バーのほかに無数の〝談話室〟や〝カード室〟が存在し、厳重な盗聴防止システムや防音壁にまもられた室内で、さまざまな情報が交換されるのだ、と言われていた。

それらの大部分は、無責任な風聞やたんなる笑い話として捨てさられてしまうが、なかには黄金より貴重なものもあった。現在も商人たちの語りぐさとなっている話のひとつに、半世紀ほど昔の、バランタイン・カウフという男のエピソードがある。

カウフは中堅どころの商船主の息子として生まれたが、父親の跡をつぐ早々、無謀な投機で全財産を失ってしまった。親切な友人の助力をえて小さな鉱石輸送船を買い、再出発をはかったが、船は磁気嵐で難破し、保証人になってくれた友人まで破産においやるありさまだった。カウフは自分自身に保険をかけ、友人を受取人にして自殺し、それによって友人に借りの一部を返すしかないと思いつめた。一夜、彼は『ドラクール』のメイン・バーで、生涯最後と思い決めた酒をひとりで飲んでいたが、隣のテーブルでかわされた会話の断片を耳にしたのだった。

「……それで侯爵は皇帝の弟を擁立しようと……ところが逆に軍務尚書は……」

「……自暴自棄に……おいつめられて……兵を……勝てはしないが……言ってみれば、あの身体では食われる寸前の豚の叛乱……」

笑い声がそれにつづいたが、カウフの耳には聴こえなかった。彼は酒代をテーブルの上に放りだすと、『ドラクール』を駆けでた。

一週間後、内乱勃発の報で市場に駆けつけた商人たちは、重要な戦略物資の幾種類かがカウフなる無名の青年におさえられていることを知った。カウフは会話の断片に登場した人物の特徴を調べ、その姓名と領地をわりだし、その領地に産する鉱物をさがし、内乱によってそれが不足するであろうことを予測したのである。そして強引な借金で資金をつくり、買い占めをおこなったのだ。内乱それじたいは終熄《しゅうそく》まで一カ月も要さないであろうが、それまでの期間に、それらの物資は不可欠だった。カウフは賭けに勝って、処刑台への階段の一二段めから王座へと跳躍したのである。彼は商船の一ダースもいっぺんに買いこめるほどの利益をあげ、その半分を恩義ある友人にあたえた。

その後、カウフはそれまでの不運を解消するような活動ぶりをしめし、三度にわたって〝今年のシンドバッド賞〟を獲得した。五〇代なかばで急逝したとき、六人の息子と巨億の富がこの世に遺されていた。今日、カウフ財閥が柱の一本すらかたちとして残っていないのは、六人の息子たちが、亡父から財産を相続しただけで、その才気も行動力もうけつがなかったからである。しかし、一代かぎりであるにせよ、バランタイン・カウフの華麗な成功は、フェザーン商人たちの夢と野心をはぐくむに充分な歴史的事実だった。

「今日のきみは無名の新人。しかし明日はカウフ二世に！」

というのは、フェザーン最大の商科大学にかかげられた標語で、あまり洗練されたものとは言えないまでも、若者の心にひびくものではあった。ちなみに、この大学は、終生、カウフに忠実だった友人オヒギンスの寄附によって設立されたものだ。ある意味で、オヒギンスはカウフ以上にフェザーンに貢献した人物であると言える。カウフの巨富は蜃気楼のように消えさったが、オヒギンスの設立した大学は今日まで残って、多くの独立商人、経済学者、経済官僚を輩出し、フェザーン唯一の資源──人材を供給してきたのだから。

……ある日、『ドラクール』のメイン・バーのテーブルのひとつで、商用の旅から還った商人たちが、酒と噂話を楽しんでいた。話題は、日に日に様相を変える帝国社会のことだった。

「特権を失った貴族どもが、不動産や宝石や有価証券をつぎつぎ手放しているらしい。足もとを見られて買いたたかれているがな。訴えたくてもあとがこわくて泣き寝入りらしい」

「体制が変革されると、旧体制で特権をむさぼっていた奴らは復讐の対象にされる。歴史の鉄則だな」

「先祖の悪業を、子孫が血によってつぐなうわけだ。まあ、いささかあわれではあるが……」

「あわれなのは、五世紀にわたって貴族どもに喰いものにされてきた民衆だ。今後、五世紀にわたって貴族どもが痛めつけられることになったとしても、おれは同情する気にならんね」

「それはまた冷たい言種《いいぐさ》じゃないか。その貴族どものおかげで、ずいぶんと甘い汁も吸っただろうに」

「おれはいつだって、真剣勝負だし、失敗したときの覚悟はできている。だが、あいつらは頭脳も身体も使わないで金銭《かね》が湧いてでると思ってるんだ、許せないね」

「わかった、わかった。ところで、自治領主府《ランデスヘル》の役人どもに妙な噂を聞いたんだが」

「ほう、どんな?」

「自治領主のところに、このごろ妙な坊主が出入りしているらしい」

「坊主だと?　黒狐とはちょっとイメージがあわんな」

「あんがい、あうかもしれんさ。その坊主はフードのついた黒い長衣を着ているそうだからな」

アドリアン・ルビンスキーの執務する自治領主府《ラント》では職員たちが待合室のほうを見ては、ひそひそとささやきあっている。

公私ともに多忙をきわめ、身体がふたつ、さもなくば一日が五〇時間ほしいと日常言っている自治領主が、この数日、なにを好んで、えたいのしれない宗教家と密談しているのか、部下たちには理解できない。フェザーン人のなかでも、自治領と地球とのあいだに尋常ならぬ関係があることを知る者は、政治の中枢部に位置する、ごく少数の人々だけであった。

人々の非好意的な視線が集中するなかに、黒衣の人影がたたずんでいる。やがて秘書がでてきて、自治領主のもとへ彼を案内した。彼よりさきにルビンスキーへの面会を申しこみながら、あとまわしにされた訪客たちが、不機嫌そうに黒い後ろ姿を見送った。

地球の総大主教《グランド・ビショップ》からルビンスキーを監視するために派遣されてきた主教、デグスビイというのが彼の身分と名であった。

部屋にはいったデグスビイ主教はフードをぬいだ。

フードの下からあらわれた顔は、意外に若かった。まだ三〇歳になってはいないだろう。肉づきの薄い血色の悪い顔が、厳格に律された禁欲的な生活と、栄養のかたよりをしめしている。黒い髪は長いだけで手入れされておらず、青い目には熱帯雨林地帯の太陽に似た光があった——熱気はあるものの他人にはむしろ不快感をあたえる光であり、理性と信念とのアンバランスがあらわであった。

「主教猊下《げいか》、どうぞおすわりください」

高僧にたいする敬称で、ルビンスキーは呼びかけた。全身で恭謙《きょうけん》の意をあらわしているが、それは洗練された演技であって、心のうちから自然に湧きでるものではない。デグスビイは傲《ごう》慢《まん》というより、礼節というものに無関心な態度で、すすめられた椅子に腰をおろした。

「昨日、そなたが言ったことは真実か」

あいさつの必要も認めないらしく、冷ややかに糾問《きゅうもん》する。

「さようで。経済活動その他について、帝国にたいする協力および援助の比重をおもくします。急激にではありませんが」

「すると、帝国と同盟との勢力の均衡がくずれよう。それをどう利用するのか」

「ですから、ラインハルト・フォン・ローエングラム公爵に全銀河系を統一させ、しかるのちに彼を抹殺してその遺産をすべて手中におさめる。それでよろしくはありませんか」

自治領主《ランデスヘル》の言葉を聞く主教の顔に、まずおどろきの表情があらわれ、ついで疑惑が音もなく翼をひろげていった。

「……うまい考えではあろうが、いささか虫がよくはないか。あの金髪の孺子《こぞう》はそれほど甘くないし、オーベルシュタインとかいう曲者《くせもの》もついている。そうやすやすとこちらの思惑にのるとも思えぬが」

「なかなか情勢に精通していらっしゃいますな」

ルビンスキーは愛想がよい。

「しかし、ローエングラム公にしてもオーベルシュタインにしても、全知全能というわけではありません。乗《じょう》じる隙はありますし、なければつくることもできるでしょう」

ローエングラム公が全能であれば、昨年の秋、自身が暗殺者にねらわれることも、腹心のキルヒアイス提督を失うことも、ともになかったはずではないか。

「権力にしろ機能にしろ、集中すればするほど、小さな部分を制することによって全体を支配することができますからな。きたるべき新王朝においてローエングラム公——いや、皇帝ラインハルトひとりを殪《たお》し、神経回路の中枢をおさえれば、それがすなわち全宇宙の支配に直結するというしだいで……」

「だがな、自由惑星同盟《フリー・プラネッツ》の権力者たちが、吾々《われわれ》の手から遠くにいるわけではない。汝《なんじ》らフェザーンの富力によって頸《くび》すじをおさえられているし、元首のトリューニヒトはわが教徒たちによってクーデターから救われた。銀河帝国に加担するのはよいが、せっかくの同盟の手駒を無為に死なせることになりはせぬか。汝らの用語で言えば、投資がむだになる。そうではないか」

主教の指摘はするどかった。精神のバランスはともかく、けっして知的に劣悪なわけではないのである。

「いやいや、そうはなりません、主教猊下。同盟の権力者たちは、同盟それじたいを内部から崩壊させる腐食剤として使えます。およそ、国内が強固であるのに、外敵の攻撃のみで滅亡した国家というものはありませんからな。内部の腐敗が、外部からの脅威を助長するのです。そして、ここが肝腎《かんじん》ですが、国家というものは、下から上へむかって腐敗がすすむということは絶対にないのです。まず頂上から腐りはじめる。ひとつの例外もありません」

力説するルビンスキーを、主教は皮肉な光をたたえた瞳で見やった。

「フェザーンも、自治領《ラント》などと称しているが、事実上は国家だ。同盟のように頂上が腐りはじめてはおるまいな」

「これは手きびしい……為政者の責任、肝に銘じておきましょう。ところで、硬い話はこのくらいにしておきませんかな」

饗宴《きょうえん》の用意がある、と、自治領主《ランデスヘル》が言うのをすげなく謝絶して主教がでていくと、入れかわってひとりの青年があらわれた。まだ大学を卒業したばかりと思われる若さだが、眼光に甘さがなく、端整といってもよい顔立ちに、乾いた雰囲気をただよわせている。身体はやや肉づきが薄く、背丈は中背というには高いが、長身というほどではない。

ルビンスキーが昨年秋に任命した補佐官、ルパート・ケッセルリンクである。前任者のボルテックは、弁務官として銀河帝国の首都オーディンに赴任し、ある工作に従事中であった。

「主教のおもりもたいへんでございましょう、閣下」

「まったくだ。狂信的な教条主義者というやつは冬眠からさめたばかりの熊《くま》よりあつかいにくい……だいたいなにが楽しみで生きておるのやら」

快楽主義者を自任する自治領主は、若い主教の清教徒ぶりを鼻先で笑った。

「何千年も昔のことだが、キリスト教は、最高権力者を宗教的に洗脳することで、古代ローマ帝国をのっとるのに成功したのだ。それ以後、キリスト教がどれほど悪辣《あくらつ》にほかの宗教を弾圧し、絶滅させたか。そしてその結果、ひとつの帝国どころか文明そのものを支配するにいたった。これほど効率的な侵略は類をみない。それを再現させてやろうというのに、帝国と同盟を共倒れさせるという当初の計画に固執しおって……」

〝フェザーンの黒狐〟は舌打ちした。当初の計画を修正するにいたったのには、正当な理由がある。ローエングラム公ラインハルトという、戦争、統治両面の天才が出現したことによって、帝国は内部からドラスティックに改革されつつある。老衰したゴールデンバウム王朝は死滅する――当然のことだ。だが、その死屍《しし》を焼いた灰のなかから、若くたくましいローエングラム王朝が生まれるだろう。

同盟と同時にこの新王朝を倒すのは容易ではない。よし倒せたとして、あとにくるのは、全宇宙的な政治的混乱と治安の崩壊である。それを収拾するには、強大な軍事力と長い長い時間が必要だ。そして、あらたな秩序が建設されるまで、フェザーンの権益は群小の政治的・軍事的勢力によって蚕食《さんしょく》しつくされるだろう。それではこまる。では、どうすればよいのか。

新銀河帝国とフェザーンによる宇宙の分割支配。ルビンスキーが達した結論がそれであった。分割といっても、宇宙空間に国境線をひくわけではない。全人類社会は〝新銀河帝国〟に統一され、政治的支配権、軍事的支配権、およびそれにともなう権威は皇帝が独占する。フェザーンは彼に臣従《しんじゅう》する。しかし、経済的支配権、これはフェザーンのものだ。空間を分割するのではなく、社会機能の支配権を分割することで、〝新帝国〟とフェザーンは共存し、かつ相互発展することができる。退廃し、閉塞《へいそく》状況にある自由惑星同盟《フリー・プラネッツ》には、新しい時代の土壌に埋まる肥料となってもらおう。

だが、ルビンスキーは、彼の思案をそのまま地球教の若い主教に伝えたわけではなかった。地球教がめざすものは、宗教的支配権だけでなく、祭政一致の神権政治である。地球が全人類の神殿となり、巡礼者が絶えない、という状況が生まれるのは、まあよいとしよう――銀河系の辺境に位置する衰微した惑星が人類発祥の地であることは事実なのだから。だが、そこが神権政治の府としてふたたび人類支配の中心地となるのは、おぞましいかぎりである。それでは、〝神聖不可侵のルドルフ大帝〟にかわって地球の総大主教《グランド・ビショップ》が登場するだけのことであり、二重の意味で歴史が逆流することになる。それを防止し、ルビンスキーの意図を実現させるには、地球教にたいして面従腹背でのぞみ、帝国とフェザーンの二重支配体制が確立した時点で、帝国の武力によって地球教を弾圧、壊滅させることである。充分な警戒と注意が必要なことは言うまでもない。先代の自治領主《ランデスヘル》も、地球の軛《くびき》から離脱する気配をしめしたとたんに、死をもって裁断されたのである。その轍《てつ》を踏んではならない。完全な勝利だけが、地球の呪縛《じゅばく》を消滅させうるのだから。

Ⅳ

かつて帝国の高等弁務官であったレムシャイド伯は、現在、フェザーン本星の一隅で亡命生活を送っている。

帰国すれば、旧体制における高官として、新体制の処断が待っているであろう。前非を悔い、ローエングラム公ラインハルトに忠誠を誓えば、赦《ゆる》されるかもしれないが、〝なりあがり者の金髪の孺子《こぞう》〟にたいしてひざを屈するのは、彼自身の矜持《きょうじ》と名門の伝統が許さなかった。彼は公邸をでて、首都から半日行程のイズマイル地区に新居をさだめた。前方に人造海がプルシャンブルーの水をたたえ、背後に瑪瑙《めのう》でつくられたような岩山がせまり、両者のあいだに横たわる平地は、糸杉の林と草地とを混在させている。そのなかに、花崗岩《かこうがん》と硬質ガラスの建物が静かなたたずまいをみせていた。

公的生活を失って以後、孤独と無聊《ぶりょう》をかこっていた伯爵は、ひさしぶりに客人を迎えて応接室にすわっていた。客はフェザーンの若い補佐官ルパート・ケッセルリンクである。

あいさつがわりにラインハルト新体制への悪口を二、三、ならべてから、客はすぐ本題にはいった。

「失礼ながら、レムシャイド伯、現在、閣下のお立場はきわめて困難なものとなっていらっしゃる。そうですな」

「……ご指摘をうけるまでもない」

色素の薄い瞳に、隠しきれない苦渋の色があった。フェザーンの信託会社に資産の運用をゆだね、生活になんら不自由はないと言っても、精神的空虚の存在を否定することはできない。新体制にたいする怒りと憎悪、旧体制と故郷への郷愁《きょうしゅう》——それらは負の情熱であるにしても、情熱であることはうたがいなかった。レムシャイド伯の、ガラス玉めいた目から復古への渇望が波動となってひろがっている。伯爵より二〇歳以上も若いルパート・ケッセルリンクは、冷静さと辛辣さの溶けあった目で、それを観察していたが、やがて礼儀正しく口を開いた。

「じつは、私がここへうかがったのは、自治領主《ランデスヘル》の非公式な使者としてなのです。私の上司は、閣下に、ある計画を提示しておりますが、お聞きいただけますか」

……一五分後、伯爵は、疑念をまじえた驚愕の表情をケッセルリンクにむけていた。

「大胆な提案だ。魅力的でもある。だが、ほんとうにそれは卿《けい》の独走ではなく、自治領主の意思にそったものなのだろうな」

「私は自治領主閣下の手足にすぎません」

口さきだけで、若い補佐官は謙譲の美徳を発揮したが、一瞬、精悍《せいかん》なかがやきが両眼の奥にはしった。

「それにしても、いささか解しかねるな。いや、私などにとってはありがたいお話だが、フェザーンにとってなんの益があるのだ？　金髪の孺子《こぞう》めの新体制に協力したほうが、今後の経済活動をするうえで有益だろうに」

ケッセルリンクはやわらかく微笑した。もと弁務官の疑問を解消するのは、なんら困難がない。彼らの固定観念を肯定してみせればよいのだ。

「ローエングラム公爵は政治だけでなく、社会的にも経済的にも、帝国を変革しようとしています。それは急進的で、しかも独断性に富んだものです。すでに、わがフェザーンが帝国に所有していたいくつかの権益が侵されつつあります。変革はよろしい――ですが、悪い方向への変革はこまる。これがフェザーンの立場で、ごく単純明快なものなのですよ」

「…………」

「むろん、この計画が成功し、ゴールデンバウム王朝が憎むべき簒奪者の手から救われたとき、フェザーンは相応の報酬をいただくことになります。救国の偉人としての名声はあなたのもの。いかがです、双方にとってのぞましい商談とはお考えになりませんか」

「商談か……」

レムシャイド伯は唇をかるくゆがめた。

「国家の存亡すらも、卿らフェザーン人は商談の種にするというのだな。たくましいかぎりだ。その活力と覇気を、わが帝国が回復することができれば、また五〇〇年間は安定と秩序の時代がくることであろうが……」

さりげなく壁面のパステル画に顔をむけながら、ケッセルリンクは笑いの衝動をかみ殺した。智者は困難を知り、愚者は不可能を知らぬ。レムシャイド伯はそれほど無能な男ではないはずだが、幼少時からたたきこまれた〝帝国不滅〟の思想から脱却するのは容易ではないらしい。だが、この幻想が生きつづけるかぎり、フェザーンへの亡命者であるにせよ、帝国内残留者であるにせよ、旧体制派の人々をフェザーン政府は利用できるのだ。

若い補佐官は時間を空費しなかった。レムシャイド伯の邸宅をでると、彼は、地上車《ランド・カー》をヘンスローという男の住居へ乗りつけた。ヘンスローは自由惑星同盟《フリー・プラネッツ》からフェザーンへ派遣されている弁務官で、同盟の対フェザーン外交の、現地における責任者である。この裏には、いまひとつの任務が隠されている。つまり、フェザーンにおける同盟の対帝国スパイ網の責任者という役割だ。同盟の国家戦略において、きわめて重要な位置をしめる人物である。ただし、地位と責任と能力とは、かならずしも一致するものではないであろう。

ここ数年、同盟弁務官の質は下落するいっぽうと言われている。政権が交替するたび、高官の論功行賞人事がおこなわれ、外交手腕にとぼしい財界人や選挙屋が、名士としての箔《はく》をつけるため、この地位をのぞんで赴任してくるのだ。ヘンスローにいたっては、ある名門企業の創業者の息子で、オーナーであったのが、能力と人望の欠如に愛想をつかされ、経営陣によって態《てい》よく配所に流されたのだ、とさえ言われている。

ケッセルリンク補佐官を迎えて、頬肉のたるんだ、太くて短い眉のヘンスローは困惑を隠しきれなかった。フェザーンが買いもとめた同盟の国債で、すでに償還《しょうかん》期限をこえたものがあることを指摘されたのである。

「総額は約五〇〇〇億ディナールに達しています。本来、ただちに償還をお願いすべきなのですが……」

「一時にはとても……その……」

「そうでしょう。失礼ながら、貴国の財政能力をこえている。わが自治領《ラント》が正当な権利の行使をひかえているのは、ひとえに、貴国にたいする友情と信頼の証明《あかし》と考えていただきたい」

「感謝にたえません」

「ただし、それも、貴国が安定した民主国家であるかぎりにおいては、です」

ルパート・ケッセルリンクの声と表情が、弁務官に不吉なものを感じさせた。

「とおっしゃるのは、わが国の政治的安定にフェザーンが不安をいだいていると、そう解釈してよろしいのですか」

「それ以外のことを申しあげているように聞こえますか」

辛辣な反問に、弁務官は鼻白んだ態《てい》で沈黙した。ケッセルリンクは表情をやわらげ、ていねいな口調をつくった。

「わがフェザーンにとっては、自由惑星同盟《フリー・プラネッツ》が安定した民主国家でありつづけること、これが真にのぞましいことなのです」

「ごもっともです」

「昨年のクーデター騒ぎのようなことがあっては、たいへんこまる。あのままクーデターが成功していれば、わがフェザーンの投下した資本は国家社会主義《ナショナル・ソーシャリズム》の名のもと、無償で接収されていたかもしれません。企業活動の自由と私有財産の保護、これはわがフェザーンの存続にとって必要不可欠のものですし、貴国にそれを否定するような政体の変革をおこなわれては迷惑です」

「まことに補佐官のおっしゃるとおりです。しかし、無謀なクーデターのくわだても失敗し、わが国は今日でも自由と民主主義の伝統をまもりつづけています」

「それにかんしては、ヤン・ウェンリー提督の功績が、きわめて大ですな」

あんたたちの功績ではない、と、暗に言ったのだが、むろん、ヘンスローは気づかない。

「さよう、なかなかの名将と言うべきで……」

「ヤン提督の才能、名声、実力は同盟軍内部において比肩《ひけん》するものがない。そうですな」

「……たしかに」

「その彼が、いつまで現政権の頤使《いし》に甘んじているか——そうお考えになったことはありませんかな、弁務官どの」

弁務官は若い補佐官の発言がなにを意味するのか、慎重に咀嚼《そしやく》するようすだったが、やがて、ぎょっとしたような表情を満面に浮かべた。

「ま、まさか、補佐官がおっしゃりたいのは……」

ルパート・ケッセルリンクはメフィストフェレスの弟子を想わせる笑顔で応じた。

「弁務官閣下は、正確な洞察力をお持ちでいらっしゃいますな」

まったくの努力なしにそう言えたわけではない。むしろ彼は、相手の直感力のにぶさを内心でののしっていた。だが、むろん、正直にそれをあらわすようなまねはしない。ここはおぼえの悪い犬に芸をしこむつもりで、根気よく相手を誘導せねばならなかった。

「……しかし、しかし、ヤン提督は昨年のクーデターに際して、政府に味方し、軍国主義者どもの蜂起《ほうき》を鎮圧したのですぞ。その彼が、まさか政府に背くなど……」

「昨年は昨年。考えてもごらんなさい、ヤン提督であればこそ、短期間にクーデターを完全鎮圧できたのです。ひとたびヤン提督自身が野心をいだいて起兵したとき、何者が彼を制することができますか。イゼルローンも〝アルテミスの首飾り〟も、ともに彼の前では、まったく無力だったではありませんか」

「しかし……」

抗弁しかけたものの、あとがつづかず、弁務官はハンカチをとりだして顔の汗をふいた。恐怖で味つけされた疑惑が、彼の胃のなかで跳びはねている。ケッセルリンクの目には、それがはっきりと見えた。いますこし刺激的な香辛料をふりかけてやれば疑惑は決定的になるだろう。

「こんな誹謗《ひぼう》めいたことを言いますのも、じつはそれなりの根拠があることでして……」

「と言うと……？」

頰をこわばらせ、身をのりだす。いまや弁務官はケッセルリンクの笛にあわせて踊る安物のマリオネットでしかない。

「例の〝アルテミスの首飾り〟です。あれは一二個の攻撃衛星を惑星ハイネセンの静止軌道にならべたものでしたが、それをすべてヤン提督は破壊しました。ですが、一二個全部をこわす必要があったとお思いですか？」

「……そう言われれば」

「あれは後日、ヤン提督自身がハイネセンを攻略するときの障害となるものを、早めに排除したのではないでしょうか。ひとえに同盟政府にたいする好意で申しあげるのですが、ちがうならちがうで、ヤン提督から弁明をお聞きになったほうがよろしいかと思います」

……さんざん毒の息を吐きかけておいて、ヘンスロー邸を辞去したのち、自治領主《ランデスヘル》のもとへことのしだいを報告にきたケッセルリンクはいささか憮然としたようすだった。

「どうした、なにやら不服そうだが」

「成功したのはよいのですが、ああも簡単に踊ってもらうと、いささかものたりません。どうせなら火花が散るほどの交渉をしてみたいものです」

「贅沢だな。いずれ、もっと楽な相手と交渉したいと言うようになる。それに、今日の交渉が楽だったとしても、べつにきみの外交能力が優秀だったからではないぞ」

「わかっております。弁務官どのの立場がたいそう弱かったからで……それも公私にわたって」

ルパート・ケッセルリンクは低い笑い声をたてた。自治領主《ランデスヘル》の指示にしたがい、世俗的欲望のゆたかな弁務官に、金銭と美女をあてがって飼いならしたのは彼であったのだ。他国の外交官を買収するのは、フェザーン人の道徳律に反しない。金銭で買えないものはたしかに存在するが、買えるものはその価値に応じて買っておくべきであり、買ったものは利用すべきであった。

「ところで、閣下、いささかこまかいことで恐縮ですが、ボリス・コーネフという男のことで、ちょっとお話があるのです」

「憶えている。あの男がどうした？」

「自由惑星同盟《フリー・プラネッツ》駐在の弁務官事務所から、遠慮がちながら苦情がきております。協調性と勤勉さに欠け、なによりも致命的なまでに意欲がとぼしいとか」

「ふむ……」

「独立商人としては、そこその才覚があった男のようです。公務員という身分にしばりつけたのは、遊牧民に畑を耕せと命じたようなものではありませんか」

「適材適所とは思えん、というわけか」

「お気にさわったら、お許しください。閣下のこと、かならずご深慮あってのご処置とは思いますが……」

ルビンスキーは舌先でワインをころがした。

「気をつかわんでいい。たしかに、野《や》においておくべき男だったかもしれんのだ、ボリス・コーネフという男はな。ただ、現在は無意味にみえても、のちになって使途《つかいみち》のでてくる駒があるものだ。預金にしても債券にしても、長期になるほど利率がよいだろう?」

「それはそうですが……」

「石油が地層に形成されてから、ものの役にたつようになるまで何億年もかかる。それにくらべれば、人間は、いくら晩成でも、半世紀もたてば結果がでるものだ。あせることはない」

「何億年——ですか」

つぶやいた若い補佐官の声に、奇妙な敗北感めいたひびきがある。器《うつわ》の差を思い知ったかのように、ケッセルリンクはあらためて自治領主をながめやった。

「それにしても、チェスの駒はうごく方向がさだまっていますが、人間はそうではありません。彼らを思いのままにうごかし、ものの役にたてるのは、なかなか困難なことだと思われますが……」

「いいところをつくな。そう、人間の心理と行動はチェスの駒よりはるかに複雑だ。それを自分の思いどおりにするには、より単純化させればよい」

「と言いますと？」

「相手をある状況においこみ、行動の自由をうばい、選択肢をすくなくするのだ。たとえば同盟軍のヤン・ウェンリーだが……」

ヤンの立場はいま微妙である。同盟の権力者たちは、ヤンにたいして愛憎並存《アンビバレンス》ともいうべき精神状態にある。ヤンがその声望をもって政界に転じ、合法的に彼らの権力を奪うのではないか、という不安。そして、ケッセルリンクをつうじてルビンスキーが煽動《せんどう》したことだが、ヤンが強大な武力をもって非合法的に支配権を確立するのではないか、という恐怖。この両者があれば、権力者としてはヤンの存在を抹殺してしまいたいところだろう。だがヤンの軍事的才能は、同盟にとって必要不可欠である。ヤンがいなくなれば、戦わずして同盟軍は瓦解《がかい》しかねない。皮肉なことだが、銀河帝国の独裁者ラインハルト・フォン・ローエングラムの存在こそが、ヤンを救っているとも言えるのだ。ラインハルトがいなくなれば、同盟の権力者たちは狂喜乱舞し、もはや不要となったヤンを抹殺するだろう。生命まで奪うとはかぎらないが、政治的あるいは性的なスキャンダルをでっちあげて名声を失墜させ、公民権を奪うていどのことは、平然とやってのけるだろう。一流の権力者の目的は、権力によってなにをなすか、にあるが、二流の権力者の目的は、権力を保持しつづけることじたいにあるからだ。そして現在の同盟の権力者たちは、あきらかに二流である……。

「ヤン・ウェンリーは、いま細い糸の上に立っている。糸の一端は同盟に、もう一端は帝国にかかっているのだが、このバランスがたもたれているかぎり、ヤンはとにかく不安定でも立っていられる。しかし……」

「われわれフェザーンが、その糸を切るというわけですか」

「切らなくともよい。より細くけずっていけばよいのだ。そうすればヤンの選択肢はどんどん減っていく。もう二、三年もすれば、ヤンはふたつの道のどちらかをとるしかなくなるだろう。ひとつは、自国の権力者によって粛清される道。もうひとつは、現在の権力者たちを打倒して、自分がとってかわる道だ」

「その前に、ラインハルト・フォン・ローエングラムによって敗死するという可能性もありますが……」

執拗《しつよう》に補佐官は問題提起をする。

「そこまでローエングラム公にいい思いはさせられんな」

ルビンスキーの口調は淡白なものだったが、その底に不透明なものがひそんでいた。いなされたような思いが、補佐官をとらえた。

「また、逆に、ヤン・ウェンリーがローエングラム公を戦場で打倒することもありえます。そのときにはどう対処なさいますか」

「補佐官……」

自治領主《ランデスヘル》の声が微妙に変化していた。

「私はしゃべりすぎたようだし、きみは聞きすぎたようだな。ここで哲学を語る以外にも、吾吾のやるべきことは多い。だいいち、この計画で、レムシャイド伯を盟主としてかつぎだすのは当然として、実行部隊の長をまだ人選していないのだ。まずそれをすませてもらおう」

「……失礼しました。近日中に人選をすませて報告にあがります」

補佐官が部屋をでていくと、ルビンスキーはたくましい身体を深々と椅子に沈めた。

この計画が実現すれば、ローエングラム独裁体制下の銀河帝国と、自由惑星同盟《フリー・プラネッツ》とは、不倶《ふぐ》戴天《たいてん》の仇敵《きゅうてき》どうしとなるであろう。識見の高い政治家がでて、両勢力間の和平共存をはかったりする前に、実行にうつす必要があった。

フェザーンの自治領主は、たくましいあごの付近に食肉獣めいた微笑をたたえた。

気づかせてはならないのだ——自由惑星同盟の敵は銀河帝国ではなく、ゴールデンバウム王朝であった、という事実に。ゴールデンバウム王朝を共通の打倒すべき敵として意識したとき、ローエングラム新体制と同盟とは共存が可能なのだ、という事実に。気づかせてはならない。

二大勢力の闘争は、いますこし続行させねばならない。永遠に、ではない。あと三年か四年くらいのものだ。そして戦火が終熄したとき、すべての有人惑星の地表と、それらをむすぶ空間とを、なんぴとが支配しているか、想像力の貧困な輩《やから》には考えもつかないだろう……。

第四章　失われたもの

Ⅰ

フェザーン自治領主の補佐官ルパート・ケッセルリンクが、首都の北方九〇〇キロに位置するアッシニボイヤ渓谷にレオポルド・シューマッハを訪ねたのは二月末のことである。そこは商業立国のフェザーンにおいて未利用のまま放置されていた広大な可耕地で、近年、入植者たちの集団農場が開拓をおこないはじめていた。

レオポルド・シューマッハは、昨年まで帝国軍大佐の地位にあり、〝リップシュタット戦役〟においては貴族連合軍に属して、最強硬派の領袖《りょうしゅう》フレーゲル男爵の参謀をつとめた。だが、男爵はシューマッハの進言や意見をことごとく無視し、ついには逆上して参謀を射殺しようとし、主将より参謀を信頼する兵士たちの反抗にあって逆に殺害されたのである。その後、シューマッハは部下をひきいてフェザーンに亡命し、あたらしい土地で過去を思いきった生活をはじめようとしていた。軍人として将来を期待されていた三三歳の彼だが、戦争にも陰謀にも嫌気がさしており、静かで充足した生活をもとめる心境になっていたのだ。

そのため、シューマッハは、自分たちがフェザーンまで乗ってきた戦艦の兵器類を破棄したうえでフェザーンの商人に売却し、その代金を部下たちに分配して、将来を各人の手にゆだねようとした。だが、部下たちは解散しようとしなかった。戦い敗れ、祖国を捨てて亡命したものの、彼らは、俊敏で狡猾《こうかつ》で油断のならないフェザーンの競争社会で生きてゆく自信がなかったのである。フェザーン人のしたたかな利益追求ぶりは、帝国には誇大に伝わっており、素朴で世情にうとい兵士たちとしては、自分自身の才覚をあてにはできない以上、信頼できるのはシューマッハの思慮と責任感だけであった。そしてシューマッハは、狂乱したフレーゲル男爵の銃口から彼を救ってくれた兵士たちを見捨てることはできなかったのだ。

兵士たちは、分配金の運用をシューマッハに一任した。知性ゆたかなもと参謀も、フェザーン人を相手として商業活動の勝者となる自信はなかった。彼がえらんだのは、地味だが堅実な農場経営だった。商業国民たるフェザーン人も、食糧なしでは生きていけないのだし、美味で新鮮な食物にたいしては、そうでないものより多額の代価を支払うだけの度量をもっていた。生活を楽しむことを知る商人たちに、良質の農作物を供給することで、彼らはフェザーンで生きてゆくことができるだろう。

シューマッハは、戦艦の代金を有効に使い、アッシニボイヤ渓谷に土地を買い、質素だが設備のととのった移動式住居をすえつけ、種子と苗木を入手した。亡命者たちは、大地との気長な戦いを開始しつつあったのだ。意外な訪問者を、シューマッハは迷惑な闖入者としかみていないようだった。あなたの祖国について重大な話がある、と補佐官が言うと、

「もう私にかまわないでいただけませんか」

それに応えたシューマッハの口調は、礼儀正しいが、忌避のひびきを隠しきれなかった。

「私には関係ないことです。銀河帝国やゴールデンバウム王朝がどうなろうとね。自分自身と仲間のあたらしい生活をきずくのに手いっぱいで、捨てさった過去のことなど、考えるゆとりがありませんよ」

「過去はお捨てになってもよろしいでしょう。ですが、未来をその道づれになさることはありませんよ。シューマッハ大佐、あなたは土と肥料にまみれて生涯を終わる人ではない。歴史を変えてみたいとは思いませんか」

「お帰りください」

「まあおちついて聞いていただきたいんですがね」

たちあがりかけたもと大佐を補佐官は制した。

「あなたがたの農場で作物をつくることはできるでしょう。利用されないまま放置してはあるが、アッシニボイヤはゆたかな土地になる可能性をもっている。ですが、悲しいかな、作物は市場で売れないことには意味がない。聡明なあなたにはおわかりでしょうが」

ケッセルリンクが内心で感銘をうけたことに、シューマッハは顔面筋肉ひとすじすらうごかさなかった。するどさと勁《つよ》さの双方を兼備した男であることが、フェザーンの若い補佐官には充分にわかった。しかし、これは最初から不平等なゲームだった。兵士《ポーン》の駒だけで、シューマッハは、すべての駒をそろえた相手との戦いをしいられたのである。

「……それがフェザーンのやりかたというわけですか」

シューマッハの声にふくまれたかるい怒りのひびきは、相手にむけられたものではなく、実効のない皮肉を言うしかない自己の無力さにたいしてのものだった。ケッセルリンクは、悪びれることなく自己の勝利を認めた。

「そうです。これがフェザーンのやりかたです。必要とあらば権道《けんどう》をもちいます。軽蔑なさってけっこう。ただし、勝者にたいする敗者の軽蔑ほどむなしいものは世にすくないと私は思いますがね」

「勝っているあいだは、そう思えるでしょうな」

さりげない口調でシューマッハはきりかえし、ちょうど一〇歳年少の補佐官を、憮然として見すえた。

「それで、具体的に、私にどうしろとおっしゃるのです。ローエングラム公爵を暗殺しろとでも言うのですか」

ケッセルリンクは笑ってみせた。

「フェザーンは流血を好みません。平和こそが繁栄につうじる唯一の道ですからね」

シューマッハがその言葉を信じていないのは明白だったが、若い補佐官にとって必要なのは、信じさせることではなく、したがわせることだった。彼は、過日レムシャイド伯に語ったものとおなじ話をし、隠しきれないおどろきを相手の表情に認めて満足した。

ランズベルク伯アルフレットも、フェザーン本星で亡命者の不遇をかこつ身である。彼はまだ二六歳でしかなかったが、その四倍の歳月を生きた曾祖父《そうそふ》よりはるかに巨大な人生の変転を経験していた。曾祖父は酒宴と狩猟と漁色で生涯を終えたが、曾孫のほうは、そのいずれもたいした経験をつまないうちに、帝国を二分する大乱にまきこまれ、財産のことごとくを失った。生命がまっとうできただけでも、幸運というべきではあったろう。

生命からがら、戦場を離脱してフェザーンに身をよせたアルフレットは、先帝フリードリヒ四世恩賜のスターサファイアのカフスボタンを売りとばして当座の生活費をつくると、『リップシュタット戦役史』なる著作をものしようとした。貴族たちのサロンで、彼の詩や短編小説は、けっこう評判だったのである。

冒頭部分が完成すると、アルフレットは意気揚々として原稿を出版社にもちこんだが、鄭重《ていちょう》にことわられてしまった。

「伯爵閣下のお作には、多くの美点がみられますが……」

編集者は、憤然とするアルフレットにむかって言った。

「……しかし、あまりにも主観的で、不正確で、記録としてはいささかその価値に疑問が……情熱とロマンチシズムのおもむくままに美文調でお書きになるのではなく、もっと筆致《ひっち》をおさえて、冷静に、客観的にですな……」

若い伯爵は編集者の手から原稿をひったくり、ずたずたにされた自尊心を拾い集めてかりの住居にもどった。眠るには、大量のワインが必要だった。

翌朝になると、気分も変わっていた。自分は記録者ではなく行動者なのだ、すぎさった過去を紙上に写すより、現在を行動し、みずからの手で未来をきずくことこそ、自分にふさわしい人生ではないだろうか。

そう考えている彼のもとを、フェザーンの自治領主補佐官《ランデスヘル》ルパート・ケッセルリンクが訪ねてきた。アルフレットよりさらに若い補佐官は、礼儀正しく言った――伯爵閣下、あなたの忠誠心と情熱を、祖国にたいしてささげる気がおありですか。もしおありなら、レムシャイド伯を盟主とする計画にご参加ください……。

話を聞いたアルフレットはおどろきかつ喜んで、計画への参加を誓約した。計画の実行責任者として、彼はシューマッハに紹介された。アルフレットが故フレーゲル男爵の友人であったことを、もと大佐は知っていた。

いささか気まずいことになるかもしれない――そうシューマッハは覚悟していたが、アルフレットは一大佐のことなど記憶していなかった。

「卿《けい》と私とは過去に戦友だったらしいが、これからも同志ということになるな。よろしく」

こだわりもわだかまりもない表情で握手をもとめる。それに応じながら、シューマッハは、安堵と不安の気泡が交互に意識の水面上に浮かびあがるのを感じていた。

気質は悪くなく、行動力や勇気にも富んでいるが、現実と空想の区別がつかない傾向のあるアルフレットである。計画の可能性に思いをはせたとき、シューマッハは、楽天的な気分にはなれなかった。

この計画は、はたして成功するのだろうか――シューマッハは自問せずにいられない。たとえ成功したとして、それにどんな意義があるのか。戦火を拡大させ、平和と進歩へいたる道に障害物をきずきあげるだけのことではないか。だが、そう思いつつも、シューマッハは、計画に参加せざるをえない立場だった。

こうして、ルパート・ケッセルリンクは、計画に必要な人材を着々と集めていった。時間と資金は充分にあった。彼は計画の成功を確信していた。この計画が実行されたとき、全人類社会は驚倒《きょうとう》するであろう。彼より一歳若いローエングラム公ラインハルトの反応が楽しみであった。

そして、そのときフェザーン自治領主ルビンスキーも、彼の能力を認めざるをえないであろう……。

II

ヒルダことヒルデガルド・フォン・マリーンドルフは、帝国宰相首席秘書官として、ラインハルトを補佐する身となっている。彼女の政治、外交、戦略にかんするセンスのゆたかさは、ラインハルトにとって貴重なものに思えたのだったが、

「たんに才能だけの問題ではあるまい」

というのが、文官、武官を問わず、ラインハルトの部下たちの最大公約数的な観察である。二二歳のラインハルトも、二一歳のヒルダも、稀有《けう》の美貌で、ふたりがならんだところを古代ローマ神話のアポロ神とミネルバ女神にたとえる者もいる。ただし、公然とではない。帝国で神話とは古代ゲルマン神話をさして言うからだ。

ヒルダは、伯爵令嬢という呼称から想像される、深窓の姫君のイメージには欠ける。くすんだ金髪をショートカットにして、さっそうと歩く姿は、活力と躍動性に富み、むしろ少年的な印象ですらある。父親のマリーンドルフ伯フランツは、貴族的な因習にとらわれることなく成長し、年齢や身分の枠をはるかにこえる思考力をそなえるにいたった娘の存在を、奇蹟のように思い、息子が誕生しなかったことを残念とは考えなかった。ヒルダであればこそ〝リップシュタット戦役〟の渦中にあって正確に将来を予見し、伯爵家を安泰にみちびくことができたのである。

ヒルダには兄も弟もいないが、それにかわる存在として、従弟《いとこ》のハインリッヒ・フォン・キュンメル男爵がいる。銀色の頭髪、端整だが血色の悪い顔、骨格も細く肉づきも薄い身体――すべてが繊細さをとおりこして、弱々しく、はかなげな印象をあたえる。実際、彼は、一日の大部分をベッドですごさねばならない半病人で、それゆえ〝リップシュタット盟約〟にもくわわらず、結果として滅亡をまぬがれたのだ。

彼は、生まれたときすでに先天性代謝異常の病名をあたえられていた。体内の酵素が生まれつき不足しているため、アミノ酸や糖分を分解吸収することができず、発育障害をおこすのである。これは、治療用の特殊なミルクを数年にわたってあたえれば、完治させることができるのだが、そのミルクは非常に高価なものであった。

ルドルフ大帝のさだめた〝劣悪遺伝子排除法〟によれば、先天的な障害のある子供など、生きるに値しない。したがって、治療用のミルクを生産し虚弱者を救うなど論外であるのだが、実際問題として、貴族の家にも肉体的なハンディキャップをもつ乳児が生まれることがある。その需要に応じて、少量の治療用ミルクが生産され、平民の購買能力をこえた値で売られるのだった。銀河帝国の支配階級にとって、平民は労働と租税負担によって支配階級を養うためにのみ存在意義をもつ。勤勉な労働者は賞賛されて当然だが、社会になんら貢献せず他人に負担をあたえるだけの虚弱者や障害者に生きる権利はない――それがルドルフ大帝以来の帝国の論理であった。

ハインリッヒは、まったく、平均的所得をえている貴族の家に生まれたために、死ぬべき生命を永らえたのである。いわば特権的な状況にあって、そこに無批判に安住するか、思索の糧《かて》とするかは、各人の資質と周囲の影響によるであろう。生まれたときから義眼を必要としたパウル・フォン・オーベルシュタインなどは、思索をつきぬけて、彼が悪とみなした体制の打倒へと行動をおこしたのだが、ハインリッヒにはそれだけの行動力をささえる体力がなかった。彼は乳児のときには、「三歳までの生命」と言われ、五歳のときには、「あと二年がせいぜい」と言われ、一二歳のときには、「一五まではもたないだろう」と言われた身であり、三歳ちがいの従姉《いとこ》ヒルダからみると、保護意識を刺激してやまない存在だった。彼女はなにくれとなく従弟の世話をやいた。

　いっぽう、ハインリッヒからすれば、美しいだけでなく活力と聡明さにみちたヒルダは、たんに年長の従姉というにとどまらず、崇拝にちかい憧憬《どうけい》の対象であった。彼は幼少のころ両親を失い、ヒルダの父マリーンドルフ伯フランツ、つまり彼の伯父《おじ》を後見人として家督をついでいた。知性はともかく、年齢、経験、健康のすべてを欠いていたため、財産はマリーンドルフ伯の管理下におかれ、伯爵がもしその気なら、キュンメル家の全財産を横領することも可能であった。しかし、マリーンドルフ伯ほど誠実な人物は、帝国貴族中にごく少数しかいなかったのだ。

　ハインリッヒに、英雄崇拝の傾向があるのは、むしろ当然であったろう。彼は、一度の人生で多方面にわたる業績をあげた人々にあこがれた。それは、レオナルド・ダ・ヴィンチであり、政治改革者・軍人かつ詩人であった曹　操《ツアオ・ツアオ》であり、革命家・軍人・数学者・技術者であったラザール・カルノーであり、帝王にして天文学者・詩人であったトゥグリル・ベクであった。

　ヒルダは、ラインハルトの部下であるエルネスト・メックリンガー大将に頼んで、ハインリッヒと会ってもらったことがある。メックリンガーはハインリッヒにとって、ある意味で理想の人物だった。

　いやいやながら軍人になったという点では、彼は自由惑星同盟《フリー・プラネッツ》のヤン・ウェンリーに似ている。しかし、身上調書の趣味の欄に〝昼寝〟と記入したヤンなどとちがい、メックリンガーはゆたかな芸術的表現力にめぐまれていた。散文詩と水彩画においては、帝国芸術アカデミーの部門別年度賞を獲得しているし、ピアノ演奏でも〝大胆さと繊細さの完全な融合〟を批評家から賞賛されている。しかも、軍人としてはアムリッツァ会戦やリップシュタット戦役で手がたい力量を発揮し、多くの武勲にかがやいていた。どちらかといえば、広い視野で戦局全体を見わたし、必要な状況に応じて必要な兵力を配置・投入する戦略家タイプで、大艦隊の指揮もよくできるが、それ以上に参謀としてえがたい手腕を有している。

ヒルダの依頼をうけた〝芸術家提督〟は、自作の水彩画を一枚たずさえてハインリッヒの居館を訪れ、ヒルダをまじえて一時間ほど歓談した。興奮したハインリッヒがかるく発熱し、医師が呼ばれたので歓談は終わったが、玄関まで提督を送ったヒルダは、礼を述べるとともに、ひとつの質問をした。ハインリッヒの病室にはいったとき、提督が、ごくわずかながら意外そうな表情をみせた、その理由を知りたかったのである。

「ほう、やはり顔にでましたか」

三五歳、ラインハルト麾下の提督たちのなかでは比較的年長であるメックリンガーは、きれいにととのえた茶色の口ひげの下で、おだやかに笑った。

「いや、私はああいう病人をほかに二、三、知っていますが、身体の自由がきかない人は、身近にペットを飼っていることが多いのです。小鳥とか猫とか。キュンメル男爵のお部屋にそういうものが見あたらなかったので、おや、この人は動物がきらいなのかな、と思ったのですが、ただそれだけのことですよ」

たしかにハインリッヒは愛玩《あいがん》用の小動物を手もとにおいたことがなかった。自分が自由にうごけないので、小動物にうごきまわらせてそれを楽しむ、あるいはうらやむ、という精神的代償行為を、ハインリッヒは必要としないのだろうか。

メックリンガーの指摘は、かつてヒルダ自身も感じたことのある疑問をあらためて想いおこさせたが、彼女がそれを忘れさるまで数時間とかからなかった。

ヒルダもメックリンガーも、非凡な知性と感性をそなえている。だからこそ感じた疑問であったろうが、育つには小さすぎる芽であった。宰相首席秘書官をつとめる伯爵令嬢も、詩人で画家である帝国軍提督も、このときのささやかな会話を思いだすのは、ずっと将来《さき》のことである。そしてそれは、にがいものをともなってヒルダたちの前にあらわれることになる……。

シャフト技術大将が立案し、ケンプとミュラーが実行責任者となったガイエスブルク要塞移動計画にたいして、ヒルダはかならずしも賛成ではなかった。というより、はっきりと批判的であった。現在、宇宙が必要としているのは、ラインハルトの建設者としての能力であって、征服者としての能力ではないと思う彼女である。ヒルダは絶対的平和論者ではない。故ブラウンシュヴァイク公に代表される旧貴族連合のように、武力をもって打倒すべき、改革と統一の敵もいる。だが、また、武力は万能ではない。政治と経済の充実あってこその武力であり、これらを衰弱させておいて武力のみ突出させたところで、永続的な勝利はのぞむべくもないのだ。極端に言えば、武力とは政治的・外交的敗北をつぐなう最後の手段であり、発動しないところにこそ価値があるのだ。

ヒルダが理解できないのは、なぜこの時期に、同盟領への侵攻をおこなわねばならないのか、という点であった。今回の出兵は、あきらかに必然性を欠いているとしか思えない。

ガイエスブルク要塞の移動計画は、ケンプ提督の精力的な指揮のもとで、急速に進行しつつあった。要塞じたいの修復、周囲に一二個のワープ・エンジンとおなじく一二個の通常航行用エンジンを輪状にとりつける作業が同時におこなわれ、三月なかばには第一回のワープ・テストが実施される予定となっている。現在、六万四〇〇〇名の工兵が動員されて、この作業に従事しているが、ケンプはさらに二万五〇〇〇名の増員を要請し、ラインハルトはそれに応じることにしていた。

「ワープというのも存外めんどうなものだ」

ある日、昼食の席で、ラインハルトはヒルダにそう語った。

「質量が小さすぎれば、ワープに必要な出力がえられないし、大きすぎればエンジンの出力限界をこえる。複数のエンジンを使うにしても、完全に連動させなければ、むろん失敗して、ガイエスブルクは亜空間のなかで永遠に行方を絶つか、原子に還元してしまう。シャフトは自信満々だが、この計画の困難は発案より実行にあるのだ。奴がいまの段階でいばりかえる必要はない」

「ケンプ提督はよくやっておいでですわ」

「まだ完全に成功したわけではないが……」

「成功してほしいものですわね。失敗すれば、あたら有能な提督を失うことになります」

「それで死ぬとしたら、ケンプもそれまでの男だ。永《なが》らえたところで、たいして役にもたつまい」

このとき、ラインハルトの声は冷徹をこえて酷薄にひびいた。

ジークフリード・キルヒアイスが生きていたらなんというか——そう言おうとして、ヒルダは思いとどまった。それをラインハルトにむかって言える人間は、この世にひとりしかいない。それはフロイデンの山荘に住む女性で、弟とおなじ黄金色の髪と、秋の陽ざしのような微笑と、グリューネワルト伯爵夫人という称号をもっているのだ。

ワインを口にはこぶラインハルトの動作は、無作為の優美さにみちている。それを見ながら、ヒルダは、この華麗な若者のもつ一種のあやうさに思いをいたした。

ラインハルトの体内には翼のはえた悍馬《かんば》が棲《す》みついており、それが彼をかりたてている。そしてその手綱は、ラインハルト自身ではなく、亡きジークフリード・キルヒアイスの手にあったのではないか。その考えはヒルダをとらえて離しそうになかった。

Ⅲ

「要塞を移動させることにかんして、技術上、なんら問題はない。解決すべき点は、質量とエンジン出力との関係、ただそれだけである」

シャフト技術大将は自信にみちて断言したが、人々の不安材料はすくないものではなかった。ガイエスブルク要塞の質量は、約四〇兆トンに達する。これだけの巨大な質量がワープ・インし、ワープ・アウトするとき、通常空間にどれほどの影響をあたえるのか。時空震の発生が致命的なものとならないか。一二個のワープ・エンジンを、完全に同時作動させることが、事実として可能なのか。もし一〇分の一秒でも作動に誤差が生じれば、要塞内にいる一〇〇万人以上の将兵は、四散して原子に還元するか、亜空間の永遠の放浪者となるのではないか。

小規模な実験がかさねられ、要塞のワープ・インおよびワープ・アウトの予定宙域付近には、調査船が配置された。ひとつの計画を実施するにあたって、ラインハルトは〝人間として可能なかぎりの完璧さ〟を要求したし、ケンプもミュラーもすぐれた運営者であったから、成功のための手段は考えうるかぎりなされていた。むろん、それが完璧な結果をもたらすという保証にはならないが。

いっぽうで、ラインハルトは帝国宰相としての職務にも精励《せいれい》した。日曜日を除く彼の日課は、一日の前半を元帥府、後半を宰相府で仕事をしてすごすというもので、午後一時からの遅めの昼食が、その境界線になっていた。昼食の相手は、ヒルダがつとめることが多く、ラインハルトはこの美しい娘との会話を楽しんでいた。彼はヒルダの美しさより知性に関心をもっているようだった。ある日、話題が、先年の〝リップシュタット戦役〟のことにおよぶと、ヒルダは言った。

「ブラウンシュヴァイク公が、宰相閣下より強大な兵力を有しながら、敗滅したのは、三つのものを欠いていたからです」

「ぜひ聞きたいな、その三つというのを」

「では申しあげます。心は平衡《へいこう》を欠き、目は洞察力を欠き、耳は部下の意見を聞くことを欠いたのです」

「なるほど」

「逆に言えば、宰相閣下は、三つのものをすべて具《そな》えておいででした。ですから、大敵にたいして勝利を収めることがおできだったのですわ」

ヒルダが過去形を使ったことに気づいて、ラインハルトは蒼氷色《アイス・ブルー》の瞳の光を、わずかに強めた。彼は紙のように薄い白磁のコーヒーカップをテーブルにおくと、正面から美貌の秘書官を見すえた。

「伯爵令嬢《フロイライン》は、私になにか言いたいことがあるようだな」

「あくまで茶飲み話です。そんな目をなさるとこわいですわ」

「あなたが私などをこわがるはずはないが……」

ラインハルトは苦笑し、一瞬、少年の表情をした。

「国家、組織、団体——どう言ってもよいのですけど、人間の集団が結束するには、どうしても必要なものがあります」

「ほう、それは？」

「敵ですわ」

ラインハルトは短く笑った。

「そいつは真理だ。伯爵令嬢は、あいかわらずするどい。で、私と部下たちにとって必要な敵とは何者かな」

ラインハルトが予期しているであろう回答を、ヒルダは述べた。

「むろんゴールデンバウム王朝です」

若い帝国宰相の顔から目を離さずに、彼女はつづける。

「皇帝はまだ七歳ですけど、当人の年齢、才能、器量などはこの際、なんの問題にもなりません。彼がゴールデンバウム王朝の当主であり、ルドルフ大帝の血をうけつぐ者として、旧勢力の団結と糾合《きゅうごう》の象徴たりうること、それが唯一無二の問題点なのです」

「そのとおりだ」

ラインハルトはうなずいた。

七歳の皇帝エルウィン・ヨーゼフの資質は未知の領域にふくまれている。現在のところ、癇《かん》の強さが見られる以外は、ごく平凡な子供で、それほど英明の質ともみえない。ラインハルトの七歳当時と比較すれば、容姿の点でも、内面からかがやくものにおいても、見劣りがする。だが、大器晩成という語もあることで、これ以後どのように成長するかは予測しがたい。

ラインハルトは、皇帝に、物質的な不自由をさせてはいなかった。先帝フリードリヒ四世にくらべれば、宮廷費も侍従も大幅に削減されたのは事実だ。だが、それでもなお数十人のおとなにかしずかれている。専門の教師、専門のコック、専門の世話係、専門の看護婦、専門の犬の散歩係。食事も衣服も、そして玩具《おもちゃ》類も、平民の子供たちが想像もできないほど贅沢なものであった。要求するものは、すべてあたえられ、どんなことをしても叱る者はいない。あるいは、これこそ、将来の大器の芽を摘みとる最善の方法であるのかもしれなかった。たとえ英明の素質をもつ者でも、このような環境ではスポイルされてしまうであろう。

「心配ない、伯爵令嬢《フロイライン》」

おだやかにラインハルトは言った。

「私も幼児殺害者になるのはいやだ。皇帝は殺さぬ。あなたが言ったように、私には敵が必要だ。そして私としては、敵より寛大で、なるべく正しくありたいと思っているのだから……」

「ごりっぱでいらっしゃいます」

ヒルダは、ゴールデンバウム王朝にたいして同情をまったくもたない。貴族の家に生まれた自分が、なぜ共和主義者のような思想をいだくにいたったか、彼女自身いささか不思議である。だが、ラインハルトを幼児殺しにはしたくなかった。簒奪は恥ではない。むしろ、権威をしのぐ実力をもった証として誇るべきである。だが、幼児殺し――どのような事情があろうとも、これは後世の非難の的《まと》たるをまぬがれないであろうから……。

ワープ実験を前にして、カール・グスタフ・ケンプ大将は一時帝国首都オーディンに帰還し、帝国軍最高司令官ラインハルト・フォン・ローエングラム元帥に経過報告をおこなった。

「成功しそうか」

ラインハルトの質問に、武人らしい力強い返答がかえってきた。

「かならず成功させてごらんにいれます」

ラインハルトは偉丈夫の部下を蒼氷色《アイス・ブルー》の瞳で見すえ、うなずくと、表情をやわらげ、一晩を家族とすごすようすすめた。

ケンプはすぐガイエスブルクにもどるという予定を変更し、官舎にもどって一晩をすごした。彼の家族は妻とふたりの息子である。数カ月ぶりの団欒《だんらん》の時をもちえたことを若い元帥に感謝しながら、彼は息子たちに言った。

「父さん《ファーター》はな、これから遠くの宇宙まで悪い奴を退治しに行くのだ。ふたりとも男の子だ。母《ム》さん《ッター》をまもって、いい子でいるんだぞ」

事実はそれほど単純なものではない、ということは充分わきまえているが、子供にたいしては単純明快さをむねとすべきである、とケンプは信じていた。世の中の複雑さ、醜悪さは、成長するにしたがって自然に理解できるようになる。あるいは、親に教えられた単純明快な人生観をうらむようになるかもしれないが、自分が人の親になればその心理をわかるときがくるだろう、と思うのだ。

「ほら、父さんに行ってらっしゃいを言わないの」

母親にうながされて、八歳の長男グスタフ・イザークは父親のたくましい大きな身体にしがみつき、けんめいに背伸びしながら、父親に言葉を贈った。

「父さん、行ってらっしゃい、早く帰ってきてね」

五歳の弟カール・フランツは、その兄の背にしがみついて、やはり背伸びをしている。

「父さん、行ってらっしゃい。おみやげ買ってきてね」

兄はふりむいて弟を叱った。

「ばかだな、父さんはお仕事に行くんだぞ。おみやげ買うひまなんてないんだぞ」

べそをかく弟の栗色《くりいろ》の頭を大きな掌でなでながら、優しい父は笑った。

「おみやげはまた今度だ。しかし、そうだな、帰ってきたらひさしぶりにお祖母《ばあ》さんの家へ行こうか」

「あなた、よろしいんですの、そんな約束をなさって。破ったりしたら責められますよ」

「なに、大丈夫さ。作戦を成功させて帰ったら、休暇ぐらいはもらえるだろう。それと、昇進もな。お前の実家に仕送りもふやせるだろう」

「そんなことより、あなた、どうかご無事で――ご無事で帰っていらしてください。わたしはそれだけが願いなんですから」

「あたりまえだ、帰ってくるさ」

妻に接吻し、両腕にふたりの男の子をかるがるとかかえあげて、もう一度ケンプは笑った。

「おれがいままで戦場にでて帰ってこなかったことがあるか」

武骨なユーモアをまじえて、彼は妻にそう言った。

今回の出兵に批判的な人物は、ヒルダのほかにもいる。帝国軍の双璧とされるウォルフガング・ミッターマイヤーとオスカー・フォン・ロイエンタールもそうであった。彼らは、最初、指揮権が自分たちにあたえられなかったことを残念に思う色があったのだが、ことが科学技術総監シャフトからでたという事情を知ると、むしろあきれたのである。きわめて個人的な動機によるものであることが明白なのであった。

ある日、ふたりは高級士官クラブの一室にコーヒーポットをもちこんで、ポーカーの数ゲームをやりながら、シャフトをさんざんにこきおろした。

「たとえ、戦術上の新理論を発見したからといって、出兵を主張するなど、本末転倒もはなはだしい。主君に無名の師をすすめるなど、臣下として恥ずべきことではないか」

剛直なミッターマイヤーは、痛烈に非難した。〝無名の師〟とは、大義名分のない無法な戦争を指して言う語で、およそ戦争にたいする批判の言葉としては、このうえなく手きびしいものであろう。

ケンプが派遣総司令官に任命され、活動をはじめると、ミッターマイヤーは非難の口を閉ざしていた。第一に、もう批判する段階ではなくなったし、第二に、ケンプが武勲をたてるのを妬んでいると思われるのがいやだったからである。だが、ロイエンタールにたいしてだけはこう言った。

「自由惑星同盟《フリー・プラネッツ》はいずれ滅ぼさねばならないが、今度の出兵は無益で無用のものだ。いたずらに兵をうごかし、武力に驕《おご》るのは、国家として健康なありようじゃない」

ミッターマイヤーは、〝疾風ウォルフ《ウォルフ・デア・シュトルム》〟と異名をとるほどの勇将だが、それは彼が不必要に好戦的であることを意味しない。殺伐《さつばつ》とした気性や、残忍性、いたずらに武力を誇るなどの行為は、彼とはまったく無縁のものだった。

「ジークフリード・キルヒアイスが生きていれば、きっとローエングラム公をお諫《いさ》めしただろうな」

吐息まじりに、ミッターマイヤーは言った。

私欲が極端にすくなく、誰からも好かれた赤毛の若者は、その死によって多くの人間に打撃をあたえた。時間がたつにつれ、悲哀と衝撃は薄れつつあったが、損失感は深まるばかりで、彼を知っていた人はみな、心のなかにありうべからざる空席を見いだしたような思いをいだいていたのだ。

自分でさえそうなのだから、ローエングラム公はどれほどたえがたい思いをなさったことか、と、彼は考え、同情を禁じえないのだった。

彼と僚友のオスカー・フォン・ロイエンタールがラインハルトとはじめて会ったのは四年前のことである。当時、ラインハルトは一八歳で、すでに准将の階級をえていた。二六歳のミッターマイヤーと二七歳のロイエンタールは、ともに大佐であり、影のごとくラインハルトとともにあったジークフリード・キルヒアイスはまだ少佐にとどまっていた。

ラインハルトはローエングラムの家名と爵位をまだわがものとしておらず、旧姓のミューゼルを名のっていた。ヴァンフリート星域の戦闘で同盟軍の将官を捕虜とし、帰還したばかりの彼を見たとき、小さな衝撃をおぼえた。信じられないほど美しい若者で、背中に白い翼がはえていても不似合いではなかった。ただ、蒼氷色《アイス・ブルー》の瞳は優しさよりも烈しさ、無垢《むく》性よりも知性、なごやかさよりもするどさがそれぞれまさっているように思われた。

「どう思う、金髪の孺子《こぞう》とやらを？」

ミッターマイヤーが問うと、ロイエンタールは答えた。

「昔からよく言う――虎《とら》の児《こ》と猫とを見誤るなかれ、とな。あれはたぶん、虎のほうだろう。皇帝の寵妃《ちょうき》の弟だからといって、わざと負けてやる義理は敵にはないからな」

大きくうなずいて、ミッターマイヤーは、僚友の見解に賛同の意を表した。ラインハルト・フォン・ミューゼルという少年は、周囲から過小評価されている。原因のひとつは、彼の姉アンネローゼが皇帝の寵妃であり、その威を借りていると思われがちなこと、いまひとつは、いささか奇妙なことだが、たぐいを絶する彼の美貌が、かえって彼の本質をかくすヴェールの役をはたしているのだろう。あまりに美しければ賢さがともなわない、と、人は思うものであるらしい。また、嫉妬心の強い貴族たちにとっては、ラインハルトが実力で出世するなどということは、はなはだしく不愉快であり、姉の七光で不相応の地位をえている、と信じたいところであったろう。

ロイエンタールとミッターマイヤーは、最初からラインハルトの資質を正確に評価していたから、その後、〝金髪の孺子《こぞう》〟がどれほど武勲をたて、どれほど昇進しようとも、おどろきはしなかった。だが、その彼らでさえ、ジークフリード・キルヒアイスの真価を知るには時間を要した。キルヒアイスは、つねにラインハルトの一歩後ろにしたがっていた。ずばぬけて背の高い赤毛の若者で、ラインハルトの華麗さに打ち消されがちではあったが、充分に人目をひく顔立ちをしていた。

「あれは忠臣だな」

とロイエンタールは評したが、この場合、それは忠誠心だけが取柄の凡人、という意味をもっている。ロイエンタールの場合、忠誠心を評価しただけ、貴族たちよりまっとうだったと言うべきであろう。貴族たちは、キルヒアイスを無視するのでなければ、

「姉が恒星なら弟は惑星、おまけに衛星までいる」

と嘲笑するのだった。キルヒアイスはみずからを強く主張することなく、ラインハルトにつきしたがう影の役割を黙々とはたし、ラインハルトを助け、ささえてきた。カストロプ星系の動乱に際して独立して作戦行動をおこしたとき、多くの者が、彼の才能が傑出したものであることを知ったのである……。

今回の出兵を手きびしく糾弾《きゅうだん》すること、ロイエンタールは、あるいはミッターマイヤー以上であるかもしれない。彼に言わせると、シャフトの提案など、なんら新味をもつものではなく、復古的な大艦巨砲主義が化粧の方法を変えて再登場したにすぎない、というのであった。

「巨大な象を一頭殺すのと、一万匹のねずみを殺しつくすのと、どちらが困難か。後者に決ま

っている。集団戦の意義も知らぬ低能に、なにができるものか」

金銀妖瞳《ヘテロクロミア》の青年提督は、侮蔑《ぶべつ》をこめて言いはなった。

「だが、今回は成功するかもしれん。将来は卿《けい》の言うとおりになるとしてもな」

「ふん……」

不愉快そうにロイエンタールはダークブラウンの髪をかきあげた。ミッターマイヤーはコーヒーをひとくち飲んだ。

「シャフトの俗物はともかくとして、おれはローエングラム公のほうが、むしろ気がかりなのだ。キルヒアイス亡きあと、どうもすこしお人が変わったような気がしてな。どこがどうとは言えんが……」

「失うべからざるものを失ったあと、人は変わらざるをえんのだろうよ」

ロイエンタールの言葉にうなずきながら、ミッターマイヤーは、自分がエヴァンゼリンを失ったときどう変貌するだろう、と考え、あわててその不吉で不快な想像を脳裏からはらいのけた。彼は剛毅《ごうき》な青年で、これより過去においても未来においても、戦場においてもそれ以外の場所においても、勇気と、それをささえる判断力を賞賛される人物である。だが、彼でも、考えるのもいやなことがあるのだった。

金銀妖瞳の青年は、僚友の横顔に、好意と皮肉のないまざった視線を投げつけた。彼はミッターマイヤーを友人としても軍人としても高く評価していたが、その個人的魅力と地位にもかかわらずすすんでひとりの女性にしばられようとする僚友の心情を理解できないでいる。いや、彼は理解できないつもりでいるが、あるいは理解したくないのかもしれなかった。

V

ガイエスブルク要塞のワープ実験がおこなわれる当日、要塞には技術部門を中心に一万二四〇〇名の将兵が乗りこんでいた。ケンプ、ミュラーの両提督がそのなかにいたのはむろんだが、科学技術総監シャフト技術大将も乗りこんだことには、意外な思いをいだく人々もいた。一説によれば、最初、シャフトはローエングラム元帥の傍にあってこの実験の成功を見まもることを望んだが、若い美貌の元帥は冷然として、

「卿《けい》にとってガイエスブルク要塞の指令室こそ、すわるにふさわしい場所であろう」

と言い、しぶるシャフトに要塞に乗りこむよう命じたのだ、ということであった。聞いた人の多くはそれを信じた。真実であるという証拠はなんらないのだが、シャフトの人柄からいえば、貴賓にちかい、しかも安全な席から危険な実験を遠く見まもる、というのは、いかにもありそうなことと思えたのである。もっとも、実験が失敗した場合、ラインハルトの傍の席はシャフトにとってけっして安全な場所とは言えなくなるであろう。

ミッターマイヤー、ロイエンタール、オーベルシュタインらの最高幹部のほか、ワーレン、ルッツ、メックリンガー、ケスラー、ファーレンハイト、さらに、カール・ロベルト・シュタ

インメッツ、ヘルムート・レンネンカンプ、エルンスト・フォン・アイゼナッハといった幕僚たちをしたがえて、ラインハルトは元帥府の中央指令室に坐《ざ》し、巨大なスクリーンを見まもった。実験が成功すれば、その画面にガイエスブルク要塞があらわれる。無数の金銀の粒子をちりばめた濃藍の空を背景に、銀灰色の球体が忽然《こつぜん》と出現するありさまがそこに映しだされ、劇的な風景を展開するであろう。

「ただし、あくまで成功すれば、の話だがな」

ミッターマイヤーにささやいたロイエンタールの声は、皮肉というより無慈悲なひびきをおびていた。ケンプに一目おく僚友とちがい、彼は、ケンプも命令とはいえろくでもないことに精をだすものだ——と、ひややかに考えていたのである。

ウェルナー・アルトリンゲン、ロルフ・オットー・ブラウヒッチ、ディートリッヒ・ザウケンの三名は、キルヒアイスの麾下であったが、彼の死後、ラインハルトの直属に転じた提督たちである。階級はいずれも中将であった。また、ホルスト・ジンツァー少将はミッターマイヤーの麾下に、ハンス・エドアルド・ベルゲングリューン少将はロイエンタールの麾下に、それぞれくみいれられている。これらの提督たちは、他の中将ないし少将級の提督たちとともに、ずっと後方でスクリーンを見まもっていた。

元帥府の中央指令室には、帝国軍の精華《せいか》が集合している。彼らが指をうごかすだけで、数万隻の艦隊が宙を翔けるのだ。いまここに——と、ロイエンタールは考える。一発の光子爆弾が放りこまれれば、未来の宇宙史は大きく針路を変更することになるだろう。いや、なにもここにいる全員が死ぬ必要はない。ただひとり、比類ない美貌と才智を有する金髪の若者が消えれば、宇宙の運命は一変する。それは、そらおそろしさをともなう、だが興味深い空想だった。

ロイエンタールは半年前のことを思いだしていた。当時の帝国宰相リヒテンラーデ公をとらえたと報告するロイエンタールに、ラインハルトは言ったのだ――卿《けい》らに私を倒すだけの自信と覚悟があるなら、いつでも挑んできてかまわないぞ――と。自信か！　黒い右目と青い左目をわずかにうごかして、ロイエンタールは年若い主君を見やった。そして誰にも聴こえないかるいため息をついて、スクリーンに視線を転じた。

「三《ドライ》、二《ツヴァイ》、一《アイン》……」

という秒読みの声が耳にとどいたのである。

おお――という、感嘆のどよめきが提督たちのあいだから生じた。数分の一秒、画面が乱れたと思うと、スクリーンの風景が一変したのである。いま、星々の大海は光の板となって画面の奥にひろがり、それを背景として、二四個の巨大なエンジンを輪状にとりつけた銀灰色の球体が出現していた。

「成功だ！」

興奮のささやきが各処でおこり、人々はそれぞれの思いをこめて画面に見いった。

こうしてワープに成功し、ヴァルハラ星系外縁部に出現したガイエスブルク要塞は、一万六〇〇〇隻にのぼる艦隊と二〇〇万の将兵を収容し、イゼルローン攻略の途にのぼることが正式に決定された。帝国暦四八九年三月十七日のことである。

「ガイエスブルクに行ってみる」

帝国宰相ローエングラム公爵が突然そう言いだし、首席秘書官ヒルデガルド・フォン・マリーンドルフと首席副官シュトライト少将をともなって旗艦ブリュンヒルトに乗りこんだのは、その翌日である。半日の通常航行でブリュンヒルトはガイエスブルクに到着し、艦長ニーメラー中佐は芸術的なまでの手練で接岸した。

出迎えたケンプとミュラーの両提督に、あらためて祝辞を述べると、ラインハルトは、将兵の歓呼に手をふってこたえ、すぐその足で大広間へむかった。

ケンプとミュラーは、共通のおどろきにうたれて顔を見あわせた。

この大広間は、先年、ラインハルトがリップシュタット戦役の勝利を祝って式典を開いた場所であり、ジークフリード・キルヒアイスが比類ない忠誠心のゆえに生命を失った場所であった。

「しばらくひとりになりたい。誰もはいってきてはならん」

そう言って、ラインハルトは扉をおし開き、姿を消した。

重々しい扉のわずかな隙間から、ハンド・キャノンの砲撃でくずれ落ちたまま修復されていない壁面が見えた。内部装飾まで修復の必要はない、と、実務家のケンプは考えたのである。むろん、それは正しいことであったが、こうなるといかにも心きかぬ業《わざ》であったようにもみえるのだ。

ラインハルトは、死者にたいしてしか心を開こうとしないのだろうか。ヒルダはするどい痛覚が胸をよぎるのを感じた。だとすれば、寂寥《せきりょう》にすぎる。ラインハルトはなんのために旧帝国を滅ぼし、宇宙を支配しようとしているのか。

これではいけない、と、ヒルダは思う。ラインハルトのような若者には、もっとゆたかな生きかたの可能性があるはずであった。彼をそうさせるために、彼女はなにをすればよいのだろうか。

生者を拒絶するかのように、いま、扉は固く閉ざされている。

……扉の内部では、長いあいだ放置されたままの階《きざはし》にラインハルトが腰をおろしていた。蒼氷色《アイス・ブルー》の瞳に、彼は半年前の光景を映しているのだった。あのとき、みずから流した血のなかに横たわって、ジークフリード・キルヒアイスは言ったのだ——ラインハルトさま、宇宙を手におおいれくださ い。それとアンネローゼさまにお伝えください、ジークは昔の誓いをまもった、と……。

お前は誓いをまもった。だから、おれもお前にたいする誓いをまもる。どんなことをしてでも、宇宙を手にいれる。そして姉上を迎えに行く。だが、おれは寒いのだ、キルヒアイス。お前と姉上がいない世界には、温かい光が欠けている。時のページを逆にめくって、一二年前のあのころにもどれたら——そしてもう一度やりなおすことができたら——おれにとって世界はもうすこし明るくて温かいものでありうるのだろうが……。

ラインハルトは、首からかけたペンダントを掌の上にのせた。それは鎖も本体も銀でつくられていた。指でその一点をおすと蓋が開き、やや癖のある、紅玉を溶かした液で染めたような赤い頭髪の小さなひとふさがあらわれた。金髪の若者は、身じろぎもせず、長いあいだ、それを見つめていた。

……惑星フェザーンの自治領主府《ラント》の一室で、補佐官ルパート・ケッセルリンクが、自治領主アドリアン・ルビンスキーにいくつかの報告をしていた。まず、帝国において、ガイエスブルク要塞のワープ実験が成功したことを告げたあと、自由惑星同盟《フリー・プラネッツ》の動向に触れる。

「自由惑星同盟政府は、ヤン・ウェンリー提督を一時同盟首都《ハイネセン》に召還し、査問会にかけることを決定したようです」

「ふむ、査問会か。軍法会議ではないのだな」

「軍法会議であれば、開くのに正式な告発を必要とします。被告には弁護人もつけねばなりませんし、公式の記録も残さねばなりません。ですが、査問会とやらは、法的根拠を有する存在ではなく、逆に言えば恣《し》意的なもの。疑惑と憶測にもとづいて精神的私刑《リンチ》をくわえるには、正式の軍法会議よりはるかに有効でしょう」

「現在の同盟の権力者どもにふさわしいやりかただな。口に民主主義をとなえながら、事実上、法律や規則を無視し、空洞化させてゆく。姑息《こそく》で、しかも危険なやりかただ。権力者自らが法を尊重しないのだから、社会全体の規範がゆるむ。末期症状だ」

「としても、それは彼らの解決すべき問題です。私たちが心配してやる必要はないでしょう」

ルパート・ケッセルリンクは辛辣そのものといった口調で言いはなった。

「力量なくして遺産をうけついだ者は、相応の試練をうけるべきです。たえられなければ滅びるまでのこと、なにもゴールデンバウム王朝にかぎりますまい……」

自治領主《ランデスヘル》ルビンスキーはそれにたいしてなにも答えず、デスクの表面を指ではじいていた。

第五章　査問会

Ⅰ

　イゼルローン要塞にあるヤン・ウェンリーのもとへ、自由惑星同盟《フリー・プラネッツ》政府から首都への召還命令がとどいたのは、三月九日のことである。

　超光速通信《FTL》のホットラインで、国防委員長から直接の命令をうけとったヤンは、即時にその命令を文面化して記録したプレートを、たっぷり五分間もながめていたが、心配そうに彼を見つめるフレデリカ・グリーンヒルの視線に気づいて、笑ってみせた。

「呼びだしをうけたよ、ハイネセンまで出頭しろとさ」

「なにごとでしょうか」

「査問会にでるように、だと。どうも私の記憶にはないが、こいつはどういうしろものか知っているかね、大尉？」

　フレデリカはかたちのいい眉をわずかにひそめた。

「軍法会議はともかく、査問会などというものは、同盟憲章にも、同盟軍基本法にも規定がありません」

「超法規的存在ってやつかな」

「つまり恣意的なもので、法的根拠をもたないということですわ」

記憶力にすぐれるフレデリカは、同盟憲章と同盟軍基本法の全条文を諳《そら》んじていると言われていた。

「とは言っても、国防委員長が私に出頭命令をだすことじたいは、りっぱに法的根拠をもつからな。虚栄と背徳の都へ、おもむかざるをえないらしいよ」

ハイネセン生まれのくせに、その地名を聞いてヤンが想像するのは、トリューニヒト一派の策謀と利権あさりの本拠地という、いささか救いがたいイメージなのである。ともあれ、イゼルローン要塞の留守をまかせられる人物はひとりしかおらず、ヤンはキャゼルヌ少将を呼んだ。

ことのしだいを聞いて、キャゼルヌも眉をしかめたが、まさか「行くな」とも言えない。

「万事、慎重にやってくれ。とにかく奴らに口実をあたえないようにすることだ」

「ええ、わかってますよ。また留守を頼みます」

要塞防御指揮官シェーンコップ少将も、司令官を送りだすのは気がすすまぬようだった。

「警護隊をつれておいでになりますか？　私が指揮をとりますが……」

「大げさにする必要はないだろう。敵地にのりこむわけじゃない。誰かひとり信用できる人間を推薦してくれ」

「智勇兼備の私でいかがです」

「防御指揮官まで前線を離れたらあとがこまるだろう。キャゼルヌを補佐してくれ。今度はユリアンもつれていかない。最低限の人数で行くことにする」

ヤンは、乗艦も、戦艦ヒューベリオンではなく巡航艦《クルーザー》レダⅡ号をえらび、駆逐艦一〇隻の護衛もイゼルローン回廊からでる宙点《ポイント》までにとどめることにした。強大な武力を有する軍人が、政府を威圧するようみられることをさけてのことである。なにかとめんどうな配慮が必要なヤンの立場だった。

シェーンコップが推薦した警護兵は、ルイ・マシュンゴ准尉といった。光沢に富んだチョコレート色の皮膚、幅と厚みのある巨大な体躯《たいく》、ヤンの腿ほどもある太い上腕、丸い愛敬のある薄茶色の目、たくましいあご――全体として、心やさしい雄牛といった印象がある。ひとたび怒れば、膨大な筋肉が圧倒的なエネルギーの暴風を生みだすであろう。

「首都に居残っている柔弱《やわ》な連中なら、片手で一個小隊はかたづけるでしょうよ」

「きみより強いか」

「私なら一個中隊ですな」

さらりと言ってのけてから、シェーンコップは人の悪い表情になった。

「ところで、グリーンヒル大尉は、つれておいでになるのですか」

「副官をつれていかなくてどうするんだ」

「ごもっともですが、大尉をつれていってユリアンを残すのでは、坊やが嫉《や》くでしょうな」

言いたいことを言って、シェーンコップは射撃訓練場にでかけ、ユリアンの練習をみてやったが、そのあとで訊ねた。

「グリーンヒル大尉が、ものずきにもヤン提督に気があるのはわかっているが、提督のほうはどうなんだ」

「さあ……」

ユリアンは微笑した。

「なにしろ、他人に心を知られるのが嫌いな方ですから、言質《げんち》をとられるようなまねはなかなかしませんよ」

「そのわりに、見えすいたところがあるお人だがな。頭脳《あたま》はいいが気質は単純で善良だからな、個人レベルではなにかと甘くなるってわけだ」

「誰でも他人のことはよくわかるものなんですね」

「……おい、どういう意味だ？」

「あ、ぼく、夕食の用意をしなくちゃなりませんから失礼します。提督のお好きなアイリッシュ・シチューをつくってさしあげないと」

敬礼して、さっさと歩きさった。

「まめなのもいいが、せっかくの才能をシチューづくりなんぞですりつぶすなよ」

少年の背中にむかって、シェーンコップは憎まれ口をたたいた。

ユリアンは、ヤンについて首都へ行けないことが、たしかに残念ではあった。キャゼルヌとかわした会話のこともあり、ヤンの身辺についていたかったのだ。しかし、ヤンは、少年が希

望を述べるより早く、

「二カ月ばかり家事から解放してやるよ」

と言ったものである。そんなことを言った動機が、シェーンコップの憎まれ口とおなじ源にあるか否か、ユリアンにはわからない。ヤンは、ユリアンに同年輩の友人がいないと思って気にしているようでもあり、それをつくる機会をあたえるつもりかもしれない。いずれにしても、今度のハイネセン行きで、ユリアンがヤンのために役だつことは、おそらくないであろう。その点が、フレデリカとことなる点で、彼女がいなければヤンの事務能力は激減してしまうのである。

ではせめて、旅立つ前には役にたちたい。ユリアンはそう思い、ヤンの旅行の準備をしていたが、こういう場合、手をだしてはかえって邪魔になることを自覚して、だまって見ていたヤンが、不意になにかに気づいたように訊ねた。

「ユリアン、お前、身長どのくらいになった?」

「え?　一七三センチですけど……」

「ふうん、来年には抜かれるな。はじめて会ったときは私の肩までもなかったのにな」

ただそれだけの会話であったが、温かい空気の流れを少年は感じていた。

Ⅱ

イゼルローンから首都までの時間的距離は、航路の状態にもよるが、三週間から四週間というところである。思いがけずあたえられたこの空白期間を、ヤンは、歴史論ないし国家論の著述にあてることにした。一作を完成させるのは無理でも、下書きていどのことならできるだろう。巡航艦レダⅡ号がイゼルローンを離れると、すぐヤンはプライベート・ルームにこもった。

「……国防には二種類の途《みち》がある。相手国より強大な軍備を保有することが、その一であり、その二は、平和的手段によって相手国を無害化することである。前者は単純で、しかも権力者にとって魅力的な方法であるが、軍備の増強が経済発展と反比例の関係にあることは、近代社会が形成されて以来の法則である。自国の軍備増強は、相手国においても同様の事態をまねき、ついには、経済と社会のいちじるしい軍備偏重の畸型化《きけいか》が極限に達し、国家そのものが崩壊する。こうして、国防の意思が国家を滅亡させるという、歴史上、普遍的なアイロニーが生まれる……」

ヤンはワードプロセッサーから顔をあげ、首すじを平手でたたき、何十秒かの推敲《すいこう》ののち、また文章をつくりはじめた。

「……古来、多くの国が外敵の侵略によって滅亡したといわれる。しかし、ここで注意すべきは、より多くの国が、侵略にたいする反撃、富の分配の不公平、権力機構の腐敗、言論・思想の弾圧にたいする国民の不満などの内的要因によって滅亡した、という事実である。社会的不公正を放置して、いたずらに軍備を増強し、その力《パワー》を、内にたいしては国民の弾圧、外にたいしては侵略というかたちで濫用《らんよう》するとき、その国は滅亡への途上にある。これは歴史上、証明可能な事実である。近代国家の成立以降、不法な侵略行為は、侵略された側でなく、じつに侵略した側の敗北と滅亡を、かならずまねいている。侵略は、道義以前に、成功率のうえからもさけるべきものである……」

いささか教条的な表現になっただろうか。ヤンはしかつめらしい表情で考えこみ、腕をくみ、またほどいた。

「……具体的に、現代の吾々《われわれ》は、なにをなせばよいのか。第一の途《みち》より第二の途が、あらゆる面で実効的であることを考えれば、結論はおのずとあきらかになろう。吾々は、銀河帝国の新体制と共存しなければならない。大貴族支配の旧体制は、自由惑星同盟《フリー・プラネッツ》にとって敵であったというだけでなく、銀河帝国の被支配階級、すなわち平民にとっても敵であった。そして、現在、確立されたラインハルト・フォン・ローエングラムの新体制は、平民の支持をうけて、急速に強化されつつある。ローエングラム新体制の成立とその施政は、ルドルフ・フォン・ゴールデンバウムの独裁体制にたいして、いちじるしく対照的である。ゴールデンバウム体制は、民主的に成立した政権がもっとも非民主的な施政をおこなった例であり、ローエングラム体制は、非民主的に成立した政権がすぐれて民主的な施政をおこないつつあるという例である。これは、

〝民衆による〟政治ではないが、現在のところ、〝より民衆のための政治〟である。それを認めたとき、新体制との共存は、可能なだけでなく必然のものとなろう……これとは逆に、吾々が回避すべきは、悪《あ》しきマキャベリズムにとりつかれ、凋落《ちょうらく》しつつある旧体制と結託することである。民衆を搾取の対象とのみみなす旧体制とむすぶとき、同盟は、帝国の新体制のみならず、それを支持する帝国二五〇億の民衆を敵にまわすことになろう……」

ヤンは大きく息をつき、両腕をのばした。いささか不機嫌そうな表情で、彼は、自分がつくった文章をながめやった。結論がまちがっているとは思えないが、いますこし実証的に論旨をすすめたほうがよいかもしれない。それに、いささか性急だったようにも思えるし、ローエングラム公ラインハルトの味方をする、との批判をうけるかもしれなかった。

「ローエングラム公ラインハルトか……」

華麗なひびきをもつ名前だ。黄金の髪、蒼氷色《アイス・ブルー》の瞳、白皙《はくせき》の肌という半神的なまでに美しい若者のことを、ヤンは考えた。九歳年少の若者の才能にも生きかたにも、抵抗しがたい魅力をヤンは感じる。ラインハルトが現在、帝国で断行しつつあるドラスティックな変革は、個人の存在がひとつの世界のなかでどこまで巨大なものとなりうるか、という実験であるようにみえる。いずれ彼は皇帝となるだろう。血統によってではなく、実力によって。そのとき、貴族なき帝政、平民によって支持される帝政、〝自由帝政〟と歴史上呼ばれる特異な政治体制が、宇宙的規模で誕生するかもしれない。

だとすれば、銀河帝国は、新皇帝ラインハルトのもとで、国民国家に変貌するのだろうか。

そして、皇帝の野心を、国民が自分たちの理想と錯覚したとき、自由惑星同盟《フリー・プラネッツ》は、熱狂的な国民軍の攻撃にさらされるかもしれないのだ。

ヤンは室温が急低下したように感じた。彼の予感は、むろん、すべて的中するわけではないが、しいて分類すると、よい予感より悪い予感が的中する確率のほうが高いようなのだ。アムリッツァ会戦のときも、救国軍事会議のクーデターのときもそうだった。こうならなければよい――と思っている方向へ事態がすすんでゆくのを見るのは快いものではない。

いっそ帝国に生まれていれば気楽だったのに、と、ヤンは思うことがある。そうであれば彼はラインハルトの麾下に馳《は》せ参じ、大貴族連合軍の撃破と一連の改革に熱心に協力できただろう。だが現実には彼は同盟に生まれ、ミスター・トリューニヒトのためにいやいや戦わねばならない。

……けっきょく、ヤンの〝著述〟はろくに進展をみせず、彼は読書と昼寝と三次元チェスで時間をつぶすことになった。

三週間後、巡航艦レダⅡ号は、首都ハイネセンのあるバーラト星系の外縁部に達した。乗組員が娯楽室に集まるようになる。数百のチャンネルをもつハイネセンの民間放送が、無制限に受信できるようになるからで、スポーツ派と音楽派にわかれてなにかとトラブルが発生するのは、軍艦たると民間船たるとを問わない。

ヤンのプライベート・ルームには専用の立体TV《ソリビジョン》がある。ささやかな特権である。最初に彼がえらんだチャンネルでは、たまたまトリューニヒト派の政治家ドゥメックが、尊大な口調で演説していた。

「……ゆえに吾々がまもるべきは、この歴史と伝統である。そのために、一時の出費や個人のちっぽけな生命をおしむべきではない。権利のみ主張して国家にたいする義務をはたそうとしない者は卑劣漢としか言いようがない」

権力者にとって、他人の生命ほど安いものはない。まったく、〝ちっぽけな生命〟と放言するのは、彼らの本音であろう、〝一時の出費〟とやらは何世紀にもおよんでいるが、いずれにせよ負担するのは一般市民であって、彼らはえらそうな顔で他人の金銭《かね》を分配するだけなのだ。

不愉快になって、ヤンはチャンネルをきりかえた。傲慢《ごうまん》そうな権力者の顔にかわって、非実用的な古代風の服を着た少年があらわれた。子供むきのアクション・ドラマらしく、少年は他の登場人物に〝王子〟と呼ばれている。

貴種流離譚《きしゅりゅうりたん》――つまり〝さすらいの王子〟というテーマは、文学それじたいの源流であり、あらゆる民族の神話や建国伝説にこの種の話が伝えられている。それを通俗化したストーリーは、古今東西、無数に存在し、多くの創作家を救い、広範囲の民衆に支持されてきたものだ。

とはいうものの、とある宇宙の王国で、幼い王子が悪の権化のような宰相に王位を奪われ、正統な王家の復興をこころざすというストーリーは、ある連想をヤンにはたらかせずにおかなかった。

「グリーンヒル大尉、あの番組のスポンサーはどこの企業だろう」

フレデリカに訊ねてみる。

「フェザーン資本のなんとかいう合成食品の会社だそうですけど、くわしくは存じません」

「そうか、私はまた、銀河帝国の旧体制派が政治宣伝をしているのかと思った」

「まさか」

フレデリカは笑おうとしたが、ヤンの表情が意外にまじめそうなので、自分もまじめな表情になり、

「そうともとれる内容ですわね」

と言ったが、これはヤンにたいするひいきであろう。キャゼルヌやシェーンコップなら遠慮なく笑ったにちがいない。

ヤンを考えこませたのは、フェザーンの名を聞いたのも一因である。この名は、つねにヤンの脳裏にひっかかっていた。フェザーンはなにを考えているのか。その富によってなにをなそうとしているのか。銀河系の統一を望んでいるのか、それとも分裂と対立を欲しているのだろうか。

経済的な要求が政治の統一をうながした例は、歴史上にいくらでも実在する。

ジンギス汗《カン》のモンゴル帝国が巨大な統一国家を形成しえた原因のひとつは、シルク・ロードを往来する交易商人の支持があったことだ。街道にそったオアシスのひとつひとつが独立した小国家であるような状態では、街道全体の治安がたもたれにくい。くわえて、それぞれのオアシス国家がほしいままに交易税や通行税を取りたてるのだから、商人たちにとってはたまった

ものではなかった。

彼らは一時、ホラズム帝国に期待したが、その皇帝が無能なうえに貪欲《どんよく》だったので失望し、宗教的な寛容、強大な軍事力、東西交易の重要性を理解する能力、以上の三つをそなえたジンギス汗を支持することにしたのである。彼らはジンギス汗に資金、情報、武器とその製造技術、食糧、通訳、徴税のノウハウなど多くのものを提供し、その征服活動に協力した。純軍事行動を除外しては、彼ら交易商人の功績あってこそ、モンゴル帝国が誕生しえたのだと言える。それら交易商人のうちでも、ウイグル人の協力は特記すべきものであり、彼らはモンゴル帝国の財政・経済面を支配して、事実上、帝国そのものを運営していた。表面はモンゴル帝国であっても裏面はウイグル帝国——そう評されるゆえんである。

フェザーンは、統一された〝新銀河帝国〟におけるウイグル人になりたいと考え、人類社会の政治的な再統一を希望し、それを促進しようとしているのだろうか。

それは逆の場合よりも説得力に富み、合理的な説明であるように思えた。

だが、人間やその集団は、合理性だけでうごくのではない。

理論的な根拠はないのだが、ヤンは、フェザーンの動向に、一種の非合理的な影を感じるのだ。昨年、ラインハルト・フォン・ローエングラムが同盟でのクーデターを使嗾《しそう》するであろうとの予測を、ヤンは的中させた。それはラインハルトの行動が、完全に理性的・合理的であったからで、ヤンとしては段階をふんでラインハルトの思考の筋道をたどりえたわけである。ところがフェザーンの場合、その行動をとかく読めないことが多い。フェザーンが上手《うわて》だと言えばそれまでのことだが、むしろ、ヤンは、フェザーンの行動の背後に未知の要素があり、それは理性によって算出されるたぐいのものではないのではないか――そういう気がするのだ。それがなにか、ということになると、いまのところ〝未知〟としか言いようがないのだが……。

「ひどいものですな」

レダⅡ号の艦長ゼノ中佐が、考えこんでいるヤンに言う。ハイネセンからの民間放送を受信していて、事故のニュースにぶつかったということだった。単座式戦闘艇スパルタニアンの機体とパイロットをはこぶ輸送艦で、新人の運用係の初歩的なミスから艦内気圧が急降下し、真空状態で一〇人以上のパイロットが死亡した、という。

「単座式戦闘艇のパイロットを養成するのに、どれくらい費用がかかると思います？　ひとりあたり三〇〇万ディナールですよ」

「大金だね」

自分の給料は、年間にその二〇分の一くらいだろうな、とヤンは心のなかで計算した。彼も士官学校でいちおうパイロットとしての訓練をうけてはいるのである。シミュレーションで、三〇回は撃墜されたはずだ。撃墜したのは、さて二回か三回か。教官が首をふって、毎年ひとりふたりはまちがいで入学してくるやつがいるもんだが――とつぶやいたのを憶えている。事実なので抗弁のしようもなかった。

「ええ、大金ですとも。パイロットというのは、資金と技術の集積体なんです。貴重な資源なんですよ。それがこう簡単に失われていいはずはない。まったく、戦争に勝つつもりなら、もっと後方管理をしっかりやってもらわないと……」

ゼノ中佐は歯ぎしりせんばかりだった。

彼の怒りと嘆きはもっともだが——とヤンは思う。おそらくそれ以前の段階で、状況がくるっているのだ。殺人と破壊を目的として、ひとりの人間に巨額の資金と知識と技術をそそぎこむという行為、その発想がそもそも正常なものではありえないだろう。ヤン自身も士官学校でそれらを教えこまれたのだ。優等生とはとても言えない存在ではあったが。

国家とは、人間の狂気を正当化するための方便でしかないのかもしれない。どれほど醜悪で、どれほど卑劣で、どれほど残虐な行為であっても、国家が主体となったとき、それは容易に人人に許容されてしまう。侵略、虐殺、生体実験などの悪業が、「国家のためにやった」という弁明によって、ときには賞賛すらされる。それを批判する者が、かえって、祖国を侮辱する者として攻撃されることさえあるのだ。

国家というものに幻想をいだく人々は、国家が優秀な、あるいは知的・道徳的に偉大な人物によって指導されていると信じているであろう。ところが、実際にはそうでもないのだ。国家権力の中枢部に位置する人間が、一般市民より思考力において幼稚であり、判断力において不健全であり、道徳水準において劣悪であることは、いくらでも例がある。一般市民より確実にすぐれているのは、権力を追求する情熱であって、これが正《プラス》の方向にもちいられれば、それは政治と社会を改革し、あたらしい時代の秩序と繁栄をきずく原動力となるが——それは全体の一割にも達するかどうか。ひとつの王朝の歴史をみたとき、それはほとんど、一代できずかれたものが十数代にわたって食いつぶされてゆく過程である。逆に言えば、王朝なり国家なりは、きわめて強靭でしぶとい生命体であって、何世代かにひとりの偉人がでれば、世紀単位の寿命を永らえることができるのだ。現在の銀河帝国――ゴールデンバウム王朝のようにまで腐敗し衰弱しては、もうとりかえしがつかない。一〇〇年前、マンフレート二世の改革が実現していれば、さらに数世紀を閲《けみ》することができたかもしれないが……。

自由惑星同盟《フリー・プラネッツ》については、帝国と同一視はできない。何十年かに一度でるかどうかという偉人に変革をゆだねることじたい、民主政治の原則に反するからである。英雄や偉人が存在する必要をなくすための制度が民主共和制であるのだが、いつ理想は現実にたいして勝者となれるのだろうか。

巡航艦《クルーザー》レダⅡ号は、ハイネセンの軍用宇宙港にひっそりと着陸した。極秘に、という国防委員長からの命令である。クブルスリー統合作戦本部長かビュコック宇宙艦隊司令長官に連絡をとりたいところだったが、それは命令違反になるだけでなく、政府と軍部の衝突を招来しかねない。だいいち、その機会もあたえられなかった。宇宙港には、国防委員長から直接命令をうけた出迎え役が来ており、地上に降りたつなり、ヤンは彼らによって地上車《ランド・カー》に乗せられてしまったのである。

フレデリカとマシュンゴが抗議しようとするのを、銃をもった兵士たちが阻止し、ヤンの姿は宇宙港から消えてしまった。まさかここまで高圧的な手段でこられるとは、ヤンもフレデリ力も予想していなかったのである。

二〇分ほど走って、軍施設のひとつで地上車《ランド・カー》からおろされたヤンを、ひとりの壮年の士官が出迎えた。

「ベイ少将です。最高評議会議長トリューニヒト閣下の警護室長をつとめております。今回、ヤン提督の身辺警護をおおせつかりました。微力ながら誠心誠意つとめさせていただきます」

「ご苦労さま」

しらじらしくヤンは応じた。名は警護でも、実体が監視であることは小学生にもわかる。ベイは宿舎での世話係とやらいう人物をヤンに紹介した。ガラス玉のような空虚な水色の目をした巨漢の下士官だった。

ヤンはげっそりした。彼の世話係をえらぶにあたって、査問会の面々は、美貌とか愛敬とか可憐《かれん》さとかいった軟弱な要素をすべて排除したようである。極端な機能重視であり、しかもその機能が威圧と逃亡阻止であることはうたがいない。

それにしても芸のない奴らだ、と、ヤンは思った。これでは査問会とやらにたいして好意のいだきようも油断のしようもない。身構えてかかるしかないではないか。

ヤンは案内された宿舎の窓から外を見やったが、狭い中庭のむこうに、窓のすくない無愛想な青灰色の建物が見えるだけであった。風景を愛《め》でるための配慮がされてないだけでなく、外界との接触そのものが不可能になっている。コンクリートで固められた中庭には、一個分隊ほどの兵士が所在なげにたたずんでいるが、彼らの肩には荷電粒子ビーム・ライフルがかかっていた。実戦装備なのである。窓ガラスを指でたたいてみた。厚さ六センチほどもある特殊硬質ガラスで、壮年期の灰色熊が体あたりしても、表面にわずかなひびがはいるていどだろう。

室内の調度は、高級だが無個性なもので、ベッド、ライティング・デスク、ソファー、テーブル、すべてに生活感が欠けていた。盗聴器や監視カメラについては調べる意欲もおきなかった。存在し、しかも巧妙に隠されているに決まっているからだ。体力を使って調べるだけ、ばかばかしい。

「軟禁だな、これは」

さてどうしたものか。ヤンはベッドに腰をおろして考えこんだ。ベッドのクッションは適度なものだったが、だからといって愉快な気分になれようはずもなかった。誰もいない床の上で、拷問と洗脳と謀殺が手をとりあって陰気なダンスを踊っているのが見える。振付師は、むろんトリューニヒトという名であろう。

矛盾の度もすぎることだった。ヤンが同盟軍に属して戦場にたつのは、すくなくとも、慈悲深い皇帝の専制政治より、迂遠《うえん》さと試行錯誤にみちてはいても、凡人が集まって運営する民主主義のほうがすぐれていると思うからだ。ところが、民主主義の牙城《がじょう》であるはずの惑星ハイネセンにありながら、ヤンは、腐臭をはなつ中世的な権力者の鳥かごに閉じこめられてしまったようなのである。

あせりは禁物——ヤンは自分に言い聞かせた。現在ただいま、最高評議会がヤンにどれほど悪意をいだいていたとしても、彼を肉体的あるいは精神的に抹殺することはできないはずだ。

そうなれば手をたたいて喜ぶのは、労せずして敵手をとり除くことができた銀河帝国である。トリューニヒト、あるいは最高評議会が、ヤンに害をくわえようと決意するのは、次の四つの場合であろう。

a、ヤン以上の能力と、権力者への忠誠心を有する名将が同盟に出現したとき。

b、銀河帝国とのあいだに恒久平和が成立し、ヤンがその阻害要因となると判断されたとき。

c、ヤンが同盟を裏切り、帝国に味方すると判断されたとき。

d、最高評議会みずからが同盟を裏切って帝国に味方したとき。

aについては、忠誠心や服従度はともかく、能力的にヤンをしのぐ存在は、現在、同盟軍にはいない。銀河帝国と半永久的な戦争状態にありながら、ヤンを失うのは、国家の自殺行為であろう。もっとも、人間が自殺するように国家も自殺するものではあるが、いまのところその段階に達してはいないようだ。

bについては、いささかばかげている。帝国とのあいだに恒久平和、もしくはそれに準じる状態ができれば、ヤンは大喜びで退役し、あこがれの年金生活にはいるだけのことだ。ただ、事実と認識とは本来、ことなるものであるから、権力者たちが誤解あるいは曲解にもとづいて行動をおこす可能性はいくらでもある。

cについても、ヤン自身にそのような意思はないが、それを大義名分として政府が超法規的な手段にでるかもしれない点は、bと同様である。

dについては――ヤンが思考をすすめようとしたとき、インターヴィジホンが鳴って、ベイ少将の顔がせまい画面を占領した。

「閣下、一時間後に査問会が開始されるそうです。査問会場へご案内させていただきますので、おしたくをどうぞ」

Ⅲ

部屋は不必要なほど広く、天井が高かった。照明は意図的に薄明るさをたもち、空気は快適と感じる範囲の下限を、わずかにこえて、冷たさと乾きの感覚を皮膚におしつけてくる。物理的なまでの威圧感を入室者にあたえるよう、すべてが暗い情熱によって計算されていた。査問官の席は高く、被査問者の席を三方から包囲しつつ見くだしている。

ヤンが権力と権威に高い価値をあたえるタイプの男なら、室内に一歩を踏みいれた瞬間、肉体も精神も萎縮《いしゅく》させてしまったであろう。しかし、ヤンがその部屋に感じたものは、悪意にみちた虚喝《こけおどし》の厚化粧だけであった。それはヤンの体内に生理的な嫌悪感を生みはしたが、恐怖や怯《ひる》みにはつながらなかった。

査問官の席に、九名の男がすわっている。ヤンから見て、正面と左右に三名ずつ。照明に目が慣れると、正面の席の中央にすわって彼を見くだす、中年の男の顔が見えてきた。トリューニヒト政権で国防委員長の座にあるネグロポンティである。身長はヤンとほぼおなじだが、肉のつきかたは、はるかに厚い。この男が査問会の首席なのであろう。もっとも、彼はスピーカーであるにすぎず、真の発言者は、この場に姿をみせない同盟元首であろうけれど。

それにしても、トリューニヒトの子分どもを相手に、これからの幾日かをすごさねばならないのか、と思うと、ヤンはいまさらながら気分がめいった。フレデリカやマシュンゴ准尉とも引き離され、孤独な戦いをしいられるのだ。軍法会議のほうが、はるかに公正である。被告はみずからの意思にもとづいて、弁護人を三名までえらぶことができる。だが、今回、ヤンは自分で自分を弁護しなくてはならないようだ。

ネグロポンティが名のると、つづいて彼の右側にすわった男が、自己紹介した。

「私はエンリケ・マルチノ・ボルジェス・デ・アランテス・エ・オリベイラだ。国立中央自治大学の学長をつとめている」

敬意を表して、ヤンは一礼した。この男が副首席であるらしいが、それだけ長たらしい名を記憶しているだけでも、おそらく尊敬に値するだろう。

ほかの七名の査問官も、つぎつぎと名のった。そのうち五名は、トリューニヒト派の政治家や官僚で、ヤンとしては記憶にとどめる労すらおしいような輩《やから》だったが、唯一の制服軍人として後方勤務本部長ロックウェル大将の無表情な細面を見いだしたときは、〝笑って忘れる〟というわけにいかなかった。軍部内におけるトリューニヒト閥の伸張を思わずにいられない。いまひとり、非トリューニヒト派の政治家ホワン・ルイは、査問会にたいして忠誠心より好奇心が勝っているかのような表情が、ロックウェルとはことなる意味で印象的だった。彼が査問官の一員にえらばれたのは、トリューニヒトが体裁をつくろうためだろうが、毒気にみちみちたこの仮面劇場で、換気装置の役割をはたしてくれるかもしれない。過大な期待は禁物だが……。

自己紹介が一巡すむと、ネグロポンティが言った。

「ではヤン提督、着席してよろしい……いや、ひざをくんではいかん！　もっと背すじをのばしたまえ。きみは査問される身なのだぞ。その立場を忘れないように」

誰も頼んだわけじゃない、という台詞を、賢明にものみこむと、ヤンは、せいぜい謹直な表情をつくってすわりなおした。一戦まじえるにしても、時機をえらぶべきだろう。

「では査問を開始する……」

おもおもしい宣告は、だが、ヤンの心に一片の感銘も呼びおこしはしなかった。ひたすら、終幕の到来を祈るだけである。


査問会の最初の二時間は、ヤンの過去の事蹟を確認する作業についやされた。生年月日からはじまって、両親の姓名、父親の職業、士官学校に入学するまでの経歴などが詳細に調べあげられ、いちいちコメントをつけて紹介された。ヤンについてヤン自身よりくわしいほどである。

ヤンをもっともうんざりさせたのは、士官学校時代の成績表が壁面のスクリーンに投影されたときで、戦史九八点、戦略論概説九四点、戦術分析演習九二点などはともかく、射撃実技五八点、戦闘艇操縦実技五九点、機関工学演習五九点などは赤面に値した。一課目でも五五点以下の成績なら落第ということになるのだから。

それにしても、落第して中退処分をうけていたら、ヤン個人と自由惑星同盟《フリー・プラネッツ》のその後は、どれほどの変貌をみたことだろうか。イゼルローンはなお帝国軍の手中にあって難攻不落を誇り、いっぽうで同盟軍はアムリッツァの惨敗をまぬがれているだろう。救国軍事会議のクーデターは、〝アルテミスの首飾り〟にまもられて一部成功し、反対派とのあいだに内戦状態がつづいているかもしれない。とすれば、ローエングラム公ラインハルトがその内戦に乗じていっきょに大軍を送りこみ、覇者の夢を結実させつつあるということもありうる。

ヤン個人のことに限定しても、エル・ファシルの脱出行に際して、まだ少女だったフレデリカ・グリーンヒルとあうこともなく、その後、キャゼルヌと知りあうこともなく、彼を介してユリアンに出会うことも、シェーンコップを部下とすることもなかったはずである。徴兵されて前線で生命を失ったかもしれず、逆に徴兵を忌避して逃亡者となっていたかもしれない。ひとりの人間は、歴史を構成する極小の一要素にしかすぎないが、未来へつうじる無限の枝道のなかから、ひとつだけがえらばれて現実として確定し、相互に関連しあって無数のミクロ・コスモスを形成してゆくのは、運命の手さばきのみごとさを賞賛すべきなのだろうか。

「……そして、現在、きみは同盟軍最年少の大将であり、前線の最高指揮官であるわけだ。人もうらやむ好運とはこのことだな」

その言いかたが、ヤンの神経を刺激して、彼は空想の泡のなかから現実の水面へ急浮上した。気にいらない表現であり、口調であった。ヤンの境遇がそれほど羨望に値するものなら、かわってやってよいくらいのものである。敵艦から放たれたエネルギー・ビームが光の波濤となって視界をみたし、浮きあがっては沈下する艦内で、殺人と破壊の作業を効率よくすすめるための指令をくだしつづける彼。それが一段落したと思えば、わざわざ四〇〇〇光年の旅をしいられて首都での査問会にひきずりだされる彼。同情してくれ、とは言わない。だが、羨望されるような身分だとは、とうてい思えないのである。無名の兵士やその家族からならともかく、前線をはるか遠ざかった安全な場所で、でる杭の打ちかたばかり考えているような輩に、そんな台詞をあびせられる筋合はないはずだ。

「……だが、だれであれ、わが民主共和制国家においては、規範をこえて恣意的に行動することは許されない。その点にかんする疑問を一掃するため、今日の査問会となったのだ。そこで第一の疑問だが……」

そらきた、と、ヤンは思った。

「昨年、救国軍事会議のクーデターを鎮圧する際に、きみは、首都防衛のため巨額の国費を投じて設置された〝処女神《アルテミス》の首飾り〟を一二個すべて破壊したな」

「はい」

「これは戦術上、やむをえない手段であったときみは主張するだろうが、しかし、いかにも短気で粗野な選択であった、との感を禁じえない。国家の貴重な財産を全面破壊する以外に、なにか方法はなかったのか」

「お答えします。ないと思ったから、あの手段をとったのです。その判断が誤っていたとお考えであれば、どうか代案をお教えいただきたいものです」

「私たちは軍事の専門家じゃない。戦術レベルの思考はきみたちの任だ。だが、そうだな、二、三個の攻撃衛星を破壊したところで、大気圏内への降下をおこなってもよかったのではないか」

「その方法をとれば、残存の衛星から攻撃をうけ、わが軍の将兵に犠牲者がでたであろうことはうたがいありません」

これは事実であったから、ヤンとしては大声をだすこともなかった。

「将兵の生命より無人の衛星がおしいとおっしゃるなら、私の判断は誤っていたことになりますが……」

そういう言いかたをしたことに、ヤンは自己嫌悪をおぼえたが、せめてこのくらい言ってやらないと、相手は応《こた》えないだろう。

「では、こういう戦法はどうだ。どうせクーデター派の連中は、ハイネセン一星に封じこめられた状態にあった。あえて短兵急《たんぺいきゅう》な方法をとらなくても、時間をかけて彼らの抗戦の意志をそぐというやりかたをとってもよかったのではないか」

「その方法は私も考えましたが、二つの点から破棄せざるをえませんでした」

「話してもらいたいね」

「第一に、心理的に追いつめられたクーデター派が、局面を打開するため、首都にいる政府の要人たちを人質にする危険性があったということです。彼らが、あなたがたの頭に銃をつきつけて交渉を迫ってきたら、吾々としては選択の途《みち》がありません」

「…………」
「第二は、さらに大きな危険です。当時、帝国内の動乱は終熄へとむかっていました。吾々がハイネセンを包囲したまま、クーデター派の自壊をのんびり待っていたら、ラインハルト・フォン・ローエングラム——あの戦争の天才が、勝利の余勢をかり、大兵力をもって侵攻してきたかもしれません。イゼルローンには、そのとき、民間人のほかには、わずかな警備兵と管制要員がいただけだったのです」

ひと息ついた。水がほしいところである。

「以上の二点により、私は短期的にハイネセン解放をなしとげ、しかもクーデター派に心理的敗北感をあたえるための手段をとらざるをえなかったのです。それが非難に値するということであれば、甘んじてお受けしますが、それにはより完成度の高い代案をしめしていただかないことには、私自身はともかく、生命がけで戦った部下たちが納得しないでしょう」

このていどの脅しをふくんだテクニックは、ヤンといえども弄《ろう》するのである。それは功を奏したらしく、査問官たちは低いささやきをかわし、その合間にいまいましさをこめた視線をヤンに投げた。再反論の余地がないようである。唯一の例外がホワンで、横をむいて小さくあくびをした。やがて、大きなせきをひとつして、ネグロポンティが言った。

「では、その件はいちおうおいて、つぎの件にうつる。ドーリア星域で敵と戦うにさきだって、きみは全軍の将兵にむかって言ったそうだな。国家の興廃など、個人の自由と権利にくらべれば、とるにたりぬものだ、と。それを聞いた複数の人間の証言があるが、まちがいないかね」

「一字一句まちがいなくそのとおりとは言えませんが、それに類することはたしかに言いました」

ヤンは答えた。証人がいるなら、否定しても意味のないことである。なによりも、自分がまちがったことを言ったとは、ヤンは思わなかった。彼はつねに正しいわけではない。だが、あのとき言ったのは、まっとうなことだった。国家など、滅びても再建すればよい。ひとたび滅びて、再建された国家はいくつもある。むろん、再建されず滅びさった国家のほうがはるかに多いが、それは歴史上の役割をすでに終え、腐敗し、老衰して、存在する価値を失ったからである。国家の滅亡は多くの場合、悲劇であるにはちがいないが、そのゆえんは、多量の血が流れることにある。さらには、まもるに値しない国家を、不可避の滅亡から救いうると信じて、多くの人々が犠牲となり、その犠牲がなんらむくわれないところに、深刻きわまる喜劇がある。存在するに値しない国家が、生きるに値する人々を嫉んで、地獄へ転落する際の道づれにするのだ。そして最高権力者といえば——無数の死者が彼の名を叫びながら戦場で倒れていったことを忘れさって、敵国の貴族としてゆたかな余生を送る者すらいるのだ。戦争の最高責任者が最前線で戦死した例が歴史上いくつあるというのか。

個人の自由と権利――ヤンは将兵にそう言った。〝生命〟と、それにつけくわえるべきだったろうか？　だが、ヤンがそれまでやってきたこと、今後もやるであろうことを考えると、とうてい口にはだせなかったのだ。まったく、自分はなにをやっているのだろう！　戦場で殺人と破壊の指揮をするより、もっと有意義なことがいくらでもあるだろうに。

「不見識な発言だとは思わないかね」

耳ざわりな声が言っていた。士官学校時代、生徒がミスをすると目をかがやかせる教官がいて、これとそっくりな、悦《えつ》にいって舌なめずりする猫に似た声をだしていたものだ。

「はあ？　なにがです？」

ヤンがおそれいらなかったので、国防委員長は不快感をそそられたのであろう、声に険悪なひびきがこもった。

「きみは国家をまもるべき責務をおった軍人だ。しかも若くして提督の称号をおび、大都市の人口にも匹敵する大軍を指揮する身ではないか。そのきみが、国家をかろんじ、ひいてはみずからの責務をさげすむがごとき発言をし、さらには将兵の士気を低下させる結果を招来《しょうらい》するのは、きみの立場として不見識ではないかと言うのだ」

いまお前が必要としているのは、虚しさとばかばかしさとにたえる忍耐心だ――ヤンの理性はそう告げていたが、その声は彼の内面で弱々しくなりつつあった。

「お言葉ですが、委員長閣下」

それでもせいぜい声をおさえて、

「あれは私には珍しく見識のある発言だったと思います。国家が細胞分裂して個人になるのではなく、主体的な意志をもった個人が集まって国家を構成するものである以上、どちらが主でどちらが従であるか、民主社会にとっては自明の理でしょう」

「自明の理かね。私の見解はいささかことなるがね。人間にとって国家は不可欠の価値をもつ」

「そうでしょうか。人間は国家がなくても生きられますが、人間なくして国家は存立しえません」

「……こいつはおどろいた。きみはかなり過激な無政府主義者らしいな。ちがうか」

「ちがいます。私は菜食主義者です。もっとも、おいしそうな肉料理を見ると、すぐ戒律を破ってしまいますが」

「ヤン提督！　当査問会を侮辱する気かね」

声にいちだんと危険な気配がこもった。

「とんでもない、そんな意思は毛頭ありません」

じつは大ありなのだが、むろん正直にそう言う必要はない。それ以上、抗弁も陳謝もせずヤンが沈黙していると、国防委員長も追及の方法を見失ったのか、ヤンをにらみつけたまま、分厚い唇をひきむすんでいる。

「どうかね、ここはひとつ、休息ということにしては」

それは、自己紹介したきり一言も発しないでいたホワン・ルイの声だった。

「ヤン提督も疲れているだろうし、私も退屈――いや、くたびれた。ひと休みさせてもらえるとありがたいな」

その意見は、おそらく複数の人間を救ったことであろう。


九〇分間の休息ののち、査問は再開された。ネグロポンティは新しい攻撃をはじめた。

「フレデリカ・グリーンヒル大尉を、きみは副官として任用しているな」

「そうです。それがなにか?」

「彼女は昨年、民主共和制にたいする反逆行為をおこなったグリーンヒル大将の娘だ。きみはそれを知っているはずだが……」

ヤンは心もち眉をあげた。

「ほう、わが自由の国では、古代の専制国家みたいに、親の罪が子におよぶというわけですか」

「そんなことは言っていない」

「それ以外に解釈できませんが……」

「私が言っておるのは、無用な誤解をさけるため、人事に配慮する必要があるのではないかということだ」

「無用な誤解とは、どういうものか、具体的に教えていただけませんか」

返答がなかったので、ヤンはつづけた。

「なにか証拠があっての深刻な疑惑ならともかく、無用の誤解などという正体不明のものにたいしてそなえる必要を、小官は感じません。副官人事にかんしては、軍司令官の任用権が法によって保障されておりますし、もっとも有能で信頼できる副官を解任せよということであれば、軍の機能を充分に生かすことにたいし、それを阻害し、軍に損失をあたえる意図があってのこととしか思えませんが、そう解してよろしいのでしょうか」

攻撃的なヤンの論法は、あきらかに相手の機先を制した。ネグロポンティは二、三度口を開閉させたが、反論のすべをとっさに見いだせず、救いをもとめるように傍の自治大学長を見やった。

エンリケなんとかオリベイラという男は、学者というより官僚的な雰囲気の人物である。そもそも国立自治大学というのが、政府の官僚を育成するための施設なのだ。オリベイラは人生のあらゆる段階で秀才の名をほしいままにしてきたにちがいない。指先にいたるまで、自信と優越意識が充満している。

「ヤン提督、そういうふうに言われたのでは、吾々も質問しにくくなる。吾々ときみとは敵どうしではない。もっと良識と理性とをもって、たがいの理解を深めようではないか」

オリベイラの、潤《うるお》いのない声を聞きながら、ヤンは、彼を嫌いになることに決めた。逆上したり困惑したりするだけ、ネグロポンティのほうがまだ人間味があるというものだ。

「きみの先刻からの言動を見ていると、どうもこの査問会にたいして、ある種の先入観があるようだが、それは誤解だ。吾々は、きみを指弾《しだん》するために呼びよせたのではない。むしろきみの立場をよくするために、この査問会を開いたといってもよい。それにはむろんきみの協力も必要だし、吾々のほうでもきみへの協力をおしまないつもりだ」

「それでは、ひとつ、お願いがあるのですが」

「なんだね」

「模範解答の表があったら、見せていただけませんか。あなたがたが、どういう答えを期待しておいでか知っておきたいんです」

一瞬の空白が室内をみたしたあと、怒気が奔騰《ほんとう》して室内に乱気流を生みだした。

「被査問者に警告します！　当査問会を侮辱し、その権威と品性を嘲弄するかのごとき言動は、厳につつしまれたい！」

国防委員長の大声は、解読不能のわめき声と化す寸前に、かろうじてとどまっていた。この茶番劇《バーレスク》に権威とか品格とか称しうるものが付属しているなら、ぜひ見せてほしいものだ、と、ヤンは思った。それを口にださず、沈黙をまもっていたのは、むろん恐縮や反省からではない。太い血管が、国防委員長のこめかみに浮きあがっている。自治大学長のオリベイラがその耳もとになにかささやくのを、ヤンは意地悪く見まもったのだった……。

ようやく査問会の第一日めから解放されたヤンだったが、軟禁にひとしい状態が改善されたわけではなかった。査問会の会場から地上車《ランド・カー》に乗せられたヤンは、そのまま宿舎へつれもどされてしまった。世話係の下士官に会うが早いか、ヤンは食事のための外出を要求した。

「閣下、食事はこちらで用意いたします。わざわざ外出なさるにはおよびません」

「外で食事したいんだ。こんな殺風景なところでなくて」

「門から外へお出になるときは、ベイ少将の許可を必要とします」

「べつに許可なんてほしくないがね」

「ほしくなくても必要なのです！」

「それじゃベイ少将に会わせてくれないか」

「少将は最高評議会議長オフィスに公用ででかけておいでです」

「いつ帰ってくる？」

「わかりかねます。で、ご用はそれだけで？」

「ああ、それだけだよ」

下士官が敬礼してでていくと、ヤンはしばらくドアをにらみつけていたが、盗聴器の存在を承知したうえで、それでも低く叫ばずにはいられなかった。

「やってられるか！」

軍用ベレーを、ヤンは床にたたきつけた。それから罪のないベレーをひろいあげ、埃をはらって頭にのせると、腕をくんで部屋のなかを歩きまわった。

やめてやる。今度こそ、誓って、ほんとうにやめてやるぞ。一昨年、イゼルローン要塞を攻略して以来、そう考えつづけてきたのだ。それを拒否して、かえって高い地位につけ、責任と権限を拡大させていったのは権力者《あいつら》ではないか！

査問会から解放されたときは、多少愉快な気がしないでもなかった。今日のところは戦術的な勝利をおさめたからである。言いがかりのかずかずをすべて粉砕してのけ、査問官どもの厚い面皮に傷をおわせてやったのだ。

ただし、この戦術的勝利が戦略的勝利に直結するとはかぎらない。高官どもが査問会の継続を断念してくれればありがたいが、より偏執的に査問をすすめるという可能性が大である。今日一日で忍耐の極に達した以上、明日以降にたえられるはずがない。とすれば、やめるしかないではないか。

ヤンはライティング・デスクの前にすわると、辞表の文面を考えはじめた。

そのころ、フレデリカ・グリーンヒルは、手をこまねいて事態の推移を傍観してはいなかった。彼女は女性士官用の宿舎の一室にはいると、三時間のうちに一四カ所にTV電話《ヴィジホン》をかけ、ベイ少将の居場所をつきとめた。トリューニヒトのオフィスをでた瞬間、ベイはマシュンゴ准尉をともなったフレデリカにつかまってしまったのである。

「ヤン提督の副官として、上司との面会を要求します。提督はどこにおいでですか」

「国家の最高機密に属することだ。面会など許可できないし、提督の居場所も教えられない」

その返答がフレデリカを納得させるはずはなかった。

「わかりました。査問会とは非公開の精神的拷問をさして言うのですね」

「グリーンヒル大尉、言葉をつつしみたまえ」

「ちがうとおっしゃるのなら、査問会の公開、弁護人の同席、および被査問者との面会をかさねて要求いたします」

「そんな要求には応じられない」

「応じられない理由はなんでしょうか」

「答える必要を認めない」

いたけだかな相手の態度にひるむフレデリカではなかった。

「では、国民的英雄であるヤン提督を、一部の政府高官が、非合法、恣意的に精神的私刑《リンチ》にかけた、と、報道機関に知らせてよろしいのですね」

少将は目に見えて狼狽《ろうばい》した。

「そ、そんなことをしてみろ、国家機密保護法を適用されることになる。きみ自身、軍法会議にかけられることになるのだぞ」

「軍法会議には該当いたしません。国家機密保護法には、査問会なるものの規定はございませんし、したがって、その内情を公開したところで、犯罪を構成することはありえません。どうしてもヤン提督の人権を無視して秘密の査問会を強行なさるのでしたら、こちらも可能なかぎりの手段をとらせていただきます」

「ふん、父親が父親なら、娘も娘だ」

陰湿な毒をふくんだ一言が、少将の口から吐きだされた。

一瞬、ぎょっとなり、ついで憤然としたのはマシュンゴで、フレデリカは表情も変えなかった。だが、ヘイゼルの瞳が、このとき、炎に映えるエメラルドの色に燃えあがった。下劣な一言を残して背をむけたベイを、彼女は制止しようとしなかった。

　昨年、父がクーデターの首謀者であることを知ったとき、フレデリカは、ヤンの副官の地位を解《と》かれるものと覚悟していた。だが、そのときヤンは無器用な少年のような口調で言ったのである。

「きみがいてくれないとこまるんだ……」

　その一言が、これまでフレデリカをささえてきたし、これ以後もささえつづけるであろう。彼女は巨漢の同行者をふりむいた。

「マシュンゴ准尉、やりたくはなかったけど、最後の手段よ。ビュコック提督にお目にかかって事情を聞いていただきましょう」

　何十枚もの紙をむだにしたあげく、ヤンはようやく辞表を書きあげた。ユリアンやフレデリカ、キャゼルヌらにたいしては、あわせる顔もない気がするが、トリューニヒト一派とこれ以上つきあうのは不可能としか思えない。自分がいなくても、イゼルローン要塞があれば、帝国軍の侵攻は困難だろう。そう考えることにして、やっと気分を静めたのだった。

　くたびれはててベッドにもぐりこんだヤンは、数千光年をへだてて暗黒の虚空を航行するガイエスブルク要塞の存在など、知るはずもなかった。神であれ、悪魔であれ、ヤンを全知全能にはしてくれなかったのである。

第六章　武器なき戦い

I

戦艦ヒスパニオラ、巡航艦コルドバなど一六隻からなるグループが〝それ〟を発見したのは四月一〇日のことである。J・ギブソン大佐の指揮するこのグループは、イゼルローン要塞をでて回廊内を哨戒中だった。

「敵を発見しても、みだりに戦端を開くな。後退してそのむねを要塞に報告すればよい」

司令官代理のキャゼルヌ少将は、駐留艦隊のすべてに、そう厳命している。司令官ヤン・ウェンリーが不在のあいだ、極力、無益な戦闘は回避すべきであった。

巡航艦コルドバのオペレーターが、何杯めかのコーヒーを胃に流しこみながら、計器をながめていた。現在のところ、状況は平和で——したがって退屈そのものだった。コーヒーを飲む以外、それをまぎらわしようもない。だが、胃はそろそろカフェインの刺激に辟易《へきえき》している……。急に、オペレーターは目を光らせ、乱暴に操作卓《コンソール》の隅にカップをおいた。

「前方の空間にひずみが発生」

オペレーターが報告した。

「なにかがワープ・アウトしてきます。距離は三〇〇光秒、質量は……」

オペレーターは質量計に投げかけた視線を凍結させ、声をのみこんだ。声帯を再活動させるまで数秒間を必要とした。

「質量は——きわめて大……」

「もっと正確に報告せんか！」

艦長がどなる。オペレーターは二、三度大きなせきをして、咽喉《のど》をふさいだ驚愕の無形の塊を吐きだした。

「質量、約四〇兆トン！　戦艦などではありません」

今度は艦長が沈黙の腕におさえこまれる番だった。彼は身ぶるいしてそれをふりはらうと、命令をくだした。

「急速後退しろ！　時空震にまきこまれるぞ！」

グループの指揮官ギブソン大佐も、全艦に急速後退を命じていた。一六隻はエンジンの出力が許すかぎりのスピードで、異変の生じつつある宙域から遠ざかった。巨大な時空震の波動が彼らを追い、空間じたいがひずみ、揺動して、彼らの心臓を見えざる手でしめあげた。コーヒー・カップが操作卓《コンソール》の端から床に落下して砕け散った。それでも、彼らは索敵《さくてき》の義務を忘れず、スクリーンをにらみつけていた。やがて、彼らの目に衝撃がはしり、声のない悲鳴があがった……。

イゼルローン要塞の中央指令室に、あわただしい空気が発生していた。オペレーターたちが両手と視線と声帯を休む間もなくうごかしつづけ、キャゼルヌ少将をはじめとする幹部たちがそれを見まもっている。

「また敵と遭遇したらしいぜ、哨戒グループの連中が……」

「このところ敵さんもまめだな。超過勤務手当てでもかせぐ気かな」

むろん私語は禁じられているのだが、不安なときにそれを順守できるものではない。やがてチーフ・オペレーターが司令官代理に、ギブソン大佐からの報告を伝えた。

「形状は球体またはそれに類するもの、材質は合金とセラミック、そして質量は……」

「質量は、どうした？」

「質量は、概算四〇兆トン以上です」

「兆だと!?」

キャゼルヌは沈着な男だが、その数値を聞いたとき、さすがに平静ではいられなかった。チーフ・オペレーターがさらに言う。

「質量と形状から判断して、直径四〇キロないし四五キロの人工天体と思われます」

「……つまり、イゼルローンのような要塞というわけか」

キャゼルヌがつぶやくと、要塞防御指揮官シェーンコップ少将が皮肉っぽく笑った。

「友好親善使節をこういうかたちで帝国が送りこんできたとも思えませんな」

「一月の遭遇戦は、この前ぶれだったというわけか」

キャゼルヌの口調はにがい。味方がそうであるように、敵も先日の遭遇戦にこりて用心している、などと思ったのは誤りだったのか。

「つまり帝国軍《やつら》は、今度は艦隊を根拠地ごと、ここまではこんできたわけだな」

「見あげた努力だ」

熱のない口調で、シェーンコップが賞賛した。きまじめなムライ少将が、多少の偏見をこめた視線で防御指揮官の横顔をひとなでする。

「それにしても、とんでもないことを考えたものですな。要塞をワープさせてくるとは……帝国軍は新しい技術を開発させたとみえる」

「新しい技術というわけでもない。スケールを大きくしただけのことだろう。それも、どちらかというと、あいた口がふさがらないというたぐいだ」

言わずもがなの異論を、シェーンコップがとなえる。

「だが意表をつかれたこと、敵の兵力が膨大なものであること、これはたしかだ」

キャゼルヌがあいだにはいり、要点を指摘した。

「しかもヤン司令官は不在。留守番の吾々《われわれ》だけで、すくなくとも当面は敵をささえなくてはならない」

キャゼルヌが言うと、中央指令室の広大な空間全体に緊張の波がうねった。不安を禁じえぬ視線を、人々はかわしあう。彼らはイゼルローン要塞が難攻不落であることを信じきっていたが、いま、その確信の礎石に動揺のひびわれが生じていた。イゼルローンはあらゆる砲撃にたえぬいてきたが、それも相手が艦砲であってのことで、イゼルローンにせまる要塞の主砲ともなれば出力の桁《けた》がちがう。

「イゼルローン要塞主砲をしてイゼルローンの防壁を撃たしめれば、どちらが勝つか」

とは、兵士たちの冗談であるが、その事態が現実のものとなりつつあるのだ。超硬度鋼と結晶繊維とスーパー・セラミックの四重複合装甲は、宇宙でもっとも堅牢《けんろう》なものである。だが、今度の戦いにおいて、それは過去形で語られるものとなるかもしれない。

「要塞砲と要塞砲の撃ちあいか……?」

キャゼルヌは頸《くび》すじから背すじにかけて、見えざる手が冷たくはいまわるのを感じた。

過去になかった膨大なエネルギーとエネルギーの衝突を想像すると、寒けをおぼえずにいられない。イゼルローン要塞主砲の斉射を目《ま》のあたりにした者は、その残光を永久に瞳に灼きつけると言われているのだ。

「さぞ盛大な花火でしょうな」

シェーンコップは言ったが、いつもの闊達《かったつ》さがこのときはやや欠けており、軽口として成功したとは言えなかった。その想像は、前線の軍人にとって、軽口で処理しうる一線をこえているのであろう。

「至急、ヤン提督に首都からもどっていただかねばなりませんな」

そう言ってから、パトリチェフ准将が前言を悔いるような表情をしたのは、司令官代理であるキャゼルヌに遠慮したからであろう。しかし、キャゼルヌは不快さをしめさず、むしろ積極的に同意した。彼は、自分が平時の留守司令官であることを熟知していたのである。だが、超光速通信《FTL》がハイネセンに達し、すぐにヤンが駆けつけるとしても、イゼルローンまでの距離は、あまりに遠い。

「ざっと計算して、吾々は最低でも四週間、敵の攻撃をささえなくてはならない。しかも、この期間は、長くなることはあっても短くなることはないだろう」

「楽しい未来図ですな」

パトリチェフが言ったが、本人が意図したほど陽気な声にはならなかった。司令官――それも尋常の司令官ではなく、〝魔術師ヤン《ヤン・ザ・マジシャン》〟、〝奇蹟《ミラクル》のヤン〟とまで呼ばれる不敗の名将を欠いて、前例のない巨大な敵と戦わねばならないのだ。戦慄が全身の神経回路を音もなく駆けぬけ、皮膚には鳥肌が生じ、冷たい汗が内側から衣服を湿らせるのも当然であった。

イゼルローン要塞および駐留艦隊の将兵は、合計して二〇〇万人に達する。彼らは、多くの熟練兵が去って新兵にかわった現在も、同盟軍最強の部隊であり、その強さの基因は、司令官の不敗性への絶対的な信頼にあったのだから。

ムライ少将が低い声をおしだした。

「もしイゼルローン要塞が失われたらどうなると思う？　ローエングラム公のひきいる大軍が回廊から同盟領へなだれこんでくるぞ。そうなれば同盟は――」

おしまいだ、という一語は発する必要もなかった。

かつて、同盟軍は、回廊をとおって侵攻してきた帝国軍と、幾度も戦火をまじえたものである。

だが、いまは二年前とは条件がちがうのだ。現在、回廊のこちら側にいる兵力といえば、第一艦隊のほかは、戦闘未経験の新兵部隊、遠距離移動能力を欠く恒星系単位の警備隊《ガーズ》、火力と装甲において劣る巡視隊《パトロール》、そして編成過程上の部隊――これですべてといってよい。同盟の軍事上の安全は、ひとえにイゼルローン要塞と駐留艦隊の存在にかかっており、これあればこそ、後方で時間をかけて部隊編成や新兵訓練をやっていられるのだ。

それにしても、これほど重大な時機に、前線の司令官をわざわざ召還し、不急不要の査問会などを開くとは！

前線を遠く離れた首都ハイネセンで、わが身の安全のみをたもちながら暖衣飽食《だんいほうしょく》し、それにあきたらずヤン・ウェンリーを呼びつけて、秘密裁判ごっこに興じているであろうトリューニヒト一派の政治屋どもの顔を思い浮かべると、キャゼルヌは、深刻な憤怒が胃を灼くのを感じた。昨年のクーデターのときも、それ以前もそうだったが、前線の将兵は、彼らの権力と特権をまもってやるために、生命を捨てて戦わなければならないのである。戦争の意味について懐疑的にならざるをえないキャゼルヌだった。

唯一、救いがあるとすれば、ハイネセンにいるヤンが、これで査問会との不毛な戦いから解放されるであろうということだ。どうせ戦うなら、ヤンも、広大な宇宙空間の戦場で敵軍と用兵の妙を競うほうをえらぶだろう。そして、キャゼルヌらの任務は、ヤンの帰還までイゼルローンを維持することにあった。

最悪の事態を考慮して、キャゼルヌはいくつかの処置をした。戦略戦術コンピューターの情報をいつでも消去できるよう準備し、機密書類も焼却する態勢をととのえ、三〇〇万人にのぼる民間人に退避準備をさせる。これらの処置の機敏さ正確さは、キャゼルヌの得意とするところだった。

そして、イゼルローン要塞から後方へ超光速通信《FTL》が飛ぶ。

「四月一〇日、帝国軍はイゼルローン回廊に大挙侵入せり——しかも、移動式巨大要塞をもってなり。至急、来援を請う」

Ⅱ

おなじ四月一〇日、自由惑星同盟《フリー・プラネッツ》の首都ハイネセンでは、武器をもたない戦いが火花を散らしていた。ヤン・ウェンリー大将は査問会を相手どっており、彼の副官フレデリカ・グリーンヒル大尉は、どうやらトリューニヒト政権全体を敵にまわしたようであった。

ヤンの査問は連日というわけではなかった。査問会首席のネグロポンティ国防委員長をはじめ、各メンバーにはほかの職務があり、ヤンをいびることだけに専念してはいられなかったので、査問会は一日あるいは二日おきに、だらだらとつづけられることになった。ヤンの神経は、いいかげん痛めつけられたが、短気な者ならとうに暴発していたであろう。査問会の目的は、ヤンを査問してなんらかの結論を導きだすことにあるのではなく、査問行為それじたいの続行にあるとしか思えなくなってきていた。

どう収拾をつける気だろう、と、ヤンは思う。たとえば、査問の目的が、〝ヤン・ウェンリーの存在は同盟にとって有害か無害か〟という命題の解明にあるとする。結論が無害とでれば、彼らはヤンを解放せざるをえない。結論が有害とでれば、なんらかの処断をせざるをえないが、帝国の軍事的脅威が実在するからには、現在、ヤンを失うことはできない。といって、結論をださないまま、査問会を永遠につづけるわけにもいかない。このあたりの事情を考えると、ヤンは、不快でもありばかばかしくもあるが、いささか意地の悪い興味をおぼえもする。どうせヤンを解放せねばならないのだが、どのように体裁をつくろうか見物してやろうか、という気になってきていた。

服のポケットには辞表がはいっている。必要なときは、いつでもとりだして国防委員長の鼻先につきつけてやれるのだ。査問第一日めの夜に書きあげ、翌日それをたたきつけるつもりでいたところ、その日は査問会は開かれず、ヤンとしては気勢をそがれたかたちで、そのままポケットに放りこんでしまったのである。その後、提出する機会がなかったわけではないが、いつでもその場でとりだせると思うと、いささか鷹揚《おうよう》な気分になって、もうすこしドラマチックな場面でだすとしよう、などと邪気もでてくるのだった。

査問会があるとなれば、それなりにヤンははりきる。むしろ苦痛なのは、宿舎で一日じゅう軟禁状態におかれる日だった。食事以外、することがないのである。窓からは中庭しか見えないし、立体TV《ソリビジョン》もおかれておらず、無益と知りつつ本を読ませてくれるよう頼んでみたら、やはり言を左右にしてけっきょくは拒否する。では著述のつづきをやろう、となると、辞表を一枚書くのに数十枚の紙をつかいはたしたので、ペンはあれど紙はないという状態だ。ベッドに寝転がって、査問会のメンバーをひとりひとり拷問にかけてやるありさまを想像してみたが、すぐにあきてしまった。

食事は三度ともりっぱなものだった。ただし、部屋の調度とおなじく、無個性きわまるもので、そのつど変化を楽しむというわけにはいかなかった。とくに朝食は、連日、完全におなじメニューだった。ライ麦パン、バター、プレーンヨーグルト、コーヒー、野菜ジュース、ベーコンエッグス、フレンチポテト、玉ねぎとピーマンとレタスのサラダ。けっして味は悪くないし、栄養的にもりっぱなものなのだろうが、ヤンに言わせると、〝誠意と独創性に欠ける〟のだった。だいいち、食後にはコーヒーと決めてかかっているのが許せない。

これがユリアン少年だったら、芳香を放つシロン葉の紅茶をいれてくれるし、卵料理でも、オムレツやらスクランブルドエッグやらと変化をつけてくれる。夕食の残りものでライスグラタンや雑炊をつくる技倆は天下一品だとヤンは信じている。軍人などという、文明にも人道にも寄与しないいやしい仕事につくより、正式にコックの修業をして免状をとるほうが、よほど文化と社会のためになるのではないだろうか。そうすれば、ヤンは退職金でユリアンのために料理店を開いてやれるのに……。もっとも、コックという職業は、宇宙戦艦《スペース・バトルシップ》の艦長ほどには少年期のロマンチシズムを刺激しないのはたしかであろう。

こうしてヤンは、ハイネセンでむなしく日をすごしていた。しかし、彼の境遇も、フレデリカの苦労にくらべれば、いっそいい気なものだったと言えるかもしれない。文字どおり、フレデリカは不眠不休で苦闘していたのである。


ベイ少将から酷薄な応対をされたあと、フレデリカはマシュンゴをともなって、その足で宇宙艦隊司令部を訪問した。受付の士官は官僚的で、規則と権限と機構とを魔法の杖のようにふりまわし、フレデリカに時間を空費させたが、帰宅しようとしていたエドモンド・メッサースミスという若い少佐が彼女を見つけ、便宜をとりはからってくれた。メッサースミスは彼女の父ドワイト・グリーンヒルが士官学校副総長だった当時の教え子で、一時、父は、フレデリカの結婚相手は彼に、と考えていたらしいふしがある。フレデリカが礼を述べると、メッサースミスは感じのよい微笑を浮かべて応じた。

「どういたしまして、きみのためならなんなりとお役にたつさ。お母上によろしく。それにしてもあいかわらずきれいだね、フレデリカ」

フレデリカは彼に感謝したが、宇宙艦隊司令長官ビュコック大将の執務室のドアをあけたとき、メッサースミスのことは脳裏からおいはらっていた。

「大尉、どうしてこんなところにいるのかね」

七二歳になる老提督の、それが第一声であった。フレデリカの予想どおり、制服組ナンバー

2の彼は、ヤンが首都へ召還されたことを知らなかったのだ。今度の査問会なるものが、いかに非公然的な体質のものであるか、この一言であきらかだった。

フレデリカが要領よく事情を述べると、ビュコックは白い眉を上下させて、しばらく沈黙していた。おどろいたというより、あきれたのであろう。

「閣下にこのことをお話しするかどうか、じつはずいぶんと迷いました。ヤン提督を窮状からお救いするのに、助力をいただければありがたいのですけど、悪くしますと、軍部と政府との対立ということにもなりかねませんし……」

「もっともな心配だ。だが、同時に無用の心配でもあるな」

老提督は奇妙なことを言った。闊達な気性のビュコックに似ず、陰気なほどににがい口調だった。

「というのは、軍部全体が一丸となって政府と対立するなど、もはやありえんことだからだよ、大尉」

「軍部内が二派に分裂しているとおっしゃるのですか」

「二派！　ふむ、二派にはちがいない。圧倒的多数派と少数派とを、同列にならべてよいものならな。むろん、わしは少数派さ。自慢にもならんことだがね」

フレデリカはかるく息をのんだ。ためらったが、たださずにはいられなかった。いったい、どうしてそんなことになったのか、と。その質問に、老提督もなぜか答えるのをためらったようである。しかし、フレデリカがたださずにいられなかったのと同様、ビュコックも答えないわけにはいかなかった。

「言いにくいことだが、昨年の救国軍事会議のクーデターが、原因と言えば原因なのだ。あれで軍部の信望が失墜し、発言権が低下したのを、政治屋どもめ、自分たちの勢力を軍部に浸透させるのに利用しおったのさ。奴らはほしいままに軍の人事をあやつって、中枢部をすっかり奴らの手下どもで固めてしまった。クブルスリー本部長も、わしも、昨年のクーデターの際、なすところがなかったから、抗議しても冷笑されるだけだった」

自分の顔は蒼ざめているだろう、と、フレデリカは思った。またしても、昨年のクーデター、そしてその代表者であった父ドワイト・グリーンヒルが、彼女の前に立ちはだかったのである。彼女にとって、父を嫌うのは不可能なことだった。しかし、このようなことが積みかさなると、嫌うことはできなくとも、憎んでしまうことになりそうだった。

「そこで、クブルスリー提督も、わしも、いまでは大海のなかに孤立する岩といったところなのだ。政治屋どもがヤン提督を首都に呼びよせたのは、根本の動機はいまひとつ判然とせんが、多少のことをやっても反対する者はおらん、いたとしてもつぶせる——そう考えてのことであるにちがいないな」

「なんと申しあげたらよいか……それほどおこまりとは存じませんでした」

「なに、べつにこまってはおらんよ。いまいましいだけだ。ごそごそとうるさくてな。じつは、この部屋にも盗聴器が隠されておるかもしれんのだ。確率は九割以上だろうな」

それを聞いたマシュンゴ准尉が、黒い巨体を一〇センチばかり宙に浮かせた。老提督はせき

こむように笑った。フレデリカの目を見て笑いをとめると、

「それを知っていてこういう話をしたのはな、いまさら旗色をごまかすこともできんし、盗聴の記録が法律上の証拠になることもないからだ。逆にこちらが、盗聴による人権侵害を訴えることもできる。政府に同盟憲章を尊重する気があれば、だがね」

「政府は民主主義のたてまえを公然とふみにじることはできません。いざというとき、武器に使えると思います」

「聡明をもって鳴る大尉にそう言ってもらえるとうれしいな。ところで、肝腎のヤン提督の件だが、事情がわかった以上、わしにできるだけのことはする。ぜひあんたに協力させてもらおう」

「でも、ご迷惑ではないでしょうか」

老提督は、今度はほがらかに笑った。

「訪ねてきておいて、いまさらそんなことを気にせんでいい。わしはあの若いのが好きだしな。ああ、このことを本人に言ってはいかんよ。若い者はすぐいい気になるからな」

「ほんとうに感謝いたします。お人柄に甘えて申しあげますと、わたくしもビュコック閣下が好きですわ」

「ぜひ家内に聞かせてやりたいな。ところで、もうひとつ……」

老提督は表情をあらためた。

「ここへ来るまでに、尾行してくる者がいなかったかね」

フレデリカは、ヘイゼルの瞳に衝撃の色をはしらせて、マシュンゴを見やった。ヤンのことばかり考えていて、その点に注意しなかったのは、うかつだった。巨漢の黒人は、背すじを伸ばしてゆたかなバスで答えた。

「確証はないのですが、怪しげな地上車《ランド・カー》を一台ならず見ました。尾行だとすれば、途中で交替したのだと思います」

「やはりな、ベイのいたちめがやりそうなことだ」

ビュコックは大きく舌打ちした。盗聴器をつうじて、ベイ本人に聞かせるつもりかもしれない。豪胆な老人だった。

「大尉、これが民主主義の総本山の現状だよ。まだ雨がふりはじめてはおらんが、雲の厚さたるやたいへんなものだ。どうも加速度的に悪くなっとる。天候を回復させるのは容易なことじゃないぞ」

「はい、覚悟はできております」

「よろしい」

老人の声は、ぶっきらぼうな口調の下から、温かさをのぞかせていた。

「わしらは仲間というわけだ。世代はちがってもな」

Ⅲ

迷ったすえの決断ではあったが、ビュコック大将をたよった選択は、フレデリカにとって大いなる成功であった。ビュコックの協力の意思もさることながら、その地位と声望は、〝圧倒的多数派〟にとっても無視できるものではなかった。無視できるものであれば、老提督は宇宙艦隊司令長官の任を、とうに解かれていたにちがいない。

まず、軍用宇宙港の一角に隔離されていたレダⅡ号の監視が解かれた。理由も知らされず艦内に足どめされていた乗員たちは自由の身となり、フレデリカに協力して行動するようになった。

フレデリカ自身は、ビュコックの好意をうけて、彼の家に滞在することにした。それまでの宿舎では、盗聴や監視どころか、物理的な危害をくわえられるおそれすらあるからでもあった。ビュコックの家は、直属の警備兵にまもられているし、それがなくとも、宇宙艦隊司令長官の家に無法の手をのばすわけにはいかないであろう。ビュコック夫人も温かくフレデリカを迎えてくれた。

「いつまでもいてくださいな。あら、そういうわけにはいかないわね。早くヤンさんを助けて帰らないとね。まあ、気がねなく、くつろいでちょうだい」

「ご迷惑をおかけして申しわけございません」

「気にしなくていいんですよ、ミス・グリーンヒル。若い人がいてくださると家のなかが明るくなるし、うちの人もね、政府を相手にけんかできると喜んでいるんだから。こちらからお礼を言いたいくらい」

夫人の温かい笑顔は、フレデリカを羨望させた。四〇年以上もつれそって、たがいに理解しあった夫婦の絆《きずな》とはこういうものだろうか。

それにしても、この国は〝自由〟の名に値しなくなりつつあるのではなかろうか。フレデリカ自身のことにかぎらず、国家と社会から理性と寛容が急速に失われていっているように、彼女には思えてならなかった。

彼女がビュコック家をメイン・ベースとして奔走しているあいだに、ひとつの事件がおこった。

〝エドワーズ委員会〟という民間団体がある。昨年、〝スタジアムの虐殺〟で犠牲となった故ジェシカ・エドワーズ女史を記念し、反戦派の人々が結束してつくった組織である。この委員会が、ひとつの問題を提起した。それは徴兵の不公正にかんしてであった。

政界、財界、官界の重要人物たちのなかで、徴兵適齢期の子息をもつ二四万六〇〇〇人を対象として調査をおこなったのだが、結果はあきれたものだった。子息を軍隊にいれていた者は一五パーセントにみたず、前線に送りだしていた者は一パーセント以下であったのだ。

「この数字はなにを意味するのか？　彼ら支配者層が言うように、この長い戦争が正義の実現のために不可欠なものであるとしたら、なぜ彼らは自分の息子たちを、それに参加させないのか。なぜ特権を利用して徴兵のがれをやるのか。それは、自分たちの生命をさしだす価値がこの戦争にはないと思っているからではないのか」

エドワーズ委員会は質問状をだしたが、それはトリューニヒト政権によって完全に黙殺された。政府スポークスマンをかねる情報通信委員長ボネは、ただ一言、「回答の必要を認めず」と言っただけである。それ以上にエドワーズ委員会の人々を怒らせ、かつ慄然とさせたのは、ほとんどのジャーナリズムがこの一件を報道しなかったことであった。

電子新聞も、立体TV《ソリビジョン》も、政治権力と関係のない犯罪、スキャンダル、人情話のかずかずを知らせるだけで、エドワーズ委員会の活動を無視した。

しかたなく、エドワーズ委員会は会員たちの街頭活動によって一般市民に事情を訴えようとした。五〇〇〇人の会員がデモをはじめると、警官隊がでてきてそれを規制した。規制をさけて裏通りへまわると、主戦派の団体である〝憂国騎士団〟が、特殊セラミック製の棍棒《こんぼう》をかまえて待ち伏せていたのである。女子供もふくめたエドワーズ委員会の人々が、憂国騎士団員の棍棒につぎつぎとなぐり倒されるのを、警官隊は遠くから傍観し、やがて憂国騎士団が逃げさると、血を流して倒れているエドワーズ委員会の会員たちに手錠をかけていった。名目は騒乱罪であった。会員どうしの内紛が流血を呼んだもの、と、警察は説明し、たいはんのジャーナリズムはそれをそのまま報道し、憂国騎士団の名は表面にでずに終わった……。

ビュコックの知人である政治家ジョアン・レベロからその話を聞いたとき、フレデリカは最初、信じられなかった。ヤンや自分の身におこったことを承知してはいても、民主主義の体制とジャーナリズムにたいする信頼は根強いものがあったのである。

しかし、その信頼も、日に日に揺らいでいくフレデリカの毎日だった。ビュコックの公然たる助力、レベロのひそかな協力があってもなお、彼女の行動は見えざる壁と鎖によってはばまれた。査問会がおこなわれている建物は、やがて判明した――これはレベロがホワン・ルイと接触して知らされたもので、同盟軍後方勤務本部の敷地内にあったが、ビュコックがかけあっても、国家機密を盾に、はいるのを拒絶された。関係者に面会を申しこんでも拒否された。ビュコックの家をでてから帰宅まで尾行がつき、ようやく見つけた証人は二度めの面会でなにかにおびえながら証言をこばむ。

ふたたびベイ少将をつかまえるのに成功したとき、フレデリカは、言を左右にして実のある回答をしようとしないベイの態度にたまりかね、ジャーナリズムに訴える、と言ってみた。だが、ベイの反応は以前とはことなっていた。

「言いたければ、言うがいいさ。しかし、どこのジャーナリズムも、とりあげてはくれんよ。無視か、さもなくば冷笑されるだけだ」

フレデリカが相手の目を直視すると、相手はかるい後悔と狼狽の表情を皮膚の下にひらめかせた。口外してはならないことを、彼は口外してしまったのだ。

フレデリカは心が冷えるのを感じた。エドワーズ委員会の事件にみられるように、トリューニヒト政権は、ジャーナリズムにたいする支配力と管制力とによほどの自信をもっているのだろうか。政治権力とジャーナリズムが結託すれば、民主主義は批判と自浄の能力を欠くようになり、死にいたる病に侵される。この国の事態は、そこまですすんでいるのだろうか。政府と軍部とジャーナリズムとが同一の支配者のもとにあるとは！

彼女があらためてそれを思い知らされたのは翌日のことである。彼女の姿を見たマシュンゴ准尉が、読んでいた電子新聞をあわてて隠そうとした。当然、それは彼女の不審を招かずにはおかなかった。フレデリカに言われて、マシュンゴはしぶしぶ新聞をさしだした。

それにはフレデリカの記事がのっていたのである。彼女の父親ドワイト・グリーンヒルが〝昨年のクーデターの首謀者〟であったこと、にもかかわらず彼女がなお軍籍にあること、などが悪意にみちた筆致で記され、さらに、彼女と彼女の上官――つまりヤンのことである――とが情人の関係にあるのではないか、という正体不明の人物の談話が紹介されていた。記事の出処も、その意図も、あきらかすぎるほどだった。

「嘘だらけの、けしからん記事です」

マシュンゴは憤然としていたが、フレデリカは怒る気にもなれなかった。度のすぎた下劣さは、怒りのエネルギーをかえってそぐのかもしれない。ひとつには、ヤンを査問会から救いだす決定的な手段が見いだせず、あせりと閉塞感にさいなまれていたからである。

ところが、奇蹟がおきた。その日、ビュコックから緊急連絡がはいったのである。豪胆な老提督が、さすがに平静ではいられないようすだった。

「えらいニュースだ、大尉、イゼルローン要塞が敵の攻撃をうけておる。帝国軍が侵攻してきたのだ」

フレデリカは息をのんだ。おどろきが半分も静まらないうちに、ひとつの考えがひらめき、彼女は叫んだ。

「ではヤン提督は査問から解放されますわ」

「そのとおりだ。帝国軍が、この際は救世主というわけだ。皮肉なものさ」

皮肉でもなんでもよかった。フレデリカは生まれてはじめて帝国軍に感謝した。

Ⅳ

その日の査問会は、最初から荒天の気配をはらんでいた。たいていのことにはヤンはたえるつもりだったが、自治大学長のオリベイラが、学術的熱情にでもかられたのか、ヤンにたいして戦争の存在意義とやらを講義しはじめたのである。彼に言わせると、戦争を否定する意見など偽善と感傷の産物でしかないというのだった。

「提督、きみは優秀な男だが、まだ若いな。どうも戦争の本質というものを理解しておらんようだ」

ヤンは返答しなかったが、その態度が、戦争論を講義しようという相手の意欲をそぐことはなかったようである。

「いいかね、戦争とは文明の所産であり、国際的および国内的な矛盾を解消するための、もっとも賢明な手段なのだ」

誰がそんなことを認めたのか、と問うのも徒労に思えて、ヤンは反論しなかった。それを自分につごうよく解釈したらしく、オリベイラはとくとくとして持論を展開した。

「人間は堕落しやすい動物だ。とくに、緊張感を欠く平和と自由とが、もっとも人間を堕落させる。活力と規律を生むのは戦争であり、戦争こそが文明を進歩させ、人間を鍛え、精神的にも肉体的にも向上させるのだよ」

「すばらしいご意見です」

誠意のかけらもない声でヤンは応じた。

「戦争で生命をおとしたり肉親を失ったりしたことのない人であれば、信じたくなるかもしれませんね」

その気になれば、ヤンは、政府高官《おえらがた》にたいして、いくらでもしゃらくさい口がきけるのである。機会がなかったのと、なによりもめんどうくさいために、やらずにいただけのことだ。しかし、このときまでに、ヤンは充分に好戦的な気分になっていた。

忍耐と沈黙は、あらゆる状況において美徳となるものではない。たえるべきでないことにたえ、言うべきことを言わずにいれば、相手は際限なく増長し、自己のエゴイズムがどんな場合でも通用する、と思いこむだろう。幼児と権力者を甘やかし、つけあがらせると、ろくな結果にならないのだ。

「まして、戦争を利用して、他人の犠牲のうえにみずからの利益をきずこうとする人々にとっては、魅力的な考えでしょう。ありもしない祖国愛をあるとみせかけて他人をあざむくような人々にとってもね」

　このときはじめて、オリベイラは顔じゅうに怒気をひらめかせた。

「き、きみは、私たちの祖国愛が偽物だとでも言うのか」

「あなたがたが、口で言うほどに祖国の防衛や犠牲心が必要だとお思いなら、他人にどうしろこうしろと命令する前に、自分たちで実行なさったらいかがですか」

　むしろ悠然とした口調だった。

「たとえば、主戦派の政治家、官僚、文化人、財界人でもって〝愛国連隊〟でもつくり、いざ帝国軍が攻めてきた、というとき、まっさきに敵に突進なさったらいいでしょう。まず、安全な首都から、最前線のイゼルローン要塞内にご住居をうつされたらいかがです？　場所は充分にありますが」

　返ってきた沈黙は、あきらかに、ひるみと敵意の双方を重くふくんだものだった。効果的な反論の不可能なことが、それに拍車をかけていた。彼らが反論できるはずのないことを、ヤンは知っていた。彼はしたたかに追い討ちをかけた。

「人間の行為のなかで、なにがもっとも卑劣で恥知らずか。それは、権力をもった人間、権力に媚を売る人間が、安全な場所に隠れて戦争を賛美し、他人には愛国心や犠牲精神を強制して戦場へ送りだすことです。宇宙を平和にするためには、帝国と無益な戦いをつづけるより、まずその種の悪質な寄生虫を駆除することからはじめるべきではありませんか」

空気全体が蒼ざめたように思われた。査問会の面々は、若い黒髪の提督が、これほどの毒舌をふるうとは想像もしていなかったであろう。ホワン・ルイすら、意外そうな表情になってヤンを見つめていた。

「寄生虫とは吾々のことかね」

冷静さをよそおったネグロポンティだが、その声は、不安定に波立っている。

「それ以外のものに聞こえましたか」

思いきり無礼な調子でヤンは言ってやった。ネグロポンティは食用蛙《がえる》のように怒気でふくれあがり、手にした槌《つち》で猛然とデスクを打った。

「いわれなき侮辱、想像の限度をこえた非礼だ。きみの品性そのものにたいして、吾々は告発すべき必要があると認めざるをえん。査問はさらに延長されることになるだろう」

「異議を申したてます――」

ヤンの語尾を、たてつづけにデスクを打つ槌のひびきがかき消した。

「被査問人の発言を禁じる！」

「どういう根拠で?」

「査問委員会首席の権限により――いや、説明の必要を認めない。秩序にしたがいたまえ」

ヤンは両手を腰にあて、思いきり挑戦的な表情と態度をしてみせた。彼は爆発することに決めていたが、いまこそその時機であるように思えた。

「いっそ退場を命じていただけませんか。はっきり申しあげますがね、見るにたえないし、聞くにたえませんよ。料金を払っていないといっても、忍耐には限度が……」

国防委員長の手もとで鳴りひびくベルの音が、ヤンの口を閉ざさせた。

「もしもし、私だ。なにごとかね?」

ヤンをにらみつけたまま、不機嫌きわまる声をネグロポンティは送話器にむかってだしたが、相手の一言が彼を愕然とさせたようである。彼は顔の筋肉を目に見えてこわばらせ、幾度もこの真偽をただす言葉を発した。やがて受話器をおくと、狼狽した表情を一座にむけ、声をうわずらせた。

「一時、休息にうつる。査問会の諸君、別室に集合してくれ。提督はそのまま待つように」

容易ならざる事態が生じたことは明白だった。あわただしく座を離れる査問官たちを、ヤンは無感動にながめていた。政変でもあったのだろうか。いっそトリューニヒト議長が死去したということだったらいいものを——そんなことを考えるヤンは、どうも紳士とは称しがたいようだった。

ネグロポンティを中心に、血の気を失った顔がならんでいる。「イゼルローン回廊に、敵軍大挙侵攻」——その報は無形のハンマーとなって査問官たちをしたたかたたきのめしたのだった。

「吾々のなすべきことは、考えるまでもないだろうね」

ホワン・ルイがひとりおちついていた。

「査問会を中止して、ヤン提督にイゼルローンへもどり帝国軍を撃退させる——いや、撃退していただくのさ」

「しかし、それでは朝令暮改も度がすぎるではないか。吾々はたったいままで、彼を査問にかけていたのだぞ」

「では初志を貫徹して査問会を続行するかね？　帝国軍がこの惑星に殺到してくるまで」

「…………」

「どうやら選択の余地はないようだな」

「しかし、吾々の一存では決められん。トリューニヒト議長のご意向をうかがわないと」

あわれむような目で、ホワンは、ネグロポンティのひきつった顔を見やった。

「ではそうするがいいさ。五分もあればすむことだしな」

……ヤンが羊を五〇〇匹ほどかぞえたころ、査問官たちは部屋へもどってきた。つい数分前とはまったくことなる雰囲気を、ヤンは感じた。内心で身がまえる彼に国防委員長が言った。

「提督、緊急事態が発生した。イゼルローン要塞が帝国軍の全面攻撃にさらされている。なんと敵は、要塞に推進装置をとりつけて大軍を丸ごと移動させてきたというのだ。至急、救援に赴《ゆ》かねばならん」

「……で、私に赴けとおっしゃるのですか」

一〇秒ほどの沈黙ののち、優しいほどの表情と声でヤンは確認した。ネグロポンティは目に

見えて鼻白んだが、どうにか自分を鼓舞して、

「当然ではないか。きみはイゼルローン要塞と駐留艦隊の司令官だ。敵の侵略を阻止する義務と責任があるはずだぞ」

「ですが、あわれにも遠く前線を離れて査問をうける身、おまけに態度が悪いのでくびになりかねません。いったい査問会のほうはどうなるのでしょう」

「査問会は中止する。ヤン提督、国防委員長として、きみの上官としての命令だ。ただちにイゼルローンに赴き、防衛と反撃の指揮をとれ。よいな」

それは猛々しい声ではあったが、語尾の震えが、発声者の内心に秘められた不安を暴露していた。ネグロポンティは法制度上、ヤンの上官であるにはちがいない。しかし、ヤンが命令にしたがわず、イゼルローンが陥落でもすれば、彼をしてヤンの上位にたたしめる法的根拠も実質的な権力も崩壊するのである。

自分たちが火薬庫の隣で火遊びをしていたことに、ネグロポンティはようやく気がついていた。国家の安全あっての権力であり、相手の服従あっての支配だった。宇宙の法則にもとづく確固たる力を彼らが有しているわけではないのだ。

「わかりました。イゼルローンにもどりましょう」

ヤンの声に、ネグロポンティは深い安堵の息をついた。

「あそこには私の部下や友人がいますから。で、私は行動の自由を保障していただけるのでしょうね」

「もちろんだ。きみは自由だ」

「では失礼させていただきます」

たちあがったヤンに、査問官のひとりが声をかけてきた。名を聞いたとたんに忘れてしまった、末席の男である。媚びる色が露骨だった。

「どうだね、ヤン提督、勝つ見こみはあるのかね。いや、ないはずはない。きみはなにしろ〝奇蹟《ミラクル》のヤン〟なのだからな。きっと吾々の信頼に応えてくれるはずだ」

「できるだけのことはしますよ」

そっけない口調だった。査問会の面々を満足させるために大言壮語をならべてやる気には、ヤンはなれない。そこまで親切であるべき理由は、どこのポケットをひっくりかえしてもでてきそうになかったが、ただそれだけではなく、どうやって敵に対処すべきか、このときの彼には、明確な構想のもちあわせが実際になかったのである。

むろん、このような事態の到来は、査問会が責任をおうべきことである。だが、ヤンが帝国軍の戦法に虚をつかれた事実は否定しようがなかった。甘いと言われればそのとおりだが、人間の想像力にも限界がある。

要塞をして要塞に対抗させる。要塞に推進装置をとりつけて航行させる。それは大艦巨砲主義の一変種であり、見た目ほどに衝撃的な新戦法というわけではないが、同盟の権力者たちに甚大な心理的ショックをあたえ、ついでにヤンを茶番劇から解放してくれたのは事実だ。

もし画期的な技術が両国の軍事均衡をつきくずすことがあるとしたら、一万光年以上の超長距離跳躍《ワープ》技術の出現だろう――そうヤンは考えていた。これが実現すれば、帝国軍はイゼルローン回廊を飛びこえて、同盟の中心部に大艦隊と補給物資を送りこむことが可能になる。ある日突然、首都ハイネセンの市民たちは上空に陽光をさえぎる戦艦の群を見いだして呆然と立ちつくし、権力者たちは〝城下の盟〟――おいつめられての全面降伏――を余儀なくされるだろう。

そのときどうするか、まではヤンは考えていない。事態はヤンの対応能力をこえている。そんな場合のことまで責任をもたされてたまるものか、そこまでの給料はもらっていないぞ、と、ヤンの宮仕《みやづか》え根性がそう思わせるのだ。

ヤンは軍用ベレーをかぶりなおすと、わざとらしく服の埃をはらい、大股にドアへむかって歩きだした。

「そうだ、たいせつなことを忘れていた」

ドアの前で立ちどまると、ヤンは、敬意を欠くうやうやしさで一同に言った。

「帝国軍が侵攻してくる時機をわざわざえらんで、小官をイゼルローンからお呼びになった件にかんしては、いずれ責任のある説明をしていただけるものと期待しております。むろん、イゼルローンが陥落せずにすめば、の話ですが。では失礼……」

きびすを返して、ヤンは、不快で不毛な幾日かを強制された部屋をでていった。彼の一言で、査問官たちの顔を流れる血液の量がどう変化するか、じっくり観察してやりたいところではあったが、そんな行為で、この不愉快な場所にいる時間をこれ以上長びかせる気はヤンにはなかったのである。

一度開いて、ふたたび閉ざされたドアを、九名の査問官は凝然とながめやった。ある者の顔には敗北感が、ある者の顔には不安が、ある者の顔には怒気があった。ひとりがうめいた。

「生意気な青二才めが、自分をなにさまだと思っているのだ」

塗装が剝げおちて、下司《げす》な本性がむきだしになっていた。

「救国の英雄じゃなかったのかね、彼は」

答えるホワンの声には、皮肉がにじみでている。

「あの生意気な青二才とやらがいなかったら、いまごろ私たちは帝国に降伏して、よくても政治犯監獄に放りこまれていたはずさ。こんな場所で裁判ごっこにうつつをぬかしてなどいられなかったろう。彼は吾々の恩人さ。それを吾々は恩知らずにもここ数日いびってきたわけだ」

「しかし、あの態度は目上にたいして礼を欠くことはなはだしいではないか」

「目上？　政治家とは、それほどえらいものかね。私たちは社会の生産になんら寄与しているわけではない。市民がおさめる税金を、公正にかつ効率よく再分配するという任務を託されて、給料をもらってそれに従事しているだけの存在だ。私たちはよく言っても社会機構の寄生虫でしかないのさ。それがえらそうにみえるのは、宣伝の結果としての錯覚にすぎんよ。しかし、まあ、そういう議論より……」

ホワンはいちだんと皮肉な光を両眼にたたえた。

「もっとちかい距離で火事がおきているだろう。それを心配したらどうかね。ヤン提督が言ったように、敵の攻勢直前に彼を前線からわざわざ遠ざけた責任、こいつを誰がとるかだ。辞表が一通、必要になるだろうな。むろんヤン提督のものじゃない」

複数の視線が、ネグロポンティに集中した。国防委員長は肉の厚い頬をふるわせた。ヤンを首都へ召還したのは、もともと彼の意思ではない。彼はべつの人間の意思にしたがっただけである。ただし、けっして消極的に、ではなかった。彼の周囲にいる男たちは、すでに心のなかで、彼の肩書に〝前〟の一字をつけ加えていた。

V

外へでたヤンは、音もなくゆたかにふりそそぐ光のシャワーの下で、大きく両手を伸ばし、湿って汚れた空気を肺からおいだした。

「ヤン提督！」

わずかにふるえをおびた声が、彼の鼓膜をとおして心の深みに達した。彼はふりむいて声の主を探した。

「グリーンヒル大尉……」

フレデリカ・グリーンヒルのすらりとした姿が陽光の下にたたずんでいた。その横にビュコック提督とマシュンゴ准尉がいる。

ようやく人間の群にもどってきた。ヤンはそう思った。彼には、いるべき場所がないわけではけっしてなかったのである。

「ご迷惑をおかけしました」

ビュコックに、ヤンは心から頭をさげた。老提督はかるく手をふってみせた。

「礼なら、グリーンヒル大尉に言うことだ。わしらは手伝っただけなんだから」

ヤンは彼女にむきなおった。

「ありがとう、大尉、なんと言うか、その、お礼の言いようもない」

フレデリカはある衝動にたえながら微笑で応じた。

「副官として当然のことをしたまでです、閣下。でも、お役にたててうれしく思います……」

老提督が小さく下あごを動かした。ふたりとも無器用なことだ、とでもつぶやいたのかもしれなかったが、聞いた者は誰もいなかった。彼は口にだしてはこう言った。

「さてと、イゼルローンに帰るとしても、手ぶらというわけにはいくまい。いろいろと準備しなきゃならんが、その前にみんなで昼食としよう。吾々が食事をしているあいだくらい、イゼルローンは保《も》ちこたえるだろうさ」

それは健全な提案だった。

レストラン『白鹿亭《ホワイト・デアー》』ではジョアン・レベロが待っていた。在野の政治家として、彼は軍施設にはいるのをさけたのである。ヤンが助力を感謝すると、レベロは祝いの言葉を述べてから、きまじめな表情で話しはじめた。

「いま国民が政治に信頼を失いつつあるとき、実力と人望をかねそなえた高級軍人がいっぽうには存在する。つまりきみのことだがね、ヤン提督。これは民主共和政体にとって危険きわまる状態だ。独裁政治の芽を育てるための温室とさえ言ってよい」

「私は温室の花ということになるわけでしょうか、レベロ閣下」

冗談のつもりでヤンは言ったが、レベロはそれにのる気はないようだった。

「まかりまちがえば、ヤン提督、きみが第二のルドルフ・フォン・ゴールデンバウムになる未来の歴史さえ、仮定することが可能なのだ」

「……ちょっと待ってください」

あわててヤンはさえぎった。不本意な言われようを経験したことは何度もあるが、これはそのなかでも最高品質のもののようだった。

「レベロ閣下、私は権力者になる気はありません。その気があるなら、昨年のクーデターの際にいくらでも機会はありました」

「私もそう思う。そう思いたい。だが……」

レベロは重苦しく言葉をきり、沈鬱《ちんうつ》な視線で黒髪の若い提督を見やった。

「人間とは変わるものだ。私は、五〇〇年前、ルドルフ大帝が最初から専制者となる野望をいだいていたのかどうか、うたがっている。権力を手に入れるまでの彼は、いささか独善的ではあっても理想と信念に燃える改革志向者、それ以上ではなかったかもしれない。それが権力をえて一変した。全面的な自己肯定から自己神格化へのハイウェイを暴走したのだ」

「私も権力を手にいれたら変質するだろう、と、お考えなんですか」

「私にはわからん。ただ祈るだけだ。きみが自分の身をまもるためにルドルフの道をたどらざるをえなくなる——そういう日が来ないことを」

ヤンは沈黙していた。誰にむかって祈るのか、と訊きたいところだったが、満足する回答のえられるはずもない。レベロを良心的な政治家として評価しているだけに、その彼からこのような危惧を語られるのは、ヤンとしては、居心地の悪いことおびただしかった。レベロが食事をともにせず、さきに座を去ったとき、内心ヤンはやれやれと思ったのである。それはフレデリカやビュコックにしても同様だった。感謝の意はむろんあるが、レベロのように悲観的な男は、この場では異質なのである。


鹿肉のローストをメインとしたコースが終わり、メロンシャーベットまでたいらげてヤンは満足したのだが、レストランをでようとして意外な人物に出会った。つい先刻まで査問会で鼻をつきあわせていたネグロポンティである。

「ヤン提督、きみは公人として国家の名誉を擁護する立場にある。である以上、今回の査問会にかんして、政府のイメージを低下させるような発言を、外部にむかってやったりはせんだろうね」

ヤンはまじまじと相手を見つめた。人間がどこまで厚顔になれるか、という質問にたいする解答が、スーツを着て彼の前に立っている。

「ということは、私にたいして開かれた査問会なるしろものは、外部に知られた場合、国家機構をイメージダウンさせる種類のものだった、とみずからお認めになるわけですね」

この反撃に、ネグロポンティは目に見えてたじろいだが、どうにかラインぎわでふみとどまった。彼としては、トリューニヒトの心証をよくするため、ヤンの口を封じておかねばならなかったので、恥をしのんでやってきたのである。

「私は公人としての義務にしたがったのだ。それだけのことだよ。だが、だからこそ、きみにも公人としての義務をはたすようもとめる権利があると確信しているのだがね」

「……確信なさるのは、委員長のご自由です。私としては、査問会のことなど思いだしたくもありませんし、それ以前にまず戦いに勝つことを考えていますので」

それだけ言うと、ヤンは歩きだした。せっかくの料理が胃のなかで発酵してしまいそうな気がした。惑星ハイネセンの自然はこんなにも美しいのに、地表を占拠する人間どもときた日には！　まったく、彼らのことを思いだすより、戦いに勝つことを考えるほうがはるかにましだ。

「ローエングラム公ラインハルト自身ならともかく、彼の部下にまで負けてはたまらないからな……」

そう思っている自分に気づいて、ヤンは苦笑した。これは自信というより増長に思えたのである。

「なんにしても、わが同盟政府には、両手をしばっておいて戦いをしいる癖がおありだから、こまったものですよ、ビュコック提督」

このていどのことは言ってもいいだろう、と、ヤンは思うのだ。イゼルローン要塞攻略のときからしてそうだったが、つねにヤンは戦略的選択権をいちじるしく制限された状況での戦いをしいられてきた。もっとフリーハンドで戦ってみたい、という思いがヤンにはある。それは彼の戦争にたいする嫌悪感と矛盾しつつも、彼の裡《うち》にたしかに存在する欲求なのであった。

「まったくだ。だが奴らの思惑《おもわく》はどうであれ、今度は戦いにでかけざるをえんところだな」

「おっしゃるとおりです。なんと言ってもイゼルローンは私の家ですからね」

ヤンは自分の感性を誇張して言ったわけではなかった。彼の住むべきところは、いつも地上にはなかったのだ。

生まれたのは首都ハイネセンだが、五歳で母に死別し、六歳のときには父ヤン・タイロンの所有する恒星間商船を住居とする身だった。一六歳直前で父とも死別し、士官学校の寮にはいったが、それまでの一〇年間、ひと月とつづいて地上にいた例がない。「ヤンの奴は地に足がついていない」と、アレックス・キャゼルヌがからかうゆえんである。ユリアンもむろんそこにいる。彼にとってたいせつな人々は、ほとんどそこにいるのだ。

「じゃあ、大尉、わが家に帰るとしようか」

美しい副官に、彼は言った。

第七章　要塞対要塞

I

〝四月はもっとも残酷な月〟——古代のある詩人はそう歌ったが、宇宙暦《SE》七九八年の四月は、イゼルローン要塞の将兵にとって、苦難にみちた月となった。司令官不在で、巨大な敵軍を相手に孤立無援の戦闘をしいられたのである。

「あのときは全員が不安でした。なにしろヤン提督がおいでになりませんでしたから……」

と、あとになってユリアンはフレデリカに語ったものだ。

「でも、逆に言うと、ヤン提督がお帰りになるまで保ちこたえられれば助かる、という考えがあって、それが救いでもありました。それと、ちょっと奇妙なんですが、敵にたいして、司令官の留守をねらって来やがって——という怒りはなかったですね。むしろ政府にたいして、こんな時機に司令官を後方に呼びだすとはなにごとだ——と怒りをぶつける声のほうが圧倒的でした」

兵士たちは政府をののしっていればよいが、高級士官たちはそうはいかなかった。ヤン不在のあいだ、司令官代理をつとめるのはアレックス・キャゼルヌ少将で、これに要塞防御指揮官シェーンコップ少将、参謀長ムライ少将、駐留艦隊副司令官フィッシャー少将、駐留艦隊のグエン少将およびアッテンボロー少将、副参謀長のパトリチェフ准将――これらの人々が指導グループを形成する。おなじ階級の者が多く、集団指導形式をとらざるをえない一面もあった。司令官代理のキャゼルヌにしたところで、同格の者のなかでの〝比較級的第一人者〟であるにすぎない。

つまり、イゼルローン要塞においては、司令官ヤン大将の存在がきわだった高峰の位置にあり、ほかの高級士官たちは周囲をとりまく二段低い連山、といった観をていする。ナンバー2がいないのであり、銀河帝国軍のオーベルシュタイン総参謀長がこれを知れば、「組織としてけっこうなことだ」と言うであろう。

いまひとつ微妙な問題は、司令官顧問であり〝客員提督《ゲスト・アドミラル》〟と呼ばれているメルカッツの存在である。彼は銀河帝国軍にいた当時は、上級大将であった。内戦に敗れて亡命したのちは中将待遇である。二階級さがったわけだが、現在の同盟軍には元帥がおらず、上級大将という階級はもともとなく、統合作戦本部長のクブルスリーでも大将にとどまっているので、亡命者にたいしてそれとおなじ階級をあたえるわけにもいかなかったのだ。

しかし、中将としても、その階級はキャゼルヌらより上なのである。ヤン不在のとき、彼が自分の階級をもちだして、それにふさわしい権限を要求したりすれば、組織が混乱することは必至だった。だが、メルカッツは、〝新参の客将で、しかも亡命者〟という自己の立場をよくわきまえており、つねにひかえめにふるまい、意見をもとめられぬかぎり、自分からなにごとかに口をさしはさむということをしなかった。

メルカッツの副官ベルンハルト・フォン・シュナイダーには、それが多少ものたりない。彼はメルカッツに同盟への亡命をすすめた青年士官で、帝国軍当時は少佐であった。現在は大尉待遇である。彼は、上官が二階級さがったのだから自分も二階級さがって中尉になる、と主張したのだが、ヤン・ウェンリーに、

「このあたりでどうです」

と言われたのだった。ヤンとしては、シュナイダーまで降等する必要を認めなかったのだが、相手の潔癖さ、あるいは頑固さに敬意を表して、一階級の降等で妥協をもとめたわけである。

シュナイダーにしてみれば、メルカッツに亡命をすすめたのは、平凡で安穏な生活を送らせるためではなく、軍人として意義のある仕事をしてもらいたかったからで、もっと積極的になってもいいのに、と思うのだ。しかし、いっぽう、亡命の客将にたいしてヤン司令官は甘すぎる——と見るムライ少将のような立場もあるわけで、ヤン不在のあいだ、イゼルローンの集団指導体制が十全に機能できるかどうか、不安なしとしないのだった。

「四週間だ。四週間たえれば、ヤンが帰ってくる」

キャゼルヌは強調した。自分自身もふくめて、将兵を鼓舞するには、これしかなかった。彼は行政処理の名人としては上下の信頼が厚いが、危機に際しての実戦指揮官としての評価はま

たべつである。

いまひとつキャゼルヌが強調したのは、

「ヤンが不在であることを、敵に知られてはならない」

ということであった。これを知られれば、敵はかさにかかって攻勢を強化するであろうし、最悪の場合、ヤンの帰路をはばんで彼を捕虜とするという手段に訴えるかもしれない。

「基本方針は、ヤン司令官の帰還までイゼルローンをまもりぬくこと。戦術的には防御を中心とし、敵の攻勢に随時対応する」

会議室でキャゼルヌが言うと、幕僚たちは顔を見あわせた。独創性と積極性に欠けることが不満ではあるが、ほかに選択の余地がないことも、また事実である。

「防御に専念するのはけっこうですが、あまりに消極的だと、かえって敵の疑惑を招くことになりませんか」

若いアッテンボローが言うと、シェーンコップが応じた。

「それはそれで、ヤン司令官の策略かもしれないと敵に思わせることもできるさ」

「できなければ?」

「そのときは、苦労して占領したイゼルローンが、また帝国のものになるだけのことだな」

アッテンボローがさらになにか言おうとしたとき、通信士官からの連絡がはいった。帝国軍の要塞から通信波が流れている、というのである。一瞬、眉をしかめたキャゼルヌだったが、同調《シンクロ》することを命じて、幕僚たちとともに中央指令室にうつった。

サブ・スクリーンのひとつが受信用にきりかえられ、帝国軍提督の制服を着た男の姿が画面にあらわれた。線の太い、堂々とした印象をあたえる壮年の士官である。

「叛乱軍《はんらん》、いや、同盟軍の諸君、小官は銀河帝国軍ガイエスブルク派遣部隊総司令官ケンプ大将です。戦火をまじえるにあたり、卿《けい》らに一言あいさつをしたいと思ったのです。できれば降伏していただきたいが、そうもいかんでしょう。卿らの武運を祈ります……」

「古風だが堂々たるものだ」

ユリアンの傍でシェーンコップがつぶやいた。

カール・グスタフ・ケンプの、花崗岩の風格は、ユリアンを圧倒した。歴戦の勇将、かがやかしい武勲の所有者であることを全身で証明している。ヤンが彼の傍にいたら、かけだしの副官ていどにしかみえないのではないか、とユリアンは思った。むろん、これはヤンを軽視してのことではない。

――のちに、ユリアンは保護者であったヤン・ウェンリーについて他人から問われると、つぎのように答えたものだ。

「……そうだね、べつに偉そうにみえる人ではなかったね。多勢の、威風堂々とした軍人たちのあいだにまじると、まるで目だたなかった。だけど、その多勢のなかにいないとなると、いないということがすぐにわかる。そういう人だったよ……」

「イゼルローンより返信なし」

通信士官の報告に、ケンプはうなずいた。

「いささか残念だな。ヤン・ウェンリーという男の顔を見てみたかったが、やはり武人は武人らしく、実力であいさつすべきか」

イゼルローンからの返信がなかったのは、そのヤンが不在であることを知られたくないゆえだったのだが、そこまで洞察するのは不可能だった。

「要塞主砲、エネルギー充塡《じゅうてん》！」

ケンプが腹の底にひびく声で指令した。

ガイエスブルク要塞の主砲は、硬X線ビーム砲である。ビームの波長は一〇〇オングストローム、出力は七億四〇〇〇万メガワットに達し、一撃で巨大戦艦を蒸発せしめる。エネルギー表示盤が白からイエローへ、イエローからオレンジへと変色していき、「エネルギー充塡完了」を砲術士官が告げると、ケンプは力強く命令を発した。

「撃て！」

命令と同時に、複数の指が複数のスイッチをおした。

一ダースをかぞえる白熱した光の棒が、ガイエスブルクからイゼルローンへむかってのびた。それは固体としか見えないほどの充実した質感を有し、六〇万キロの距離を二秒で征服して、同盟軍要塞の壁面に突き刺さった。

エネルギー中和磁場は無力だった。鏡面処理《ミラー・コーティング》をほどこされた超硬度鋼と結晶繊維とスーパー・セラミックとの四重複合装甲は、数秒間の抵抗ののち、敗北した。ビームは要塞の外壁を貫通して内部に達し、周辺の空間そのものを極短期間に燃焼させたのである。

爆発が生じた。

震動と轟音が、内部からイゼルローン全体を揺るがした。中央指令室の要員は総立ちになった。なかには、たちあがりそこねて転倒した者もいる。緊急事態を告げるブザーのひびきがけたたましい。

「RU77ブロック破損！」

オペレーターが、声まで蒼白《そうはく》にして叫んだ。

「被害を調査しろ！　それと負傷者の救出だ。急げ！」

キャゼルヌがたちあがったまま指示をくだす。

「ブロック内、生命反応ありません。全員死亡です。あそこには四〇〇〇人からの兵士が砲塔と兵器庫に詰めていたのですが……」

オペレーターが額に噴きでる汗を掌でぬぐった。

「外壁の修復は、現時点では不可能です。破損ブロックは放棄するしかありません……」

「やむをえない、RU77ブロックは閉鎖しろ。それと、戦闘員全員に宇宙服の着用を命じる。また、非戦闘員は外壁に面したブロックへの立ち入りを禁じる。至急、手配せよ」

シェーンコップがキャゼルヌのもとへ足早に歩みよった。

「司令官代理！　反撃はどうします？」

「反撃？」

「せざるをえんでしょう。このまま、座して第二撃を待つことはできない」

「しかし、いまのを見たろう」

胆力にすぐれたキャゼルヌも顔色が悪い。

「双方で主砲を撃ちあえば共倒れになってしまうぞ」

「そう、このまま要塞主砲どうしで撃ちあえば、共倒れということにもなる。その恐怖を敵に教えれば、敵もうかつに主砲は撃てなくなるでしょう。双方、手づまりになれば、つまり時間をかせぐこともできる。いま弱みをみせるわけにはいきません」

「わかった、そのとおりだ」

キャゼルヌは砲術士官に命令をくだした。

「雷神《トゥール》のハンマー、エネルギー充塡！」

緊張が光の速さで指令室のなかをはしった。

〝雷神《トゥール》のハンマー〟と称されるイゼルローン要塞の主砲は出力九億二四〇〇万メガワット、ガイエスブルクのそれを凌駕する。かつてこの要塞が帝国軍の手中にあったとき、前後六回にわたって大挙攻撃をかけた同盟軍は、そのつど多数の将兵と艦艇を失い、帝国軍をして「イゼルローン回廊は叛乱軍兵士の死屍《しし》をもって舗装されたり」と豪語させたものであった。

「エネルギー充塡完了！　狙点固定！」

キャゼルヌは唾をのみ、片手をあげた。

「撃て！」

今度はイゼルローンからガイエスブルクにむかって、巨大な光の円柱がそびえたった。それはエネルギー中和磁場と複合装甲を紙のように突き破り、内部で爆発をひきおこした。白い小さな光の泡が湧きだすのを、イゼルローンの人々はスクリーンのなかに見いだした。その光の泡は戦艦数十隻の爆発に匹敵するエネルギーの怒濤《どとう》であり、その瞬間にガイエスブルクにおいても、数千の生命が失われたのである。

Ⅱ

この苛烈をきわめる主砲発射の応酬が、要塞対要塞の戦いの第一幕だった。双方とも、甚大な被害と、それ以上に甚大な心理的衝撃をうけ、このさき主砲を使用することに、ひるみをおぼえてしまったのだ。撃てば撃ち返される。共倒れになる。彼らの目的は勝つことであって、心中《しんじゅう》することではない以上、べつの方法をさぐる必要があった。

「つぎはどの策《て》でくるかな?」

キャゼルヌが疲労した顔で幕僚たちを見まわした。ムライ少将が答える。

「まず艦隊を出動させて艦隊戦をいどむという方法がありますが、可能性はそれほど高くありませんな。なまじ艦隊をうごかせば、主砲の餌食《えじき》になるだけのことです」

「すると?」

「現在、電磁波と妨害電波が、周辺宙域に充満しています。したがって、通信もですが、索敵も光学的なものにたよるしかありません。この間隙《かんげき》をぬって、小艦艇で歩兵部隊を送りこみ、潜入または破壊工作をおこなうことが考えられます」

「ふむ、防御指揮官の意見は？」

指名されたシェーンコップは、空《から》のコーヒーカップを指先でくるくるまわした。

「参謀長のご意見はもっともです。ただし、つけくわえて言うなら、敵がでてくるのを待っていることはない。こちらからおなじ策《て》でしかけてもいいでしょう」

「……メルカッツ提督のご意見は？」

キャゼルヌの言葉に、メルカッツ自身よりもシュナイダー大尉が目をかがやかせたとき、緊急連絡のベルが鳴った。キャゼルヌは受話器をとりあげ、二言三言の会話のあと、防御指揮官を見やった。

「第二四砲塔からの連絡だ。同砲塔付近の要塞外壁上に、敵の歩兵部隊が降下を開始している。ちょうど死角になっていて狙撃できんそうだ。こちらも歩兵部隊を動員せねばなるまい。シェーンコップ少将、頼む」

「敵もどうして、打つ策《て》が早い！」

感嘆をまじえた舌打ちをひとつすると、シェーンコップはカスパー・リンツ大佐を呼んだ。彼はシェーンコップが将官に昇進したあと、勇名高い〝薔薇の騎士《ローゼンリッター》〟連隊の指揮官となった男である。脱色した麦わらのような髪とブルーグリーンの瞳をした機能的な身体つきの青年だ。

「白兵戦の用意をしろ。大至急だ。おれが直接、指揮をとる」

命じながら、もうシェーンコップは歩きだしている。

「おい、なにも防御指揮官みずからが白兵戦に参加する必要はなかろう。指令室にいてくれ」

キャゼルヌの声に、シェーンコップは肩ごしの返答を投げただけである。

「すこし運動してくるだけです、すぐもどりますよ」


惑星などにくらべればささやかなものだが、イゼルローンも重力圏をもっている。それは外壁から一〇キロほどの上空にまでおよぶ。外壁上は、要塞のもつ重力制御技術による有重力の世界だ。そこは同時に、絶対零度にちかい真空世界でもあって、戦場としては、きわめて特殊な環境を有している。

そこは、いま、両軍歩兵部隊の激突の場となっていた。侵入したのは帝国軍第八四九工兵大隊と第九七装甲擲弾《てきだん》兵連隊で、後者は前者がイゼルローン要塞外壁に小型レーザー水爆をしかける作業をするにあたり、それを護衛する任をおびていたのだ。

イゼルローン要塞外壁の表面積は、一万一三〇〇平方キロに達する。そこに多数の索敵システム、砲台、銃座、ハッチがもうけられており、相互に監視しあっているが、死角が皆無というわけにはいかない。侵入者はそれを利用する。

帝国軍の兵士がつぎつぎと外壁上におりたち、その数が一〇〇〇人をこえたころ、同盟軍の迎撃戦が開始された。

レーザー・ライフルの閃光がはしり、ふたりの帝国軍兵士が身をよじらせて倒れた。愕然となる帝国軍にむかって、シェーンコップの直接指揮する同盟軍が襲いかかった。ハッチからとびだし、砲台の蔭《かげ》から躍りでて、レーザー・ライフルを乱射する。狼狽しながらも、帝国軍が応射する。レーザーは、相対角度によってはかならずしも有効な武器ではない。装甲服に鏡面《ミラー・》処理《コーティング》がほどこされていれば、命中しても乱反射するだけである。このため、一八口径から二四口径の無反動式オートライフルが、意外に強力な武器となり、弾道は直線の虹を描いて兵士たちの目をうばう。相互の距離がさらに接近すれば、原始的な肉弾戦が展開され、高緊張度炭素クリスタル製の戦斧《トマホーク》や、スーパー・セラミック製の長大な戦闘ナイフが敵の血を吸うことになるのだ。

戦場における殺人の技術を、洗練された芸術の一種と錯覚させることのできる人物はめったにいないが、ワルター・フォン・シェーンコップはそのひとりだった。彼は、本来片手で使う全長八五センチのトマホークを両手で縦横にふるい、文字どおり周囲に血煙の壁をきずいていった。たんにパワーやスピードだけを問題にするなら、彼をしのぐ敵兵はいくらでもいたが、両者のバランス、相手に致命傷をあたえる攻撃の効率性において、彼に比肩する者はいなかった。シェーンコップは乱戦のなかを流れるように移動し、腕力にまかせてトマホークをふりまわす敵の攻撃を間一髪でかわすと、がらあきになった咽喉もとや関節部に、無慈悲なまでに正確な一撃をたたきこんだ。

帝国軍第九七装甲擲弾兵連隊にとっては、不運と災厄にみちた戦闘であった。彼らの相手が

〝薔薇の騎士〟連隊でなければ、いますこし反撃のしようもあったろうが、〝同数の兵力でローゼンリッターに勝つ者なし〟との評判を証明する結果になってしまった。

　帝国軍が多数の死傷者をだし、半包囲され、外壁上の一角においつめられたとき、彼らを送りこんできた揚陸艦の蔭から、数機の単座式戦闘艇ワルキューレが躍りだし、急降下して同盟軍の頭上に襲いかかった。

　ワルキューレから放たれたビームは外壁そのものには通用しなかったが、同盟軍兵士の装甲服を貫通するには充分だった。さらに対人ミサイルが撃ちこまれると、めくるめく閃光の渦巻が各処に生じ、ひきちぎられた人間の身体が宙へ舞いあがった。一方的な殺戮《さつりく》をほしいままにしてワルキューレが高速離脱しようとすると、対空銃座が音もなく咆哮し、光子弾を撃ちこまれたワルキューレはよろめいて失速し、外壁に突入して爆発四散した。

　混乱のなかで、シェーンコップは部下に信号弾の発射を命じた。信号弾が緑白色の閃光を発すると、〝薔薇の騎士《ローゼンリッター》〟連隊はハッチからつぎつぎと要塞内に撤退を開始した。すでに一時間半を経過し、装甲服を着用しての戦闘は限界にちかづいていたのだ。これは帝国軍も同様で、一時、工作を断念し、生存者を収容して後退したが、容赦ない対空砲火をあびて、さらに損害をだすことになった。

　シェーンコップは装甲服をぬいでシャワーをあび、汗を洗いながして指令室に帰ってきた。

「なんとかおいかえしましたがね。どうです、さっきも言いましたが、今度はこちらから工兵と歩兵を送りこんでみたら」

「いや、やはりそれはだめだ」

ムライ参謀長が声をあげた。

「なぜです、参謀長？」

「貴官は敵の工兵を数人、捕虜にした。それとは逆の事態が生じたらどうする。わが軍の兵士が敵の捕虜になり、自白剤なり拷問なりによって、ヤン提督が不在であることをしゃべってしまったら……」

「なるほどね、その危険性はあるな」

うなずいたシェーンコップは、不意に眼光をするどいものにした。こちらは捕虜をえたが、敵はどうか。宇宙の戦闘で、戦死者と捕虜を判別するのはむずかしい場合がある。死体が残らないことが往々にしてあるからで、その場合、未帰還者として一括するしかないのだ。

キャゼルヌが小首をかしげた。

「こちらには、捕虜になった者はいないだろうな、シェーンコップ少将」

「いないことを祈りたいですな。しかし、それにしても……」

「なんだ？」

「これからさき、どうするかです。兵士たちに、捕虜になるくらいなら死ね、と命令するわけにはいかない。戦えば、捕虜になるのがひとりふたりでるのは当然で、それをなくすのは不可能です」

「それで？」

「秘密はいずれ洩れる。とすれば、それを逆用するが得策だ。罠をかけてみますか?」

「いや、もうすこし敵のでかたを見てみよう。こちらから小細工をしかけて、やぶへびになったときがこわい」

キャゼルヌの慎重さにも充分な理由がある。シェーンコップは諒解《りょうかい》したが、スクリーンに映る敵の要塞の姿を見て、かるく肩をすくめた。

「それにしても、第一撃は大技、第二撃は小技。第三撃はどんな手段でくることやら……」

誰も返答しなかったが、最初からそんなものをもとめてはいない。シェーンコップは室内を見わたすと、彼の射撃の生徒にちかづいて、肩をたたいた。

「ユリアン、いまのうちにゆっくり寝ておけよ。そのうち眠る間もなくなるだろうからな」


ガイエスブルク要塞の中央指令室では、六〇万キロをへだてたイゼルローン要塞の姿をスクリーンにながめながら、総司令官カール・グスタフ・ケンプと副司令官ナイトハルト・ミュラーが会話をかわしている。

「工兵隊は失敗したか。まあしかたない。こちらの思惑どおり事態がはこべば、なんの苦労もないからな」

「相手はなにしろヤン・ウェンリーです。ローエングラム公でさえ、彼には一目おくほどの男ですから」

「ヤン・ウェンリーか。あの男は逃げ上手でな。一昨年、アムリッツァ会戦にさきだつ戦闘で、まんまと逃げられたことがある。奴は勝っているくせに逃げだしたのだ。奇妙な男だ」

「奇妙な男ですか……それだけに、どんな奇策を使ってくるか、容易に判断しかねますね」

「それを待っていることはない。先手先手をうつとしよう。例の件、準備はできているだろうな、ミュラー」

「できております。そろそろはじめますか？」

　ケンプはうなずき、覇気に富んだ視線をイゼルローン要塞の映像にそそぎながら、自信の笑みをたくましいあごにたたえた。

Ⅲ

　緊張と不安を人々の心に浸透させながら、時がすぎていった。工兵隊の工作が失敗して以後、帝国軍の攻撃は八〇時間の長きにわたって中断され、敵は飽食したライオンのようにうごきをひそめている。

「敵はなにもしかけてこない。なにをたくらんでいるのだ？」

焦慮する声も、むろんあったが、イゼルローン指導部の方針が時間かせぎにある以上、敵の攻撃に間があるのは歓迎すべきことだった。

「一秒ごとにヤン提督はイゼルローンへとちかづいている。そのぶん、吾々《われわれ》も勝利へとちかづいているのだ」

パトリチェフ准将は兵士たちにそう言った。この発言にかんして、前半は誰もが正しさを認めたが、後半についてはかならずしも全面的な支持がよせられてはいなかった。ヤン提督が来援する前に、イゼルローンが陥落しているということもありうるではないか、というのがその理由であったが、悲観よりは楽観を好むのが前線の兵士の心理であり、敵に外壁にとりつかれはしたが撃退した、という事実も、士気《モラール》向上のプラス要因となっていた。

そのときは突然やってきた。なんの兇兆《きょうちょう》もなく、フィルムの齣《こま》が飛んだように、事態は静から動へと一変したのである。オペレーターが自己の知覚の正常を確認したとき、ガイエスブルクから放たれた光の棒はすでに虚空を串刺しにしていた。

「エネルギー波、急速接近！」

その声が終わらぬうちに、外壁に硬X線ビームが炸裂した。要塞は揺動し、内部で連続して小爆発をおこした。中央指令室内の人々に、その音は遠雷のように聴こえ、彼らの心臓は強烈にステップをふんで踊りまわった。

「第七九砲塔、全壊！　生存者なし――」

「ＬＢ２９ブロック破損！　死傷者多数――」

悲鳴にちかいオペレーターの叫びが連鎖した。

「第七九砲塔は放棄！　ＬＢ２９ブロックの負傷者は急ぎ救出せよ」

いったん言葉をきってから、

「雷神《トゥール》のハンマー、斉射準備せよ！」

命令したキャゼルヌは、実際と内心の双方で歯ぎしりせずにはいられなかった。帝国軍は直接の砲戦を断念したと思っていたが、その観測は甘すぎた。受動に徹した方針がそもそも誤りだったと批判されれば甘受《かんじゅ》するしかないが……。

数秒後、イゼルローン要塞の主砲が、ガイエスブルクにむけて報復の炎を吐きつけた。白熱したエネルギーの牙が要塞外壁をかみ裂き、色のことなる炎を噴きあげさせたが、さらに数秒後、再報復のビームが襲いかかってきた。揺動、爆発、そして轟音……。

「奴ら、共倒れを覚悟で……？」

スクリーンとモニターをかわるがわる見つめながら、パトリチェフがあえいだ。唇をかみしめたまま、キャゼルヌは答えない。精神回路の一部にきしみが生じていた。奇妙な失調感が体内から湧きおこる。どうもなにか変だ。なにかが変なのだ。

突然、床がうねった。三半規管がフル稼動して、キャゼルヌやシェーンコップの転倒を防いだ。乱気流の咆哮につづいて、二、三のモニターの画面が暗黒と化した。オペレーターがヒステリックに叫びたてる。

「壁面が爆破されました！　爆破です。ビーム攻撃ではありません。レーザー水爆と思われます」

「後背至近距離に敵の艦隊！」

「なに、どういうことだ？」

困惑して叫んだキャゼルヌだが、一瞬後にはすべてを理解していた。陽動だった。要塞主砲どうしの砲戦、それじたいが艦隊の出動と工兵隊の活動を隠蔽《いんぺい》するための陽動作戦であったのだ。こんなことになぜ気がつかなかったのか。彼は自分のうかつさを心から呪った。

いっぽう、イゼルローン要塞の後方にまわりこんだ戦艦リューベックの艦橋で、ミュラーは会心の笑みを浮かべていた。

レーザー水爆によって、外壁の一部に巨大な穴がうがたれている。それは直径二キロにおよぶ、リアス式の縁をもった黒い深淵で、巨大な肉食獣の血にまみれた口腔《こうこう》を思わせた。

ナイトハルト・ミュラーは、二〇〇〇機のワルキューレに出動を指令した。彼らがイゼルローン重力圏内の制空権を確保したとき、五万人の装甲擲弾兵を乗せた揚陸艦が進発し、穴の周囲に彼らを降下させる。装甲擲弾兵はそこから要塞内に侵入し、外からの攻撃に呼応して内部から指令室や管制室を占拠する。そこまでいかなくとも、要塞内の通信施設や輸送システムを破壊できるだろう。

「そうなれば、イゼルローン要塞と回廊は、吾々のものだ」

サイレンとブザーが刺激的な音響を競うなか、ユリアンは、単座式戦闘艇スパルタニアンの専用ポートへと、走路《ベルトウェイ》の上をさらに走っていた。ついいましがたまで、彼はキャゼルヌ家に呼ばれて、三人のレディと昼食をともにしていたのである。中央指令室を離れることのできないキャゼルヌから、家族のようすをみてきてほしい、とひそかに頼まれたのだ。このていどの公私混同は許容されるべきだ、と、ユリアンは思う。その気になれば、キャゼルヌは家族を首都へ帰すことも、要塞内でもっとも安全な場所へうつすこともできたはずだから。食事を放りだし、軍用ベレーをわしづかみにして、ユリアンはキャゼルヌ家の玄関をとびだしたのだった。

「ユリアンお兄ちゃま、気をつけて！」

シャルロット・フィリスの声が耳に残っている。可愛いな、と思う。妹とは、きっと、彼女のような存在なのだろう。ヤンがあるときユリアンをからかって言った——一〇年後には、お前は二六歳でシャルロットは一八歳、お似合いじゃないか——と。ユリアンはやりかえした——提督はいま三一歳、フレデリカ・グリーンヒル大尉は二四歳、もっとお似合いですよ——と。ヤンは苦笑して話をそらしてしまった。いつになったら提督ははっきりさせるのだろう、と、ユリアンは思うし、自分がいま二六歳だったら、と空想してもみるのだ……。

「坊やも、いま出動か？」

陽気な声が耳もとでした。この状況で、危機感というものをまったく欠いている、そのくせ精悍《せいかん》さを感じさせる声だった。立ちどまってふりむいた視線のさきに、若い撃墜王《エース》オリビエ・ポプラン少佐の姿があった。彼はまた、ユリアンにとってスパルタニアンの空戦技術の師でもある。

シェーンコップといい、ポプランといい、なんだかんだと言いながら、ヤンはユリアンに一流の教師をつけてくれたのだが、この両者がイゼルローンでは女性にかんするすごうでの双璧なので、そのことだけはユリアンに見習ってほしくないと思っているようだ。

「少佐、ごゆっくりですね」

言いながら、ユリアンは、ヘリオトロープの淡い匂いに気づいていた。昼間から、不特定の恋人と甘美な時間をすごしていたのだろうか。少年の表情に気づいて、撃墜王《エース》は短く笑い、腕を鼻の前にもってきて香水の匂いをかいだ。

「坊や、こいつは人生の――いや、生命そのものの香りさ、いまにわかるようになる……」

その発言にたいする感想をユリアンが述べるより早く、ふたりはポート・エリアに到着していた。格納庫でスパルタニアンに乗りこみ、エア・ロックから滑走路エリアに進入する。気密服に身を固めた整備兵《メカニカル・マン》たちが手をふっている。パイロット本人以上にその生還をのぞむ彼らなのだ。

高速航行中の母艦から発進するときは、慣性を利用できるが、イゼルローン要塞からの発進は、滑走を必要とする。滑走路の幅は五〇メートル、長さは二〇〇〇メートル、ゲートの高さは一七・五メートル。滑走路の端にでると、遠く前方に光の点が見える。パイロットたちはそれを〝死神の白目〟と呼んでいるのだ。

「二八番機、コースにはいれ！　合図がありしだい発進しろ」

管制官の声がヘッドホンから伝わってくる。

「外へでるとき充分注意しろよ」

それは新兵にたいする管制官の好意なのであろう。

「行け《ゴー》！」

数十秒後、ユリアンの愛機は〝死神の白目〟から虚空へ躍りでる。

「ウイスキー、ウォッカ、ラム、アップルジャック、シェリー、コニャック、各中隊そろっているな」

ポプランは操縦席から部下に呼びかけた。

「いいか、柄《がら》にもないことを考えるな。国をまもろうなんて、よけいなことを考えるな！　片思いの、きれいなあの娘《こ》のことだけを考えろ。生きてあの娘の笑顔を見たいと願え。そうすりゃ嫉み深い神さまにはきらわれても、気のいい悪魔がまもってくれる。わかったか！」

「ＯＫ！」

部下の全員が唱和する。フルフェイスのヘルメットの下で、若い撃墜王《エース》は破顔した。

「ようし、おれにつづけ！」

艦隊を出動させるべきか否か、キャゼルヌには決断がつかない。フィッシャー、グエン、アッテンボローの各提督からは、

「出動準備よし」

との報告がとどいている。要塞内に封じこめられたまま手をつかねて戦況を座視するのは、宇宙の軍艦乗りにとってたえがたいことであろう。また、乱戦ということになれば、帝国軍も要塞主砲を撃ちこんで自分たちの味方をまきぞえにすることはできず、艦隊どうしの決戦が可能になるであろうことも、頭脳ではわかっている。しかし出動のタイミングをいまひとつ彼は

つかめないのだ。

「九時半の方角に敵戦艦！」

「第二九砲塔、迎撃せよ！」

報告と命令が回路をとびかい、将兵の聴覚は飽和状態にある。壁一枚へだてた外界が音のない世界だと信じるのは困難だ。室内が一六・五度Cの適温にたもたれているのに、汗が噴きだして襟や袖を湿らせるのも、不思議なことであった。

分単位どころか秒単位であたらしい迎撃指令をだしつづけていたシェーンコップ少将が、当番兵を手招きする。緊張しきって駆けつけた兵士に、要塞防御指揮官は言った。

「コーヒーを一杯たのむ。砂糖はスプーンに半分、ミルクはいらない。すこし薄めにな」

思わず口をあけた、まだ一〇代の当番兵に、シェーンコップは悠然と笑いかけた。

「生涯最後のコーヒーかもしれんのだ、うまいやつを頼むぞ」

当番兵は中央指令室をとびだしていった。キャゼルヌが、疲労しきって艶《つや》を失った顔に、それでも皮肉を言う元気は残していて、

「コーヒーの味に注文をつける余裕があるうちは、まだ大丈夫だな」

「まあね、女とコーヒーについては、死んでも妥協したくありませんでね」

ふたりが、にやりと笑いあったとき、べつの声がした。

「司令官代理！」

その声にキャゼルヌはふりむいて、客員提督《ゲスト・アドミラル》メルカッツの姿を見いだした。亡命の客将は、

初老の顔に静かな決意の色を浮かべていた。シェーンコップは興味の色もあらわに、もと帝国軍の宿将をながめやった。

「私に艦隊の指揮権を一時お貸し願いたい。もうすこし状況を楽にできると思うのですが」

即答こそしなかったが、これが、きたるべき時期であることを理由もなくキャゼルヌは理解していた。

「……おまかせします、やっていただきましょう」

Ⅳ

浅黒い皮膚、黒い硬い髪、中背ながらたくましい身体つき、頬と鼻下にひげをたくわえた鋭角的な顔だち――ヤンの旗艦ヒューベリオンの艦長をつとめるアサドーラ・シャルチアン中佐の、それが肖像である。艦隊を指揮する能力は未知数の領域に属するが、すくなくとも一艦のリーダーとしては、統率力にも運用能力にも申しぶんのない人物であり、多くの困難な戦いでヤンが全艦隊の指揮に専念できたのも、旗艦じたいの行動を安心してシャルチアンにゆだねておくことができたからであった。

ウィリバルト・ヨアヒム・フォン・メルカッツ提督とシュナイダー大尉を自分の艦に迎えたとき、この精悍な軍艦乗りは、両眼をするどく光らせて、非礼ではないが遠慮のない口調で言いはなった。

「この艦に、ヤン提督以外のかたを司令官としてお迎えしようとは思ってもみませんでした。ですが、むろん、自分の職責というものは心得ております。ご命令をどうぞ」

その率直な態度は、メルカッツにとって不快ではなかった。彼は艦隊の高級士官たちに自分の思うところを披瀝《ひれき》した。

司令官代理キャゼルヌ少将の基本方針は、守勢によってヤン提督の来援を待つということだが、これは正しいと自分も考える。したがって、その方針を戦術レベルにおいて有効に実施するのが自分の任務である。さしあたり、要塞への上陸を企図する帝国軍を排除せねばならない。協力を請う……。

メルカッツ提督を支持する、と、フィッシャー少将は言った。自分はヤン提督を支持する、したがって、ヤン提督の支持するメルカッツ提督を支持するであろう、と、アッテンボロー少将は述べた。メルカッツ提督を支持せざるをえない、と、グエン少将は語った。メルカッツの腰の低い態度は、彼らに好感をもって迎えられたのである。

そのころ、帝国軍のワルキューレ部隊は、戦況を優勢にたもってはいたものの、完全な制空権をにぎるにはほど遠かった。同盟軍のスパルタニアン部隊は、意外に頑強であった。ことに、撃墜王《エース》オリビエ・ポプランの指揮する六個中隊の戦法の巧妙さは、悪魔的とでも称したいほどだった。ポプランは、自分が空戦の天才であると信じていた――それはまったく事実である――いっぽうで、誰もが自分のような天才になれるものではないことを知っていたので、部下たちには、徹底して、三機一体となった集団戦法をたたきこんだのである。それは、たとえば、一機が囮《おとり》となって敵のワルキューレを誘い、残る二機がそのワルキューレの後背から同時に襲いかかる、といったたぐいのもので、職人気質をもつワルキューレのパイロットなどからすれば、「卑怯《ひきよう》だ！」とわめきたくなるようなものだった。しかし戦果はすぐれたものであったし、ポプラン自身はつねに一騎討で多くの敵を堂々と葬りさってきたのである。

とはいえ、全体の戦況として、帝国軍の優位は圧倒的なものにみえたので、ミュラーが一時ガイエスブルクにもどって報告したとき、ケンプは上機嫌で言った。

「この回廊は、やがて名を変えるだろう。ガイエスブルク回廊とな。それとも、ケンプ＝ミュラー回廊という名になる、ということもありうるぞ」

ミュラーは微妙な角度で眉をうごかした。彼の記憶にあるケンプは、冗談であるにせよ、このような大言壮語をかるがるしく口にする男ではなかった。分別をわきまえた、尊敬に値する武人だったはずである。だが、若い副司令官の目に、このときケンプは精神が昂揚《こうよう》していると いうより、彼らしくもなく浮わつき、自制心がとぼしくなっていると映ったのである。ラインハルト・フォン・ローエングラム元帥が、故人となったジークフリード・キルヒアイスならともかく、部下の個人的名誉のそのようなあらわれかたを許容するはずがないのに……。

旗艦にもどったミュラーは、計画に多少の変更をくわえることにした。彼は、ワルキューレ部隊が要塞重力圏内の完全な制空権をにぎるのを待っていたのだが、意外にてまどりそうなので、同盟軍艦隊の出撃を不可能にするため、メイン・ポートの出入口《ゲート》を封鎖しようとしたのである。六隻の駆逐艦《デストロイヤー》を無人コントロールで突入させるという大胆なもので、戦術的に有効な結果がもたらされるはずだった。これはその場の思いつきではなく、以前からミュラーが考案していたものだったが、イゼルローンを攻略したあと、自分たちが長期間にわたって港湾施設を使えなくなるという点から、なるべく使わずにすませたいとしていた作戦だったのである。

ところが、ミュラーが六隻の駆逐艦をならべ終えたとき、イゼルローン要塞の主砲がたてつづけに炎の舌を吐きだした。狙いは正確ではなく、数隻の巡航艦や駆逐艦が膨大なエネルギーの刃にかすめられて破壊されただけであった。しかしミュラーとしては、密集態形を解いて艦隊を一時、散開させねばならなかった。そして主砲の死角となった宙域で再密集したのだが、そのわずかな隙にメイン・ポートの出入口《ゲート》から同盟軍の艦艇が躍りだしてきたのである。

間一髪であった。いますこし出動が遅れていれば、ミュラーはイゼルローン要塞メイン・ポートの封鎖に成功し、同盟軍艦隊は港のなかに閉じこめられて無力化していたであろう。そうなれば、イゼルローン要塞じたいが、機能のなかば以上を喪失して、たんなる空中砲台になりさがり、いちじるしく存在価値を低くしたはずである。

若いミュラーは床を蹴ってくやしがったが、これは完全な勝利を後日にひきのばすことになっただけで、自分たちの優勢がくつがえされたわけではない、と気をとりなおした。彼は、出撃してきた同盟軍艦隊を、余裕をもって迎撃しようとした。だが、戦うために出撃してきたはずの同盟軍艦隊——しかも名うてのヤン艦隊であるはずなのに——は、ミュラーの鋭鋒《えいほう》を避けるよう変針すると、要塞の球体表面にそって高速移動を開始したのである。その行動曲線を予測したミュラーは、敵を後方から追う愚をさけ、逆方向にまわり、敵の前方に出現して先頭集団からたたいてやろうとした。ところが、それは巧妙な罠だったのである。ミュラーの艦隊は、イゼルローン要塞の無傷な対空砲塔群の直前を横ぎるかたちになったのである。

それと悟ったミュラーは、あわてて後退を命じた。いや、命じようとしたとき、すでに同盟軍は驚嘆すべきスピードと秩序で逆襲に転じ、効果的にその退路を絶ちつつあった。

帝国軍は、イゼルローン要塞の対空砲火と、メルカッツの指揮する駐留艦隊とに挟撃されることになった。それまで戦う時と場所をえなかった駐留艦隊は、蓄積された戦意と復讐心をビームやミサイルにのせて、思うさま帝国軍にたたきつけた。それは死と破壊とによって織りなされた、巨大なエネルギーの網であり、反撃の手段どころか行動の自由すら奪われた帝国軍は、いたるところで灼熱した網の目にかかり、爆発して極彩色の炎を噴きあげた。引き裂かれ、撃ちくだかれた艦体は、火球と化して、さながら網を飾る夜光珠のようにかがやいた。

その光景はガイエスブルクからも見えた。同盟軍にむかって主砲を放てば、帝国軍ももろともに蒸発することがあきらかであったから、ガイエスブルクの砲手たちはなすすべがなかった。

「ミュラーはなにをしているのだ。決断すべきときに迷うから、あんなことになるのだ」

ケンプは腹をたててどなった。だが、このとき彼も決断を迫られてはいたのだ。ミュラーを救うため、麾下の艦隊の残存兵力八〇〇〇隻を出動させるかどうか、という点についてである。

「見殺しにするわけにもいかん。アイヘンドルフ、パトリッケン、出撃してミュラーの孺子《こぞう》を救え」

その粗野な言いかたは、ふたりの部下を驚かせた。だが、命令を即時実行にうつさねば、司令官の怒気はミュラーではなく彼らにむけられるであろう。ふたりの提督は総司令官の前からしりぞき、それぞれの分艦隊を指揮すべく要塞のメイン・ポートへむかったが、エレベーターのなかで、ささやきかわさずにいられなかった――どうも司令官はあせっているようだ、成功すれば武勲の巨大さは比類ないが、失敗すれば降等はともかく、閑職にまわされるぐらいはあるだろうからな。そうなれば、ミッターマイヤー、ロイエンタール、両提督との格差は絶望的なものになる……。

集中攻撃にさらされ、甚大な被害をうけた帝国軍艦隊が、苦悶《くもん》にのたうちまわりながらも、全面的な崩壊をまぬがれた理由は、ナイトハルト・ミュラーのけんめいな指揮と統率によるものだった。彼は旗艦を駆って戦場全域を移動し、苦戦する部下を救い、くずれかける艦列をささえ、防御力の弱い艦を内側において、周辺の防御をかためた、かならず来るであろう救援を待った。そして、アイヘンドルフとパトリッケンが駆けつけたのを知ると、最後の攻撃力を一点にかけて包囲網を突破したのである。

メルカッツも、退くべきタイミングをわきまえており、あらたな敵との無用な戦闘をさけて、整然と要塞に帰還した。目的は充分に達したのである。

ユリアンも帰投した。彼はこの戦闘で三機のワルキューレを撃墜し、初陣の武勲が偶然の産物ではなかったことを証明したのだった。

V

四月一四日から一五日にかけての帝国軍の攻撃は、九割がた成功をおさめながら、急転してけっきょくは失敗に終わった。カール・グスタフ・ケンプにとっては不本意きわまる事態であり、彼はその憤懣《ふんまん》を、無能な――と彼は信じた――副将にむけたのだった。

「卿《けい》は善戦はした。だが、たんにそれだけのことだ。なんの実りもなかった」

ケンプに言われてミュラーは恥じいったし、反省もしたが、以後は後方にさがるように、とまで言われては、さすがにおもしろくなかった。ラインハルトに評価されて二〇代で大将の地位をえたほどの男が、自信や自尊心と無縁であるはずがないのだ。

不満を抑えながら、彼は麾下の艦隊をひきいて後方にさがった。彼は度量のせまい男ではなかったが、このときは、ケンプが戦功の独占をねらっているのではないか、との疑念がきざすのを禁じえなかった。そこへ、軍医のひとりが、彼のもとへひとつの報告をもってきたのだ。

「捕虜のひとりが奇妙なことを申しております」

「どんなことだ」

「は、じつは、イゼルローン要塞にはヤン・ウェンリー司令官は不在である、と……」

かるく上半身をのけぞらせて、ナイトハルト・ミュラーは軍医を凝視した。

「ほんとうか？」

と主体が不明確な質問をしたのは、彼の驚愕の深刻さを証明するであろう。軍医は冷静であった。

「内容の信憑性《しんぴょうせい》は不明ですが、瀕死《ひんし》の捕虜が高熱にうなされて、そのようなことを口走ったのは事実です。もう死にましたので、確認することはできませんが……」

「しかし、そんなことがありうるだろうか。あのおそるべき男が要塞にいないなどと……」

ミュラーがそううめくと、彼よりさらに若いドレウェンツ少佐が上官に疑問をていした。

「ヤン・ウェンリーとは、それほどまでにおそるべき人物なのですか？」

ミュラーは一瞬の沈黙ののち、問いかえした。

「卿《けい》はあの要塞を、味方の血を一滴も流すことなく陥落させることができるか？　誰ひとり想像もできなかった方法で」

「……いえ、不可能です」

「では、やはり、ヤン・ウェンリーはおそるべき人物だ。すぐれた敵には、相応の敬意をはらおうじゃないか、少佐。そうすることは、吾々にとってけっして恥にはならんだろうよ」

少佐をさとしたミュラーは、あらためて考えこんだ。要衝《ようしょう》中の要衝とも言うべきイゼルローンの司令官が、任地を離れるなどということがありうるだろうか。それも、いつ帝国軍の全面攻勢があるかわからないという不安な時期に——である。ミュラーにとって、いや、およそ責任感と常識のある軍人にとって、容易に信じられることではなかった。

同盟軍艦隊がイゼルローン要塞から出撃したとき、なかの一隻を確認した自分自身の視覚的記憶を、彼は思いだす。

艦型から見て、あの戦艦はヒューベリオンであり、この二年、ヤン・ウェンリーの旗艦として知られる存在であるはずだ。それが出撃してきたのは、ヤンがイゼルローン要塞にいることを意味したのではないのか。それとも、不在をカムフラージュするための詐術《トリック》であったのだろうか。さらには、不在と思わせて無謀な攻撃を誘発させる手のこんだ策略ということもありうる。なにしろ、イゼルローンを、ただ一滴も部下の血を代償とすることなく陥落させた男なのだ、あのヤン・ウェンリーは。二年前、その報を聞いたとき、自分はどれほど衝撃をうけたことか。戦術には無限の多彩さがある、と、そのとき感じたものだった。

瀕死の捕虜が言ったことを、はたして信じてよいものだろうか。高熱で意識が混濁していたというのは軍医の誤りかもしれない。死ぬまぎわの一言で帝国軍を攪乱しようとしたのかもしれないではないか。

そしてそれがヤンの指示によるものだ、ということも充分にありうるのだ。

ミュラーはかるく首をふった。まったく、それにしてもヤン・ウェンリーという男は、いればいたで、いなければいないで、どれほど帝国軍《われわれ》を悩ませることだろう。〝魔術師ヤン《ヤン・ザ・マジシャン》〟とはよく言ったものだ……。

ナイトハルト・ミュラーの心の声を聴くことができたら、ヤン・ウェンリーのほうは肩をすくめてつぶやいたにちがいない――買いかぶられるのもこまったものだ、自分は年金生活を夢見るこころざしの低い小市民であるにすぎないし、敵国人ほどに同国人が評価してくれているなら、査問会でいびられたりはしないだろう――と。

ミュラーとしては、いくら用心しても用心したりない思いである。ヤンの智略もさることながら、自分が不確実な情報をもとに暴走しようとしているのではないか、という危惧もあるのだ。なによりも、その兵士が死んでしまったのがおしまれる。宇宙で捕虜となるのは、艦ごと投降するとか、要塞内の白兵戦で負傷するとか、だが、今回の戦いでは捕虜が極端にすくない。しかも意識不明の重傷者ばかりでは、確認しようがない。

ただひとり、尋問できた捕虜は、こう言って、かえってミュラーを困惑させた。

「ヤン提督はイゼルローンにいないと言うよう、シェーンコップ少将に命令された……」

それでも、ナイトハルト・ミュラーは、ついに決心して命令をくだした。

「索敵と警戒の網を、回廊全体に張りめぐらせ。ヤン・ウェンリーの帰途を待って彼を捕えるのだ。そうすれば、イゼルローンどころか同盟軍そのものが瓦解し、最終的な勝利は吾々の手に帰するだろう」

彼の命令で、三〇〇〇隻の艦艇が回廊に配置された。索敵能力のかぎりをつくし、幾重にも罠をめぐらして、ヤン・ウェンリーを捕捉しようというのであり、その配置はよく考えられたものであった。

ところが、この決断はひとりの人物を怒らせた。総司令官ケンプが、自分の命令もないのに勝手な兵力再配置をおこなった理由はなにか、と詰問してきたのである。

ミュラーは説得しなくてはならない。

「昨年、いまは亡きジークフリード・キルヒアイスが、捕虜交換のためイゼルローンにおもむきましたが、帰ってから私に洩らしたことがあります――ヤン・ウェンリーなる人物をはじめて見たが、勇猛な軍人のようにはすこしも見えなかった。そこにこそ、彼のおそろしさがあるのだろう――とです」

「それで？」

ケンプの表情も声も不快げだが、それでしりぞくわけにはいかないミュラーだった。

「イゼルローンの捕虜が死ぬまぎわに申しました。ヤンは要塞にいない、とです。その理由はわかりませんが、当然、彼はわが軍の攻撃を知っていそぎイゼルローンへもどってくるでしょう。そこを襲って捕えれば、同盟軍にとっては致命傷となります」

聞きおえたケンプは、吐き棄てるように言う。

「ヤンはどんな奇策を使うかわからぬ――そう言ったのは卿《けい》自身ではないか。イゼルローンは同盟にとって最大の要衝だ。その司令官が、なんで任地を離れるものか。自分が要塞にいないと思わせ、兵力を分散させようとの策に決まっている。ただちに兵をもとの配置にもどせ。卿の兵力は予備兵力として、きわめて重要なのだ」

しかたなくミュラーはひきさがったが、納得したわけではなかった。彼は司令官の命令を無視してでも、巨大な獲物を手中にしたいとのぞんだが、さすがに迷いをおぼえ、参謀のオルラウ准将に相談した。返答はこうであった。

「閣下は総司令官ではなく、副司令官でいらっしゃいます。ご自分の我《が》をとおされるより、総司令官のご方針にしたがわれるべきでありましょう」

ミュラーの沈黙は、彼にとって、ヤン・ウェンリーを捕虜とする計画が捨てがたいものであることを、万言以上の雄弁さをもって語っていた。だが、やがて小さな吐息を洩らして、彼は参謀の進言をうけいれた。

「卿《けい》の言うことは正しい。副司令官は総司令官の意にしたがうべきだ。わかった、我《が》を捨てよう。先刻の命令は撤回する」

ヤンとおなじく、ミュラーも全知全能ではなく、有能であってもその洞察と予測には限界があった。

こうして、ヤン・ウェンリーを捕えるため、いったん準備された罠はすべてとりはらわれた。結果としてミュラーは誤った。のちに帝国の歴史家がそれを非難し、ロイエンタールかミッターマイヤーであったら初志を貫徹してヤンを捕えるのに成功していただろう、と言ったことがある。それにたいしてミッターマイヤーは答えた――それは結果論にすぎない、自分もミュラーの立場であったら彼以上のことはできはしなかった、と。

……ともあれ、それ以後の戦闘が決定的な優劣の差を生みだすことはなく、なかば膠着《こうちゃく》状態のうちに時《とき》は回廊を歩みさり、四月は終わりかけていた。ヤン・ウェンリーの〝帰宅時間〟がちかづいたのである。

Ⅵ

……それよりさき、イゼルローン要塞において、ヤン・ウェンリーの部下たちが悪戦苦闘を開始していたころ、フェザーン自治領《ラント》では、自治領主《ランデスヘル》補佐官ルパート・ケッセルリンクが、熟練した闘牛士の態度で、荒れくるう客人をあしらっていた。

「まあ、そう興奮なさらずに、弁務官どの」

　青年の微笑は、この場合、赤い布のゆらめきを思わせ、年長の弁務官ヘンスローの血圧をおしあげた。

「とはおっしゃるが、補佐官、小生としましては冷静をたもちかねます。吾々はあなたの勧告にしたがって、ヤン提督をイゼルローンから召還し、査問にかけたのですぞ。ところがどうです。その留守をねらって、帝国軍が大挙、国境を侵してきた。なんというみごとなタイミングでしょうか。このあたりの事情について、ぜひくわしくご説明いただきたいものですな！」

「お茶が冷めますよ」

「茶どころではない！　吾々はあなたの勧告にしたがって……それを……」

「不当な勧告でしたな」

「なんですと？」

「不当な勧告だった、と申しあげているのです」

ケッセルリンクは、わざとらしいまでに優雅な動作で、クリームティーを口にはこんだ。

「そもそも、ヤン提督を査問にかけるべきだ、などと口にだす権利は、私どもにはなかった。内政干渉にあたることですからね。あなたがたのほうにこそ、拒否すべき正当な権利と理由があったはずです。その権利を、あなたがたは行使なさらなかった。私どもが勝手に口をさしはさみ、あなたがたは自主的にそれをうけいれたのです。それでもなお、全責任は私どもフェザーンにある、と、弁務官閣下は主張なさるのですか」

自由惑星同盟《フリー・プラネッツ》の代表者の顔色が秒単位で変色するのを、若いフェザーン人は悠然と見物している。

「しかし……あのとき、もし拒否していたら、私ども自由惑星同盟はあなたがたフェザーンの好意をえることは今後できなくなる。あのときのあなたの態度から、私どもがそう考えたとしても無理のないことでしょう」

必死の反撃であったが、補佐官はなんら感銘をうけたようすはなかった。

「まあ、すんだことを言ってもはじまりませんな。問題はこれからです。今後、いったいどうなさるおつもりですか、弁務官どの」

「今後とは？」

「おやおや、考えていらっしゃらない。こまりましたな。私どもフェザーンは真剣に悩んでいるのですよ。現在のトリューニヒト政権と、将来ありうべきヤン政権と、どちらと友情をむすぶべきであろうか、とね」

衝撃の鞭が、弁務官の横面《よこつら》を、したたかにひっぱたいた。巣からはいだしたとたんに猟師の銃口とむかいあったアナグマの表情になっていた。

「将来ありうべきヤン政権ですと？　ばかな！　いや、失礼、しかし、そんなことがあるはずはない。絶対にありません」

「ほう、自信満々で断定なさる。ではうかがいますが、三年前、あなたがたは、ラインハルト・フォン・ローエングラムなる若者が、ごくちかい未来に銀河帝国の支配者となるであろうことを、予測なさいましたか」

「………」

「歴史の可能性のゆたかなこと、運命の気まぐれなこと、かくのごとしです。弁務官どの、あなたもよくお考えになったがいいでしょう。トリューニヒト政権だけに忠節をつくすことが、あなたご自身の幸福にどれだけつながるか、ということをね。賢明なあなたにはおわかりでしょう。先行投資の重要さというものが。人間には現在はむろんたいせつですが、どうせなら過去の結果としての現在より、未来の原因としての現在を、よりたいせつになさるべきでしょうな」

ケッセルリンクは、ふたたびクリームティーのカップを手にした。薄くなった湯気のむこうに、複数の打算のあいだを揺れうごくヘンスロー弁務官の、主体性を失った顔が見えた。

第八章　帰　還

I

巡航艦レダII号は、星と闇の織りなす巨大な迷宮のなかを、イゼルローン要塞へとむけて疾走している。首都ハイネセンへの往路は、途中までわずかな護衛艦隊をともなっただけであったが、復路は大小五五〇〇隻の騎士が彼女《レダ》の周辺を分厚くかためていた。

「政府は私を手ぶらで帰したかったんだろうね」

ヤンはフレデリカにそう言ったが、これは推測ではなく、ひがみである。トリューニヒト政権がいくらヤンに非好意的であるにしても、充分な兵力をあたえて、敵を撃退してもらわなくてはならないところだった。手ぶらで帰せるわけがない。

もっとも、いちおう数はそろえたものの、質はまたべつの問題である。ヤンにあたえられた兵力は、混成部隊そのものであった。二二〇〇隻はアラルコン少将、二〇四〇隻はモートン少将、六五〇隻はマリネッティ准将、六一〇隻はザーニアル准将が、それぞれひきいている。いずれも軍中央の艦隊に所属していない独立部隊で、任務は地域的な警備と治安であった。いちおうの火力と装甲は有している。

宇宙艦隊司令長官ビュコック大将は、第一艦隊を動員してくれようとしたのだ。これは、現在のところ、火力、装甲、編制、訓練、戦歴において、ヤンのイゼルローン駐留艦隊に匹敵する、同盟軍唯一の制式艦隊なのである。艦艇数は一万四四〇〇隻、司令官はかつてヤンの上司であったパエッタ中将である。だが、第一艦隊の動員については、政府首脳ばかりか、軍の内部でも反対がでた。首都のまもりをどうするのか、第一艦隊が国境に出撃すれば、首都が空《から》になるではないか、というのである。

「自分の恥を話すようですが、昨年のクーデターのとき、首都にはいくつかの艦隊が駐留しておりましたぞ。にもかかわらず、クーデターは発生したではありませんか。それに、事実上、第一艦隊をうごかすのでなければ、ヤン提督にどの兵力をひきいて行ってもらうのですかな」

ビュコックはそう言ったが、統合作戦本部長クブルスリー大将が古傷が悪化して再入院加療中ということもあって、誰も老提督に味方しなかった。国防委員会からの命令で、第一艦隊は首都の専守に任じられ、統合作戦本部はようやく五五〇〇隻の兵力をかき集めたのである。

「クブルスリーも、このところすっかり気が弱くなってな。圧力もかかっておるし、入院が長びけば辞表をだすことになるだろう。いよいよ、年寄りひとり孤立無援さ」

「私がいますよ」

心からヤンは言ったものだった。そいつはありがたい、と、老提督は笑ったが、イゼルローンと首都ハイネセンとの距離は、じつのところ遠すぎる。実際にどれほど老提督に力ぞえできるか、心もとないことではあった。

四名の指揮官のうち、ふたりの准将については、ヤンはあまりよく知らない。水準の軍事常識と指揮能力があってくれればよい、と念じるだけである。

モートン少将にたいしては信頼感がある。ライオネル・モートンは、もと第九艦隊の副司令官をつとめた人物で、アムリッツァ会戦に際しては、重傷をおった司令官にかわって長い敗走行の指揮をとり、艦隊の完全崩壊を防いだ。沈着さと忍耐力には定評のある人物で、功績からいえば中将になっていてもおかしくはない。年齢も四〇代なかばに達し、ヤンよりずっと戦歴は古い。士官学校出身ではなく、本人もそれを過剰に意識しているところが、組織のなかでは生きづらいことになっているのかもしれなかった。

問題はサンドル・アラルコン少将である。能力的にはそれほど疑念はない。性格的に要注意なのである。彼についてヤンはいくつかかんばしくない噂を聞いたことがある。病的な軍隊至上主義者なのだ。彼が昨年のクーデターに参加しなかったのは、救国軍事会議の幹部であったエベンス大佐と個人的に反目していたからにすぎず、思想的にはさらに過激だった。なによりもヤンにとって忌避すべきことは、アラルコンに民間人や捕虜殺害の嫌疑が一度ならずかけられている点で、幾度かの簡易軍法会議ではいずれも証拠不充分、またはその事実なし、として無罪になっているが、これはいまわしい〝仲間どうしのかばいあい〟によるものではないか、と、ヤンはうたがっている。しかし、提督は提督、兵力は兵力であり、この際、ヤンには、彼を使いこなす度量がもとめられているのだった。

今回、ヤンの相手はローエングラム公ラインハルト自身ではない。彼は現在、国政に専念しなくてはならない日々である。逆に言えば、彼自身が戦場にでてくるほどの必要はないというわけだ。とすれば、勝てれば幸い、というていどの意志であり、深刻な意味の出兵ではないのであろう。

一昨年、ローエングラム公が（そのときはまだ伯爵だったが）アスターテ星域へ侵攻してきたのは、各個撃破戦術を完成させていただけでなく、イゼルローン要塞が帝国の手中にあったからである。その補給と後方支援の機能があればこそ、ラインハルトは安心して敵中に突出しえたのだ。

また、同年、ラインハルトがアムリッツァ会戦に大勝したのは、同盟軍の補給能力を破壊し、その戦線を限界点にまで伸ばさせたすえのことである。

ラインハルトの戦法は、あまりに壮大で、あまりに華麗であるので、他人の目には超物理的な魔法を駆使しているかのようにみえる。しかし、けっしてそうではない。彼は戦術家であると同時に、いや、それ以上に戦略家であり、戦場に到着するよりさきに、勝利をおさめるのに必要なことは、すべてやっておくのだ。

ラインハルトの過去の戦いは、どれほど華麗に、また奇想天外にみえても、その底には論理的整合性が一貫しており、さらに戦略上の保障が成立していたのである。

ラインハルトは〝勝ちやすきに勝つ〟男だった。だからこそ、ヤンは、彼の偉大さを認めるのである。〝勝ちやすきに勝つ〟とは、勝つための条件をととのえて、味方の損失をすくなくし、楽に勝つことをいう。人命が無限の資源であるなどと考えている愚劣な軍人や権力者だけが、ラインハルトを評価しないであろう。

ラインハルトのもとに、名将が多く集まるのも、それだけの器量を彼がもっているからである。ヤンが直接、面識があったのは、ジークフリード・キルヒアイスだけであるが……。彼の訃報《ふほう》に接したとき、ヤンは、永年にわたる友人を失ったような心の痛みをおぼえた。彼が生きていれば、帝国新体制と同盟との、貴重な架け橋となってくれたかもしれない、ともヤンは思う。

フレデリカがヤンの思いに感応したように、ラインハルトについて質問してきた。

「ローエングラム公は皇帝を殺すでしょうか」

「いや、殺さないと思うね」

「でも、ローエングラム公が簒奪をたくらんでいることはあきらかですし、それには皇帝が邪魔でしょう」

「歴史上、簒奪者は数かぎりなくいる。王朝の創始者なんて、侵略者でなければ簒奪者だものね。だけど、すべての簒奪者がそのあと先君を殺したかというと、けっしてそうじゃない。貴族として優遇した例がいくらでもある。しかも、その場合、旧王朝が新王朝を倒して復古した例は絶無だ」

ある古代王朝の創始者は、前王朝の幼い皇帝から譲位されるという形式で簒奪をはたしたが、先帝にさまざまな特権をあたえて礼遇し、みずからが死ぬとき、わざわざ遺言して、前王朝の血統を疎略《そりやく》にあつかわぬよう後継者に誓約させている。その王朝一代をつうじて、誓約はまもられた。この創始者は賢明であった。敗者にたいする寛大さが人心を獲得すること、権力体制としては衰弱した状態の前王朝が、貴族として遇されることで、新王朝への敵対心を消滅させさらに無気力になってゆくであろうこと、それらを洞察していたのである。

門閥貴族勢力にたいするローエングラム公の政戦両略をみていると、非情であり苛烈ではあるが、残忍ではない。まして、愚劣では絶対にない。七歳の幼児を殺せば、人道的な、あるいは政治的な非難をあびることはあきらかである以上、わざわざ不利な選択をするはずがないのである。

もっとも、現在は七歳でも、一〇年たてば一七歳になり、二〇年たてば二七歳になる。その際はまたことなる思案が生まれるであろうが、目下《もつか》のところ、ローエングラム公としては、幼帝を生かしておいて最大限に利用する途《みち》を考えているであろう。皮肉なことだが、現在、幼帝の安全をもっとも気づかっているのは、若い帝国宰相であるはずだ。幼帝が死ねば、真の自然死や事故死であっても、謀殺したとみなされるであろうから。幼帝が生きていても、ラインハルトのおこなう変革のかずかずに、たいした障害とはならない。彼は、幼帝を支持するような人々の支持を必要としてはいない。

五〇〇年前、歴史を逆流させたのがルドルフ・フォン・ゴールデンバウムである。彼は遠い過去に人類が脱ぎすてたはずの古い衣服——専制君主政治と階級社会——の埃をはらって市民の前に登場した。それは文明の発生から成熟にいたる道で必然的にたどらねばならない過程ではあったが、その歴史上の役割を近代市民社会に譲って、とうに退場していなくてはならなかったはずのものである。まして、その施政は、少数支配者にたいする多数の犠牲を制度化していたものであった。

ローエングラム公ラインハルトが改革をなす動機は、彼の野心を達成する方便、またはたんなる反ゴールデンバウム感情のためだけであるかもしれない。しかし、その歩みは、あきらかに歴史の進歩の方向――自由と公正――に合致しているのだ。とすれば、自由惑星同盟《フリー・プラネッツ》が彼と対立する必要がどこにあるのだろう。手をたずさえて、宇宙から古代的専制の残滓を一掃し、あたらしい歴史秩序を構築すべきではないのか。なにも全人類社会が、単一の国家である必要はなく、複数の国家が並存していてかまわないのだ。

問題は、政治をおこなう手段である。歴史の進歩またはその流れの回復を、ローエングラム公ラインハルトのように傑出した一個人の手にゆだねるか、自由惑星同盟のように、能力も徳性も平凡な多くの人々が、いがみあい、悩み、妥協と試行錯誤をくりかえしながらも責任を分けあって遅々たる歩みをすすめていくか。どちらの手段を選択するかなのだ。

専制君主を打倒した近代市民社会は、後者の道をえらんだ。それは正しい選択だった、と、ヤンは思う。ローエングラム公ラインハルトのように、野心と理想と能力を具えた人物の出現は、奇蹟――というより歴史の気まぐれのようなものだ。彼は現在、銀河帝国の全権力を一身に集中させている。帝国宰相にして帝国軍最高司令官！　それはよろしい。彼にはその双方の責務をはたす力量がある。しかし、彼の後継者はどうか？

何百年かにひとり出現するかどうか、という英雄や偉人の権力を制限する不利益より、凡庸《ぼんよう》な人間に強大すぎる権力をもたせないようにする利益のほうがまさる。それが民主主義の原則である。トリューニヒトのような男に神聖不可侵の皇帝になられたりしたら、たいへんなことではないか。

II

警報が鳴りわたり、オペレーターが美声を誇示するように報告した。

「一一時方向に敵影！　スクリーンに拡大投影します」

それは、駆逐艦一隻および半ダースほどの小型護衛艦からなる哨戒用の小集団で、数千隻の同盟軍の出現におどろき、逃走するところだった。

「発見されてしまった。これで奇襲はできなくなりましたな」

おどろいたように、ヤンは艦長のゼノ中佐を見つめた。

「え、奇襲？　私は最初からそんなものする気はなかったよ。帝国軍が吾々《われわれ》を見つけてくれて、じつは安心しているんだが……」

この発言は、当然ながら幕僚たちの意表をついたので、ヤンはくわしく説明してやらねばならない。

「つまり、帝国軍の指揮官は、敵の援軍を、というのは吾々のことだけどね、発見して選択に迫られることになる。彼はさぞ迷うだろう。このままイゼルローン要塞を攻撃しつづけて、吾吾の攻撃に背をむけるか。その逆に吾々と戦って、イゼルローンに後ろを見せるか。兵力を両方向に分散して二正面作戦をとるか。時差《タイムラグ》をつけて各個撃破するという賭にでるか。勝算なしとみて退却するか……まあ、おいこまれたわけだ。これだけでも吾々が有利になったんだよ」

ヤンは小さく肩をすくめた。

「私としては、ぜひ五番目の選択を彼にしてほしいね。そうすると、犠牲者がでないし、だいいち、楽でいい」

混成艦隊の幕僚たちは愉快そうに笑った。単純にユーモアとうけとったのであろう。イゼルローン要塞の幹部たちほどに、彼らはヤンのことを知らない。それがヤンの本音であると知っているフレデリカだけが、ただひとり笑わなかった。

カール・グスタフ・ケンプは、哨戒小集団からの急報に接したあと、スクリーンをにらみつけて思案を練《ね》った。肉の厚い眉間《みけん》に、太い縦皺《たてじわ》がきざみこまれている。

ヤンの洞察したとおり、ケンプは決断を迫られていた。彼は先日、帝国首都オーディンに戦況報告を送っていたが、その表現にすくなからぬ苦労をしたのである。負けてはおらず、同盟軍にかなりの損害と心理的衝撃をあたえもしたが、イゼルローン要塞は傷つきながらもいまだ健在であり、要塞内に一兵を侵入させることもできないでいる。手づまり状態にあるというのみならず、じつのところケンプは巨大なガイエスブルク要塞を、いささかもてあましていた。シャフト技術大将は、巧言令色《こうげんれいしょく》のかぎりをつくして自身の功績を賞賛したが、実際に運用する側の苦労は、提案者の比ではなかった。とはいえ、苦労している、などと報告すれば、更迭か、撤退か、僚友による援軍か、いずれケンプの矜持を傷つける結果がもたらされるであろう。けっきょく、ケンプはこう報告した。

「わが軍、有利」と——。

おなじころ、銀河帝国領からイゼルローン回廊へ、二万隻をこす大艦隊が進攻しつつある。艦隊は前後両軍にわかれ、前軍はウォルフガング・ミッターマイヤー上級大将、後軍はオスカー・フォン・ロイエンタール上級大将——帝国軍の双璧と謳《うた》われる両者が指揮していた。彼らは、にわかにラインハルトの命令をうけ、ケンプ軍への援軍として、出動してきたのである。命令をうけたとき、ミッターマイヤーは小首をかしげた。口にだして言ったのはロイエンタールである。

「ご命令、つつしんでお受けいたしますが、この時機に小官らが出撃いたしますと、功績を横奪《ど》りされる、と、ケンプ提督が誤解しますまいか」

前線にある軍人の心理をおもんぱかってロイエンタールは言ったのだが、ラインハルトから返ってきたのは、無機的なまでに乾いた低い笑い声だった。

「そこまで卿《けい》が心配する必要はない。だいいち、ケンプが功績をたてているならともかく、そうとはかぎらないではないか」

「……御意《ぎょい》」

「戦線をむやみに拡大するな。それ以外のことは卿らの善処にゆだねる」

両提督はラインハルトの前からしりぞいたが、ならんで廊下を歩きながら、ロイエンタールが疑問をていした。

「ローエングラム公は、どういうおつもりかな。戦闘が膠着《こうちゃく》状態におちいっているなら、吾々の赴く理由は充分にある。ケンプが勝っていれば、吾々が赴く必要はない。彼が負けていれば、いまさらおもむいても遅きに失する」

「いずれにせよ、吾々は宰相閣下のご命令をうけたのだ」

明快にミッターマイヤーは自分たちの立場を再確認した。

「最善をつくすとしよう。さしあたり、戦場へ着くそうそう、戦わねばならぬという状況であったとき、どうするかだ。あとはよかろう」

「そういうことだな」

ケンプが勝っていれば問題はない。戦闘が膠着状態にあれば、現地であらためてケンプらと協議する必要がある。けっきょく、ふたりが相談したのは、ケンプらが敗れて敵の追撃をうけている場合の対処法だけであった。それは二言三言の会話ですんだ。彼らほど呼吸のあった同格の指揮官のコンビは、帝国にも同盟にも類をみないものであった。

命令をだしたあと、ラインハルトが、ケンプからの報告書を読みなおしていると、オーベルシュタイン上級大将が顔をだした。

「ケンプ提督からの報告書、なにやらお気に召さぬごようすとうかがいましたが……」

「ケンプがもうすこしやると思っていたが、どうやら敵を苦しめたというあたりが、彼の限界のようだな。目的はイゼルローンを無力化することにあるのだ。かならずしも攻略、占拠する必要はない。極端なことを言えば、要塞に要塞をぶつけて破壊してしまってもよかったのだ」

オーベルシュタインの義眼が光った。

「ですが、ケンプはガイエスブルク要塞を拠点として、正面から堂々と敵に挑戦したそうです」

「だから限界だと言っている」

報告書を、ラインハルトは乱暴にデスクにたたきつけた。義眼の参謀長は半白の髪をかきあげた。

「その点、ケンプを責任者にえらんだほうも、罪をまぬがれますまい。彼を推挙した私自身、誤った選択を反省しております」

「ほう、なかなか殊勝《しゅしょう》ではないか」

ひややかにラインハルトは言う。

「だが、けっきょくのところ、最終的に彼をえらんだのは私だ。それに、もとをただせば、あのシャフトが無用な提案をしたことに原因がある。無益だけならまだよいが、有害ときては、私としては遇する方法を知らんな」

「ですが、あのような男でも、なにか役にたつかもしれません。武力だけで宇宙を手にいれるのは困難です。駒はより多くおそろえになったほうがよろしいかと存じます。たとえ汚れた駒でも……」

参謀長を見る蒼氷色《アイス・ブルー》の瞳は、このとき、ひときわ冷たくかがやいた。

「誤解するな、オーベルシュタイン。私は宇宙を盗みたいのではない。奪いたいのだ」

「御意……」

一礼してオーベルシュタインが去ると、ラインハルトは豪奢な黄金色の頭髪をひとふりした。彼の白い指が、胸のペンダントをまさぐっている。

「これが権力をにぎるということか。おれの周囲には、おれを理解しようとしない奴ばかり残る。それとも、やはり、おれ自身の罪か……」

蒼氷色の瞳が憂愁の翳りに沈んだ。こんなものを彼はもとめていたのではなかった。彼が欲していたのは、もっとべつのものだった。

III

「吾々に、それほど時間はないんだ」

フレデリカに、ヤンは説明する。イゼルローン回廊の制圧が未《いま》だしと知った以上、帝国のラインハルト・フォン・ローエングラムは、増援軍を派遣するにちがいない。しかも、膨大な兵力を、である。少数の兵力であれば、結果として、兵力の逐次投入という愚をおかすことになる。もし敵の増援軍が来るまでに、イゼルローン周辺宙域を回復していなければ、ヤンの勝算は零《ゼロ》にちかくなるだろう。

フレデリカが訊ねる。

「これまでは時間が味方してくれたけど、これからはそうではないということですか？　閣下が敵の指揮官なら、とうにイゼルローンを陥《おと》していらっしゃったでしょうね」

「そうだね。私だったら、要塞に要塞をぶつけただろうね。どかんと一発、相撃ち。それでおしまいさ。なにもかもなくなったあとに、べつの要塞をはこんでくれば、それでいい。もし帝国軍がその策《て》できたら、どうにも対策はなかったが、帝国軍の指揮官は発想の転換ができなかったみたいだ」

「……ずいぶんと過激な方法ですわ」

「でも、有効だろう」

「それは認めます」

「もっとも、それですでにやられていたら、むろん対策はないんだが、これからその策《て》でくる、ということであれば、ひとつだけ方法はあるけどね」

そう語るヤンの表情を、フレデリカは、チェスのあたらしい定石を発見した少年のようだ、と思う。ちょうど一〇年前、エル・ファシル星域からの脱出行を指揮していたころのヤンと、それはすこしも変わらない。一〇年間の歳月と、その間の栄達とは、ヤンに軍人的な臭気をあたえることが、いまだにできないでいる。そのあいだに、ヤンを見る人々の目は変わった。エル・ファシル脱出行のとき一四歳の少女だったフレデリカは、おとなたちが、あるいは声をひそめ、あるいは憤然として、

「あんなたよりない青二才に脱出の指揮をまかせておいて大丈夫なのか」

と語りあっていた情景を憶えている。いまでは圧倒的な賞賛、そしておなじベクトルの悪意。いずれにしてもヤン自身の思いとは、それらはほど遠い。

「イゼルローン要塞が外から陥《お》ちることは、けっしてないように思えるのですけど……」

「さて、それはどうかな」

ヤンの表情はほろにがい。

イゼルローン要塞が不落とされてきた理由のひとつは、要塞それじたいの防御能力もさることながら、攻撃する側に完全な自由がなかったことである。イゼルローンを攻撃する目的は、イゼルローン回廊を制圧して帝国・同盟間の航路の制宙権を確保すること、それ以外にない。それが欲しいために、帝国軍はイゼルローン要塞を建設し、それをのぞんだために、同盟軍は幾度も要塞に攻撃をかけ、無数の死傷者をだした。それほどに重大な価値が、イゼルローン要塞にはあったのだ。

要するに、イゼルローン要塞攻撃の理由は、破壊ではなく占拠にあった。そして、それに成

功した歴史上ただひとりの人物がヤン・ウェンリーだったのだ。

しかし、それは過去のことになった。イゼルローンにかわる戦闘と補給の拠点基地を回廊内にもうけることが可能なら、破壊を目的とする攻撃を、帝国軍はイゼルローンにたいしてかけることができる。それは占拠を目的としたものより、はるかに苛烈で容赦ない攻撃となるであろう。

――そう考えて、じつは悪寒《おかん》をおぼえていたのだが、事実はそうでもないらしい。帝国軍の指揮官は、移動させてきた要塞を、イゼルローン占拠作戦の拠点としてしか活用していないようだ。それは弱体化した同盟軍にとって、せめてもの幸運であろう。

同盟軍の戦力が今日の状態まで弱体化したのは、昨年の内戦と、なによりも一昨年のアムリッツァにおける惨敗が原因である。あの無益な会戦によって、同盟軍は二〇〇〇万の将兵を失った。有能な提督たちも多く世を去った。

考えてみれば、それ以来、ヤンは敗戦処理をつづけているようなものである。ウランフやボロディンといった、アムリッツァで戦没した勇将たちのひとりでも生きていれば、ヤンの負担はかなり軽減したことであろう。

……だが、無益な空想にふけっている余裕はない。死者は絶対によみがえらないのだ。この世のことは生者だけで解決しなくてはならない。疲れるし、めんどうな、しかも気のすすまないことではあるが……。

いっぽう、帝国軍は困難な状況のなかで、とるべき方針を決定していた。

ケンプの方針はつぎのようなものだった。

まず、イゼルローン要塞前面より急速撤退する。それを同盟軍が見れば、救援軍が来たために帝国軍が後退したものと考え、この機をのがさず挟撃にでようとして、要塞から出撃してくるであろう。そのとき反転してこれをたたく。すると、同盟軍としては、救援軍の到着は要塞からの出撃を誘うための罠であった、と思い、ふたたび要塞内にひきこもるであろう。こうして彼らを要塞内に封じこめておいて再反転し、救援に駆けつけた同盟軍を撃破する。時差《タイムラグ》をつけての各個対処戦法である。

その案を提示されたとき、みごとだ、と、ミュラーは思ったが、不安も禁じえなかった。この作戦が成功すれば、ケンプは用兵の芸術家と称揚されることになるだろうが、こちらの思惑どおりに敵が踊ってくれるかどうか。技巧的で、しかも時間的に余裕のない作戦であり、一歩まちがえれば帝国軍は挟撃されることになる。各個撃破の方針じたいは正しいと思われるから、ガイエスブルク要塞をイゼルローン要塞の監視においておき、全艦隊をまず敵救援軍にあたらせればよいのではないか。

そう考えたミュラーは、ケンプにそのむねを具申した。いくつかの事情から、この行動には多少の勇気を必要としたのだが、ケンプは度量をしめし、ミュラーの考えを一部とりいれて作戦に多少の修正をくわえた。

「援軍か——それとも罠か?」

イゼルローン要塞の中央指令室では、やがてアレックス・キャゼルヌ少将を中心とする幹部たちが、判断に迷うことになった。イゼルローン周辺にまつわりつき、執拗な波状攻撃をかけつづけてきた帝国軍艦隊が、引き潮のように後退してゆくのだ。ガイエスブルク要塞は依然として六〇万キロの距離にあり、いつでも砲戦に応じるかまえをしめしている。

「どう思う、坊や」

コーヒーをはこんできたユリアンに、シェーンコップが訊ねたのは、冗談のつもりであったのだろう。

「両方かもしれません」

ユリアンの、それが答えであった。

「両方？」

「はい、ヤン提督の援軍はたしかにちかくに来ています。帝国軍はそれを知って、逆に罠に利用しようとしているんじゃないでしょうか。こちらの艦隊がイゼルローンをでたとき、全面攻勢をかければ、こちらは、そらやはり罠だ、ひきあげろ、ということになるでしょう？　そこでこちらの艦隊を封じこめておいて、彼らは援軍を迎撃するのに全力をあげるというわけです」

幹部たちは、しばらくのあいだ、黙然として、亜麻色の髪の少年を注視していた。やがて、かるいせきをひとつしてキャゼルヌが訊ねる。

「どうしてそう思うんだ、ユリアン？」

「帝国軍のうごきが不自然すぎます」

「それはたしかにそうだが、それだけできみの判断の根拠になるのか？」

「ええと、それはこうです。彼らが純粋に罠をしかけるとしたら、その目的はなんでしょうか。伏兵をしいているか、こちらの出撃にくいついて、逆に要塞内に侵入するか、どちらかですよね。でも、こちらが防御に徹して、遠く出撃しないことはすでに敵も充分承知しているはずです。とすると、彼らとしては、こちらの防御心理を利用したつもりで封じこめにでるでしょう。こちらが用心してでていかない、という計算のほうが、ずっと確率が高いわけですものね」

「……なるほど、坊やがおれやポプランの弟子であるという以前に、ヤン提督の一番弟子であるということがよくわかった」

シェーンコップがため息まじりにそう言って、キャゼルヌに視線を転じ、司令官代理はメルカッツ提督に対応策の意見をもとめた。

「そういうことであれば、話はむずかしくない。吾々は、彼らに封じこめられたふりをすればよいのです。そして彼らが反転したとき、突出してその後背を撃つ。救援軍との呼吸があえば、理想的な挟撃戦が展開できるでしょう」

淡々としてメルカッツは言い、出戦の指揮をとってくれるように、とのキャゼルヌの要請をうけいれると、少年に言った。

「ユリアンくんには、戦艦ヒューベリオンに同乗してもらおう。艦橋にな」

二年前、ラインハルトの天才を知ったときほどではないが、同質のおどろきが、老練な用兵家の心をとらえていた。

IV

「戦争を登山にたとえるなら……」

かつてそう語ったのは、〝ダゴン星域の会戦〟を同盟軍の完勝にみちびいた〝ぼやきのユースフ〟ことユースフ・トパロウル元帥である。

「登るべき山をさだめるのが政治だ。どのようなルートを使って登るかをさだめ、準備をするのが戦略だ。そして、あたえられたルートを効率よく登るのが戦術の仕事だ……」

ヤンの場合、登るべきルートはすでにさだめられている。たまには自身の手でルートをさだめて登ってみたい、と、ヤンが痛切に思うのは、彼の戦争嫌悪と、あきらかに矛盾するはずなのだが……。

「前方、一一時半の方向に敵艦隊！」

オペレーターの報告が、全艦隊の心身をひきしめた。味方は五〇〇〇隻台、それにくらべ帝国軍は確実にその二倍以上である。正面から戦って勝てるはずがない。敵の後背に、イゼルローンの味方の出現を待つしかないのだ。

ヤンは、イゼルローンにいる彼の幕僚たちが的確な判断をしてくれることを祈った。彼らが要塞内で手をこまねいていれば、数において劣勢なヤンは敗北し、各個撃破策の好餌となってしまう。イゼルローンと暗黙裡《あんもくり》に連係プレイがおこなわれることを前提としての、彼の作戦構想なのだから。

百戦錬磨《ひゃくせんれんま》のメルカッツがいる。彼はかならず信頼に応えてくれるだろう。それにユリアン――彼の被保護者である少年の秀麗な顔を、ヤンはあらためて思いだす。少年に戦略戦術の話をしたとき、彼は強調したことがあった――不自然なタイミングで後退する敵には注意せよ、と。そういうときの、いくつかのバリエーションも教えた。それを憶えていてくれるだろうか？　そうしてくれれば――いや、待て。自分はユリアンが軍人になることをのぞんでいなかったのではないのか。それを期待するのは虫がよすぎるのではないか……。

「敵、射程距離にはいります！」

「よし、計画どおりにしてくれ」

紙コップの紅茶を、ヤンはひとくち飲んだ。

「後退！　敵との相対速度を零《ゼロ》にたもて！」

モートン、アラルコンらをつうじて、その命令は全艦隊に伝わった。

帝国軍のほうでは、スクリーンや各種索敵システムに、いぶかしげな目がむけられた。

「敵は後退しつつあります。五分前から、相対距離がまったく縮まりません」

帝国軍のオペレーターは、事務的な語調をたもとうとつとめたが、不審の微妙な波動を隠せないでいる。

ケンプは指揮シートに巨体をうずめたまま考えこんでいたが、ある懸念を生じて質問した。

「敵が縦深陣《じゅうしんじん》をしいて、吾々をそのなかにひきずりこもうとしている可能性はないのか?」

司令官の疑問に答えるため、人間と機械の頭脳が全面的に稼動し、やがて見解をはじきだした——その可能性はきわめて小さい。敵援軍の兵力は前面に展開するのがすべてだ、と推測される……。

「では、奴らの意図は時間かせぎだ。イゼルローンから艦隊が突出するのを待って、前後から挟撃する気だろう。こざかしい、その策《て》にのるか」

ケンプの洞察は、このとき完全に正しい。彼は力強い掌で指揮デスクをひとつたたくと、最大戦速での前進を命じ、さらに三分後の砲撃開始を指令した。可能なかぎり短時間で、同盟軍の増援部隊を撃破し、とってかえして、ふたたびイゼルローン要塞を包囲する。いやそれどころか、ミュラーの献策《けんさく》にしたがい、ガイエスブルクにイゼルローン要塞を牽制《けんせい》させることで、これまで不可能とされた回廊内の通過をはたしつつあるのだ。とすれば、勝利したのち、そのまま直進して同盟領に突入することもできるではないか。

「敵、射程距離にはいりました」

「よし、撃て!」

数万本の光の矢が帝国軍から放たれた。

一瞬にして、せまいイゼルローン回廊は、エネルギーの波濤を一方から一方へはこぶ無形のチューブと化した。目をうばう色彩の渦がまきおこり、痛打をうけた同盟軍の艦艇は、閃光を発して砕けちった。直撃をまぬがれた艦も、余波をかぶって激しく揺れ、臨時旗艦レダⅡ号とても、その例外ではなかった。

この揺動で、いつもどおりデスクの上にすわりこんで指揮をとっていたヤンは、もののみごとにひっくりかえり、腰からシートに落ちこんでしまった。戦艦ヒューベリオンより三割がた小さく、防御力も劣るレダⅡ号に乗っているのだということを失念していたのである。

うかつを絵に描いたような姿で、シートにはまりこんでいたヤンは、さすがに赤面しながらようやくたちあがるのに成功した。どうやら上官よりはるかに平衡感覚を発達させているらしいフレデリカが、あぶなげのない歩調でちかづいて、気づかわしげな表情をむける。

「フォーメーションDを……」

ヤンは性懲《しょうこ》りもなくデスクの上にすわりなおしながら言い、フレデリカはそれをうけて叫んだ。

「全艦隊、フォーメーションD！」

通信士官が復唱し、無力化した通信回路ではなく信号によって命令を伝える。

それは円筒陣の一種だが、より極端なかたちで、ほとんど輪状に敵を包囲するものであった。そして同盟軍は、かがやく光点の輪のなかをくぐりぬけようとする帝国軍に、上下左右から砲火をあびせた。砲火は、おのずと、円の周囲から中心へむけて一点集中するかたちになり、破壊の効率をいちじるしく増大した。突進する帝国軍の艦艇は、ときとして別方向から同時に襲いかかる複数のエネルギー・ビームにつらぬかれ、輪状に切り刻まれたとみると爆発して火球となった。

このフォーメーションを広大無辺の宇宙空間で使用すれば、輪を突破した敵は、そこで隊形を拡散し、反転してさらに外側から輪を包囲することができる。しかし、このせまい回廊では、それは不可能であった。回廊の特殊な地勢を利用してヤンが考案した戦法であった。帝国軍は第一撃をたたきつけたあと、一転して守勢にたたされたのである。さらに、

「後背から敵襲です!」

オペレーターが悲鳴を放ち、愕然としたケンプが指揮シートから巨体をおこしたとき、メルカッツの指揮するイゼルローン駐留艦隊は、帝国軍の後背、しかも天頂方向から、驚くべき速さと圧力をもって襲いかかっていた。数光年をへだてて遠望すれば、それは光の滝がふりそそぐような美しさに見えたかもしれない。

帝国軍の後備部隊は、けっして油断していたわけではないが、動揺を禁じえず、高密度であびせられるビームの雨にうたれて、つぎつぎと破壊されていく。それを遠望したヤンの艦隊は歓声をあげた。

「フォーメーションE!」

ヤンがさらに指令をくだす。輪状陣を形成していた彼の混成艦隊は、多少の不統一性をみせながらも、急速に陣形を収斂《しゅうれん》させ、漏斗《ろうと》状に変形をはたした。突進する帝国軍は、今度は同一方向からの重層的なビーム攻撃にさらされ、白熱したエネルギーの濁流のなかへ姿を消していった。そして後方からは、アッテンボロー、グエンらが熱狂的なまでの攻撃をかけ、勝利の確

信にかられて、ヤン艦隊の砲戦の特色である火力の局地集中をおこない、帝国軍を不本意な死へとみちびいている。

このようなとき、無能な指揮官であれば、

「艦隊の前半部は前面の敵と戦い、後半部は後背の敵と戦え」

とでも命令し、逆に危機をきりぬけることができたかもしれない。無秩序な乱戦のなかから、意外な勝機が生じることもあるのだ。だが、ケンプは用兵家としての実績と自負を充分にもちあわせた男であり、指揮官としての責任と権限を放棄するような命令をだせようはずもなかった。

副司令官ナイトハルト・ミュラーは、絶望の黒いしみが、しだいに心を蚕食《さんしょく》するのを感じていたが、それでも最善をつくそうと決意していた。後悔の種は無数にあったが、現在は、艦列の崩壊を防ぎ、味方を救うことが彼の急務であった。彼は指揮シートからたちあがり、するどい的確な命令をつぎつぎと発して、危地を脱しようと試みた。圧倒的に不利な態勢であり、目に見える効果はあらわれなかったが、状況の悪化するスピードを減じてはいた。

しかしその努力も底をつきかけていた。ケンプもミュラーも、火球となって炸裂する僚艦を、いくつも眼前に見た。戦線と司令部との距離は、事実上零《ゼロ》となっていた。帝国軍は全面敗北の深淵に、いまやなだれ落ちようとしている。

「退却するな！」

怒号するケンプの額から、汗が玉となって飛んだ。

「退却してはならん。あと一歩だ。あと一歩で銀河系宇宙が吾々のものになるのだぞ!」

V

ケンプの言葉は、この状況下にあっても、けっして誇大なものではなかった。同盟軍の防衛ラインの背後、イゼルローン回廊の出口の彼方には、ほどんど無防備の状態におかれた恒星と惑星の大海がひろがっていたのだ。

ひとたび防衛ラインが突破されれば、ケンプとミュラーは艦隊を駆って同盟領に乱入するであろう。そのとき、イゼルローン回廊をまもる同盟軍はどううごくべきか。ケンプとミュラーを追えば、回廊ががらあきになる。ミッターマイヤーなりロイエンタールなり、二陣以下にひかえていた帝国軍の名将たちが回廊に殺到してきたとき、これを防ぐ者は誰もいない。回廊は、帝国軍が銀河系宇宙を征服するための通路として、後世からその歴史上の役割を指摘されることになるだろう。

では、かならず殺到してくるであろう敵の第二陣を迎撃するため、ケンプとミュラーを無視して回廊をまもりつづければよいのか。そうすれば、ケンプとミュラーは同盟領を思うままに荒らしまわり、首都星ハイネセンを攻略するかもしれない。より大きな可能性としては、回廊にちかい星系を占拠して、そう遠くもない時機を待ち、第二陣が回廊に侵入したとき、それに呼応して反転し、回廊内の同盟軍を前後から挟撃するというものがある。これは帝国軍にとって必勝必殺の戦法であり、同盟軍としては想像しただけで心臓に激痛をおぼえざるをえない。

えないはずなのだが――ヤンは深刻に悩む気になれない。そうなったとしても、自分の責任ではないと思っている。その結果、自由惑星同盟《フリー・プラネッツ》という国家が消滅しても、人間は残る。〝国民〟ではなく、〝人間〟が、だ。国家が消滅してもっともこまるのは、国家に寄生する権力機構中枢の連中であり、彼らを喜ばせるために、〝人間〟が犠牲になる必要など、宇宙の涯《はて》までその理由を探しても見つかるはずがない。ヤン・ウェンリー一個人の問題にしても、彼ひとりが国家の興亡のすべてに責任をもてるはずがないのだ。

帝国軍において、最後まで敗北を信じなかったのは、ケンプである。だが、彼自身は不屈の戦意を全身にみたしていたとしても、幕僚や兵士たちは、すでに気が萎《な》えていた。

スクリーンに、破壊され炎上する味方艦隊の姿を見る彼らの顔に血の気が薄い。

「閣下、もはや抵抗は不可能です。このままでは死か捕虜か、いずれかが吾々を待ちうけることになります。申しにくいことながら、退却なさるべきでありましょう」

参謀長フーセネガー中将が蒼白な頰をふるわせつつ進言した。

ケンプは灼熱した眼光で参謀長をにらんだが、参謀長をいたけだかにどなりつけるほど、理性を失ってはいなかった。彼は荒い息を吐くと、一秒ごとに数を減らし戦線を縮小させてゆく帝国軍の断末魔の姿を、苦悶にたえる表情で見まもった。

「そうだ、あれがあった……」

不意につぶやいたケンプの顔に生色がよみがえるのを、フーセネガーは異常なものに感じた。

「まだ最後の手段がある。あれを使って、イゼルローン要塞を破壊するのだ。艦隊戦では負けたが、まだ完全に敗れたわけではないぞ」

「あれとおっしゃいますと?」

「ガイエスブルク要塞だ。あのうすらでかい役たたずを、イゼルローン要塞にぶつけてしまうのだ。そうすれば、イゼルローン要塞とて、ひとたまりもない」

それを聞いたフーセネガーは、疑惑を確信に変えた。ケンプほど指揮官としての能力と度量に富んだ男でも、窮するあまり、精神のバランスを欠くことがあるのだろうか……。だが、ケンプは、むしろ静かな自信にみちてガイエスブルクへの撤退を命じたのである。

イゼルローン駐留艦隊と救援部隊とは、ついに合流をはたした。

「メルカッツ提督、お礼の申しようもありません」

深々と、ヤンは一礼した。通信スクリーンに、メルカッツの重厚そうな顔が映っている。ふたりの背後では、無数の軍用ベレーが宙を乱舞していた。

「勝った、勝った!」

という、単調だが情熱的な叫びが長々とつづいている。

メルカッツが、

「最大の功労者を紹介します」

と言い、ひとりの人物を画面にひっぱりだした。

「ヤン提督、お帰りなさい」

亜麻色の髪の少年だった。

「ユリアンか……」

なんと言ってよいかヤンにはわからない。このところ、この少年は、保護者をおどろかせることしきりなのである。このとき、またも警報が鳴りわたって、ヤンは奇妙な困惑から救われた。

「ガイエスブルク要塞がうごきだしました!」

報告するオペレーターの声に、畏怖《いふ》のひびきがあった。

同盟軍の歓喜は、氷点まで急降下した。まだ完全に勝ってはいなかったのだ。

「イゼルローン要塞にむかっています。まさか――まさか、衝突する気では!?」

「気づいたな……だが、遅かった」

つぶやくヤンの横顔に、フレデリカが視線をはしらせた。ヤンの声に、同情めいたひびきを感じたのである。

事実、ヤンは、敵の司令官に同情していた。要塞に要塞をぶつける、などという戦法を、正統派の用兵家が発想するはずはない。そんなことを考えるのは、ヤン以外には、比類ない天才ラインハルト・フォン・ローエングラムか、でなければむしろまったくの素人《しろうと》であろう。正統派の用兵家としては、要塞の存在また利用価値は、火力と装甲をもって敵の要塞に対抗する、ということを考えるはずで、要塞それじたいを巨大な爆弾として利用する、などという発想のほうが異常なのである。その異常な発想にいたらざるをえなかった司令官の苦悩を、ヤンは思わざるをえない。だが――そう、彼をその窮状においこんだのはヤン自身なのである。人はヤンの思いを偽善と呼ぶかもしれない。言いたい者には言わせておけばよいことだが……。

ガイエスブルク要塞は、帝国軍の残存部隊をしたがえ、一二個の通常航行用エンジンをフル・パワーにしてイゼルローン要塞へと接近しつつある。暗黒の虚空に音もなくはばたく、巨大な禿鷹《ガイエ》。それは同盟軍を圧倒した。全艦のスクリーンの前で、誰もがなかば口をあけたまま、このとほうもない光景を見つめていた。

ガイエスブルクのなかにいるのは、ケンプと数人の幕僚、航行要員、護衛兵ら五万人ほどで、ほかの将兵はミュラーの指揮下に、各艦に分乗していた。要塞内では、脱出用のシャトルが発進寸前の状態で待機している。一秒ごとに接近し、姿を大きくするイゼルローン要塞を、ケンプは、逆転勝利への確信にみちて見まもっていた。そのとき、同盟軍艦隊では、ヤン・ウェンリーが指令をくだしていた――要塞そのものに、艦砲は通用しない。稼動中の通常航行用エンジンをねらえ。それもただ一個、進行方向左端の一個だけに砲火を集中せよ！

各艦の砲術士官たちは、操作卓《コンソール》にとびつき、狙点をさだめた。いっせいに命令がとんだ。

「撃て！」「撃て！」「撃て！」

数百のビームが、ただひとつの通常航行用エンジンに集中した。それはエンジンの複合装甲カバーに亀裂を生むに充分な負荷であった。第二斉射で亀裂はいっきょに拡大し、炸裂して白い閃光を飛散させた。

つぎの瞬間、ガイエスブルクは前進をやめ、巨体をくねらせて急激にスピンをはじめたのだ。宇宙船のエンジン推力軸は、厳密に船体の重心をつらぬいていなければならない。大小を問わず、宇宙船の形状が円または球形を基本とし、左右・上下が対称となっているのは、そのためである。もしこの法則をまもらなければ、宇宙船はすすむ方向を見失い、重心を中心としてスピン回転をつづけることになる。そのときは動力を停止すればよいわけだが、停止しても惰性で回転はつづくし、そのあいだはすべての管制機能がマヒしてしまうのだ。

スピンしつつ帝国軍残存部隊のなかに突入したガイエスブルク要塞は、瞬時に数百隻の艦艇をその回転にまきこみ、破壊し、吹きとばした。通信回路のなかで無数の絶叫がかさなりあい、ナイフでもふるわれたように断《た》ちきられた。要塞じたいも、艦体との衝突によって傷つき、さらにこのときイゼルローンから〝雷神《トゥール》のハンマー〟が斉射されて要塞外壁に突き刺さった。致命傷であった。

「見たか、ヤン提督の魔術を！」

同盟軍の兵士が、口々に叫んでいる。フレデリカ・グリーンヒル大尉は、ほかの兵士たち同様、上官にたいする感嘆の思いにうたれていた。

もしヤン以外の人間がこのような戦法を考案したのであれば、フレデリカはそらおそしさを禁じえなかったであろう。ヤンは、敵の要塞を無力化するには、その航行中に航行エンジンを破壊して推力軸の位置をくるわせるしかない、と最初から考えていたのである。とすれば、要塞を航行させるしかない。敵をその状況においつめるしかないのだ。そしてヤンはそれに成功した――過去、戦場において幾度も成功したように。

ガイエスブルク要塞は死の痙攣《けいれん》にとらえられていた。内部で配電路にそって爆発と火災が同時多発し、熱と煙はエア・コンディショニング・システムの処理機能をこえて要塞内に充満した。汗と煤《すす》にまみれた兵士が、せきこみながら歩くその足もとに、血で染まった僚友が倒れ伏してうごかない。中央指令室もなかば破壊されていたが、ケンプは指揮デスクからうごかなかった。

「全員、退去せよ」

その命令に、フーセネガー参謀長が声をひきつらせた。

「閣下はどうなさるのです?」

苦しげにケンプは笑った。

「おれはもう助からん。これを見ろ」

ケンプの手は右の脇腹をおさえていたが、そこから、あふれでる血と、折れてとびだした骨の一部が見えた。おそらく内臓も深く傷ついているであろう。爆発で吹きとばされた壁面の破片が彼の巨体をえぐったのだ。

フーセネガーは暗然とした。昨年、この要塞では不敗の驍将《ぎようしよう》ジークフリード・キルヒアイスが、若すぎる死をとげている。このガイエスブルクは、もともと貴族連合軍の要塞だった。かつての支配者たちの陰惨な怨念《おんねん》が、ラインハルト軍の名将たちをつぎつぎと死の深淵へひきずりこんでいるのではないか……。迷信的な恐怖が参謀長をとらえ、彼は身ぶるいした。ガイエスブルクは不吉な生涯をいままさに閉じつつある。

やがて、フーセネガーは、よろめきながら指令室をでた。死者の両眼がそれを見送った。

「総員退避！　退避——」

警報が叫びつづけている。

汚れ傷ついた生存者たちが、脱出用シャトルの専用ポートに集まってきていた。一機のシャトルが、定員の半分も乗せず発進しようとする。その機体に数人がしがみつく。

「急速発進だ、邪魔するな！」

「待ってくれ、乗せてくれ。おいて行くな」

「どけというのに……」

ハッチが開いた。乗せてくれるのを期待して、兵士たちが夢中で殺到する。

悲鳴が室内の空気をつんざいた。さきに救命シャトルに乗りこんでいた兵士が、レーザー・ナイフをふるって、あとから乗りこもうとする兵士の手を切り落としたのだ。片手を失った兵士がバランスをくずし、もんどりうってシャトルの搭乗口から床へ転落する。そこへ遅れて駆けつけた兵士が、無言のまま腰のブラスターをひきぬくと、レーザー・ナイフをもった兵士の顔面を撃ちぬいた。

パニックの、これが開幕だった。生存への欲望と恐怖が奔騰し、理性を暗渠《あんきょ》のなかへおし流した。縦横に火線がはしり、味方が味方を床に撃ち倒し、軍靴で踏みにじった。

数人の兵士を機体にしがみつかせたまま、シャトルが強引に滑走を開始する。そこへ、ハンド・キャノンの砲弾が轟音とともに飛来し、操縦席をオレンジ色の炎でつつんだ。ちぎれた腕や脚が爆風にのって宙を踊りくるい、シャトルは火の塊となって兵士たちの群に突入する。兵士たちは雑草のようになぎ倒され、噴きだした血は灼熱した床に触れるが早いか、蒸気をあげて赤黒くこびりついた。

突然、赤一色の光景が激変した。白一色と化したのである。ガイエスブルク要塞の核融合炉がその瞬間、爆発したのだった。

超高熱の爆風が生者をことごとく床にたたきつけ、たちまち死者の列にくわえた。突然、ガイエスブルク要塞のあった位置に、めくるめく光の巨塊が出現した。急速離脱する同盟各艦のスクリーンは、入光量調整システムの全機能を開放したが、その光のかたまりを直視できた者はひとりもいなかった。人間の視界にたいする光の侵略は、一分間以上もつづいた。

爆発光の最後の余光が消えさり、宇宙が原初の闇へ回帰すると、スクリーンに目をやったヤンは、デスクにすわったままながら、軍用ベレーをぬぎ、敗滅した敵にたいして頭をたれた。彼は疲れていた。勝利は、いつも彼を疲れさせるのだった。

Ⅵ

ガイエスブルク要塞の爆発は、傷つき疲れはてた帝国軍にとって、とどめの一撃となった。残存兵力の八割までが、人工新星の爆発にまきこまれ、司令官と運命をともにした。助かった者たちも、完全に無傷な者は、ほとんどいなかった。

爆発の衝撃で、ナイトハルト・ミュラーの身体は、数メートルの距離を吹き飛ばされ、計器や部品がむきだしの壁にたたきつけられたあと床に落下した。一瞬、遠くなりかける意識を、けんめいにひきもどす。声をあげて軍医を呼ぼうとしたが、窒息しそうな苦しさが胸にのしかかってきただけであった。

四本の肋骨《ろっこつ》が砕けて、その先端が肺をつき、呼吸を不可能にしていたのである。声のでようはずがなかった。

ミュラーは激痛と息苦しさにたえながら、深く静かに息を吸いこんだ。骨の鳴る音がして胸郭がふくらみ、肋骨が接合する。肺が圧迫から解放され、ようやく重傷の副司令官は声をだすことに成功した。

「全治にどのくらいかかる?」

自分も顔にあざをつくったまま駆けよる軍医に、ミュラーは苦しげな、しかし沈着さを失わない声で問うた。

「副司令官は不死身でいらっしゃいますな」

「いい台詞だ。私の墓碑銘はそいつにしてもらおう。で、全治にはどのくらいだ」

肋骨四本の骨折、脳震盪、裂傷、打撲傷、擦過傷、それらにともなう出血と内出血――と、軍医はかぞえあげ、三カ月はかかる、と保証した。

医務室へはこばれることを、ミュラーが拒否したので、医療用の設備をそなえたベッドが艦橋へはこびこまれた。電子治療をほどこされ、極低温保存血液の輸血をうけ、鎮痛剤と解熱剤を注射されながら、ミュラーは、かろうじてガイエスブルクを脱出したフーセネガー中将と面会した。

「ケンプ司令官はどうなさった?」

そう問われて、傷だらけのフーセネガーは即答できなかったが、どうせ答えねばならないことだった。

「亡くなりました」

「亡くなった……!?」

「ケンプ司令官より伝言です。こう言っておいででした――ミュラーに詫《わ》びておいてくれ、と」

ミュラーは、相手がおびえるほどの、帯電した沈黙におちいったが、やがてシーツをつかんでうめき声をしぼりだした。

「大神オーディンも照覧《しょうらん》あれ。ケンプ提督の復讐はかならずする。ヤン・ウェンリーの首を、この手につかんでやるぞ――いまはだめだ。おれには力がない。奴とは差がありすぎる……だが、見ていろ、何年か将来《さき》を！」

歯ぎしりまじりの声をとめたミュラーは、多少、おちつきをとりもどし、副官をベッドの傍に呼んだ。

「通信スクリーンを用意しろ。いや、画面はいい、音声だけつうじるようにしてくれ」

声は抑制することができても、重傷をおった姿を兵士たちに見せることはできない。どれほど大言壮語しても、包帯で白くよそおった司令官を見れば、兵士たちの士気《モラール》は低下するだろう。

やがて、敗北にうちのめされた帝国軍の生存者たちは、通信回路から流れだす、若い副司令官の声を耳にした。それは力強いとは言えないまでも、理性と意志に富んだ明晰《めいせき》な声で、彼らの絶望を、希望の側へ数歩ひきもどす効果があった。

「わが軍は敗れたが、司令部は健在である。司令部は卿《けい》ら将兵の全員を、生きて故郷へ帰すことを約束する。誇りと秩序をまもり、整然として帰途につこうではないか……」

故郷をでるとき一万六〇〇〇隻をかぞえた帝国軍は、その数を二〇分の一に減らし、無残な敗走をつづけた。それでも、なお全面的瓦解にいたらず、集団として秩序をたもちえたのは、病床からけんめいに指揮をとるミュラーの功績であったことはうたがいない。

「前方より艦艇群が接近！」

その報告に、ウォルフガング・ミッターマイヤー上級大将は、艦橋のスクリーンを見つめた。彼の旗艦〝人狼《ベイオウルフ》〟は、艦隊先頭集団のさらに先頭にあり、その存在する位置じたいが、彼の勇名のゆえんを物語っていた。

臨戦態勢がしかれ、信号が放たれる。

「停船せよ。しからざれば攻撃す」

あわただしい一分間がそれにつづき、ミッターマイヤーは、前方の艦艇群が、敗走してくる味方であることを知った。スクリーンの拡大投影を命じたミッターマイヤーは、その無残な姿に思わずうなった。通信スクリーンに、包帯だらけの僚友ミュラーが病床に横たわったままあらわれ、事情を説明すると、〝疾風ウォルフ《ウォルフ・デア・シュトルム》〟は肩をおとして嘆息した。

「ケンプが死んだか――」

僚友の冥福《めいふく》を祈って閉じた目をすぐに大きく開くと、ミッターマイヤーは全身に鋭気をみなぎらせた。

「卿は後方へおもむいてローエングラム公に復命するがいい。ケンプの復讐戦はおれたちにまかせろ」

通信を切ると、ミッターマイヤーは部下たちにむきなおった。どちらかといえば小柄な司令官の身体が、こういうときは巨漢のように部下たちを圧倒する。

「最大戦速で前進をつづけろ」

〝疾風ウォルフ〟はそう指令をくだした。

「ミュラーを追ってきた敵の先頭集団に逆撃《ぎゃくげき》をくわえる。急襲して一撃、しかるのちに離脱する。それ以上の戦いは、この際、無意味だ。バイエルライン！　ビューロー！　ドロイゼン！　例の指示にしたがってうごけ、いいな」

幕僚たちは敬礼で応え、部署に散った。後続のロイエンタールのもとへ通信がとぶ。

ロイエンタールの副官エミール・フォン・レッケンドルフが、ミッターマイヤーからの伝言をもたらすと、金銀妖瞳《ヘテロクロミア》の青年提督は大きくうなずき、僚友と同様の命令をくだした。

「そうか、ケンプが死んだか」

彼もつぶやいたが、その表情と口調は、ミッターマイヤーのそれとは微妙にことなっており、むしろ、つき放すようだった。勝因のない勝利はあっても、敗因のない敗北はない、と考える彼だった。敗れるべくしてケンプは敗れたのだ。同情の余地はない、と、ロイエンタールは思った。

イゼルローン要塞は、同盟建国祭とダゴン星域会戦戦勝記念日とが同時に来たような歓喜と狂騒のなかにある。なけなしのシャンペンが音高く抜かれ、非戦闘員たちはわが家にもどって荷物をおくと、将兵を出迎えるため、ふたたび家をとびだすのだった。キャゼルヌとシェーンコップは、中央指令室のメイン・スクリーンをながめながら、ポケット・ウイスキーのひとびんを飲みかわしている。

だが、ヤンは、まだわが家に足を踏みいれるわけにはいかない。深追いを固くいましめたにもかかわらず、グエン少将とアラルコン少将の部隊、合計五〇〇〇隻以上が、敗走する敵を追って執拗に進撃している。彼らは、通信が完全に回復していない状態で、敗走する敵にくいついて、そのまま急進してしまったのだ。彼らをつれもどさなくてはならないヤンだった。完全勝利に陶酔するグエンたちは、前方に立ちはだかるロイエンタールとミッターマイヤーの存在を、まだ知らない。

第九章　決意と野心

I

宇宙暦《SE》七九八年、帝国暦四八九年の四月から五月にかけておこなわれたイゼルローン回廊の攻防戦は、戦術的には多くの話題と教訓を後世に伝えたが、戦略的にはさして重要な意味をもたない、とされている。しかしながら、この攻防戦で帝国軍が勝利をおさめていれば、その後の人類史が変わっていたことはあきらかであり、なによりも、ユリアン・ミンツという人物が、ささやかな存在ながら歴史にはじめて姿をみせたのは、この年、この戦いにおいてである。歴史上、看過しうる戦いでは、やはりなかった。

その戦いの最終幕は、結果として、帝国軍の名誉を一部回復するものとなった。敗者よりもむしろ無秩序に追撃をつづけるグエン、アラルコン両少将の艦隊は、巧緻《こうち》さと大胆さとの絶妙なコンビネーションによってつくられた罠のなかにひきずりこまれていたのだ。

「後背から敵襲！」

動転したオペレーターの報告が、同盟軍の勝利の夢をうばった。グエンは声をのんで、指揮シートからたちあがった。回廊の、ぎりぎり天頂方向、航行不能な危険地帯との境界にひそんでいた帝国軍が急降下して、同盟軍の後背をさえぎったのである。ウォルフガング・ミッターマイヤー自身が指揮する最精鋭であった。グエンやアラルコンが敗残兵と思いこんで追っていたのは、彼らを罠にひきずりこむための後退をしていた、ミッターマイヤーの艦隊のなかばであったのだ。

「ケンプの讐《かたき》だ。一艦もあまさず、屠ってしまえ」

命令というより、ミッターマイヤーは部下をけしかけたようなものだった。戦術的な勝利をすでにおさめた彼は、戦闘の運営を、こまかい指示よりしぜんのダイナミズムにまかせたのである。

同時に、いつわりの逃走をやめたバイエルライン中将指揮下の艦隊も、とっさに停止できないでいる追撃者たちにむかって全砲門を開いた。

それは、むしろ、同盟軍の艦艇がみずから光の壁へと突入していったような光景だった。高密度のエネルギーの分子と超合金の分子が亜光速の相対速度で衝突し、半瞬ののち、いっぽうが敗れた。切り裂かれる船体と四散する人体が無音の悲鳴で空間をみたした。同盟軍の艦艇は、あるいは蒸発し、あるいは爆発四散し、あるいは切り裂かれて宙を舞い、帝国軍の前に、絢爛《けんらん》たる死のタペストリーを織りあげた。

それを目撃した者は、あまりに多彩であまりに華麗な光と色の乱舞に声をのみこんだ。なかには、美と善とのあいだには本来なんの相関もないのだ、と思った者もいたであろう。

前後から同盟軍を挟撃した帝国軍は、ほとんど一方的に、死者を葬う歌を合唱しつづけた。第一小節で、過負荷状態になったエネルギー中和磁場が破れ、第二小節で、艦体の複合装甲が貫通され、第三小節で、艦そのものが爆発し、かくてひとつの弔歌《ちょうか》が終わるのだった。

「下だ！　天底方向へ逃げろ」

アラルコンは絶叫した。同盟軍の艦艇は、頭上からの苛烈な攻撃をさけ、逃走するにせよ反撃するにせよ、時間と空間を確保するために、天底方向へ奔《はし》った。

だが、それは、彼らの墓石の座標を、わずかに移動させただけのことであった。彼らの行手には、ミッターマイヤーに比肩する名将オスカー・フォン・ロイエンタールが、満を持《じ》して待ちかまえていたのである。全艦が主砲のエネルギーを充塡し、指揮官の号令もろとも、同盟軍を砲火で引き裂こうと、牙を磨きあげて獲物の到来を待っていたのだ。彼らのするどく光る戦意にみちた目のすぐ前に、同盟軍は、殺戮されるのをのぞむかのように舞いおりてきたのである。

「主砲、斉射三連！」

ロイエンタールの命令一下、無慈悲な砲火が同盟軍の艦影にむけてたたきつけられた。光の剣が彼らを切り裂き、撃ち砕き、ある目的をもってつくられた金属と非金属の物体を、なんの意味ももたない数億の破片に変えて虚空にばらまいた。

狼狽の極に達した同盟軍は、指揮系統の統一を失い、逃げまどう家畜の群と化した。帝国軍は数においてまさり、戦術においてまさり、指揮官においてまさった。必勝のパターンを提示しているようなものだが、死にゆく者はそれをのちのちの教訓にすることもできず、おいつめられ、粉砕され、蛍《ほたる》よりもはかない光芒《こうぼう》を残して消えさっていった。

「こいつら、ほんとうにヤン・ウェンリーの部下か。アムリッツァで戦ったときは、こんなものではなかったぞ」

むしろにがにがしげに〝疾風《ウォルフ・デア・シュトルム》ウォルフ〟は独語した。傑出した総司令官を欠くと、軍隊とはこれほど弱体化するものか。

炸裂する光芒の渦中で、グエン・バン・ヒュー少将は乗艦もろともこの世から消滅した。六本ものエネルギー・ビームを同時にあびたのである。

サンドル・アラルコン少将は、グエンより長生きしたが、五分か、せいぜい一〇分くらいのものだった。アラルコンの乗艦は、光子ミサイルの直撃をうけて二つに折れ、艦橋をふくむ前半部は味方の巡航艦と衝突して、そこで爆発したのだった。

「あらたな敵艦隊です！　今度は多数、一万隻をこえます」

その報告がもたらされたとき、戦場の生者は、ほとんどが勝者のみとなっていた。ミッターマイヤーとロイエンタールは通信スクリーンをつうじて話しあった。

「聞いたか、ロイエンタール」

「ヤン・ウェンリーご自身のおでましらしいな。どうする？　卿《けい》は戦いたかろう」

「まあな。だが、いま戦っても意味はない」

戦況が不利になれば、ヤンはイゼルローン要塞に逃げこむであろうし、帝国軍の戦線と補給線も、ほぼ限界に達している。ここは敵主力が到着する前に撤退すべきであろう、と、ふたりは結論をだした。このていどの勝利では、ケンプやミュラーの大敗をつぐなうことにはならないが、状況を無視して欲をだすと、ろくな結果は招かないであろう。

ミッターマイヤーがかるく舌打ちした。

「大軍どころか要塞まで動かして数千光年の征旅《せいりょ》をくわだてたというのに、ことごとく挫折《ざせつ》して、ひとりヤン・ウェンリーに名をなさしめたのみか。やれやれだな」

「まあ百戦して百勝というわけにもいくまい――こいつはローエングラム公のおっしゃりようだがな。ヤン・ウェンリーの首は、いずれ卿《けい》とおれとでいただくことにするさ」

「ミュラーも、ほしがっている」

「ほう、こいつは競争が激しくなりそうだな」

不敵な笑みをかわすと、ふたりの青年提督は、撤退の準備にかかった。一〇〇〇隻単位の集団に各艦を編成し、一集団が退けば、つぎの一集団がその後背をまもるかたちで、整然としりぞいていく。先頭はミッターマイヤーが統率して、撤退する全艦の秩序をととのえ、最後尾はロイエンタールが指揮して、同盟軍が攻撃してきたときに逆撃をくわえる態勢をとり、完璧な撤退をおこなったのだ。

こうして、戦艦ヒューベリオンに移乗したヤン・ウェンリーがメルカッツらとともに到着したとき、見いだしたものは、味方の艦艇の残骸と、遠ざかる光点の群だけであった。むろん追撃を命じたりはせず、ヤンは、生存者を救出してイゼルローン要塞に帰還するよう指示した。

「見たか、ユリアン」

亜麻色の髪の少年を見やって、ヤンは感嘆の口調で言ったものである。

「これが名将の戦いぶりというものだ。明確に目的をもち、それを達成したら執着せずに離脱する。ああでなくてはな」

グエンやアラルコンにはそれが欠けていたのだ。この場で口にだしては言えないことだが。帝国軍の——というよりラインハルト軍の人材の豊富さはどうであろう。これであの若い赤毛の驍将ジークフリード・キルヒアイスが生きていたら、ヤンにあたえられる勝利のチャンスは、極微小のものであったにちがいない。むろん、それはそれでかまわないが……。

「グリーンヒル大尉、全艦隊に帰還命令を伝えてくれ」

「はい、閣下」

「それと、ユリアン、お前の紅茶をひさしぶりに飲みたいんだが、いれてくれるかな」

「もちろんです、閣下」

少年は駆けだしていった。

「ユリアンくんは、たいしたものです」

メルカッツが、おだやかな実《じつ》のこもった口調でヤンにそう言った。彼は、ユリアンが帝国軍の戦法を看破したことを、少年のたよりない保護者に伝えたのである。

「ユリアンがねえ……」

ヤンは軍用ベレーをとって、黒い髪をかきまわした。おさまりの悪い髪は、すこし長くなっている。査問会のとき、軍人らしからぬ髪型だ、クルーカットにしたらどうか、などと低次元のいやみを言われたものだった。

「ご存じでしょうか。私はあの子に、軍人にはなってほしくないんですよ。ほんとうは、命令してもやめさせたいくらいなのです」

「それは民主主義の精神に反しますな」

メルカッツはユーモアのつもりで言ったらしいので、礼儀上、ヤンは笑った。だが、じつのところ、ヤンは痛いところをつかれたのである。さまざまなことがらが、ユリアンの進路をヤンが認めざるをえない日の到来を、暗示しているようであった。

II

惑星フェザーンの首都に、夜が訪れた。それは本来、闇への畏《おそ》れをともなった休息の時であるはずだが、フェザーンの住民は素朴な原始人ではなく、夜も精力的な活動をつづけている。自治領主《ランデスヘル》ルビンスキーの邸宅も、深夜まで照明がともり、さまざまな人の出入りがあって、ここが人類社会の中枢のひとつであることをものがたっている。ルビンスキーは神のごとく崇拝されているわけでもなく、天使のように愛されているわけでもないが、力量をそなえた政治家としての尊敬ははらわれていた。

一夜、補佐官のルパート・ケッセルリンクが彼の書斎にいた。彼は、一世紀以上にわたっておなじ数値をたもちつづけてきた三者——帝国、同盟、フェザーンの勢力比が、ついに変動したことを報告している。

「正確な数値は明日中にだしますが、ざっと見て、そうですね、帝国が四八、同盟が三三、わがフェザーンが一九というところでしょうな」

帝国は、門閥貴族勢力がほぼ一掃され、下級貴族や平民階級の人材が登用されたことで、人事の新陳代謝が促進され、心理的閉塞《へいそく》感も解消しつつある。また、貴族が独占していた富の再配分、それにともなう投資の増大によって、経済が活性化しつつある。それはいっぽうで旧貴族の困窮をよんでいるわけだが、圧倒的多数の民衆が恩恵をこうむっているので、社会問題化することはない。生活力のない旧貴族が滅びさって終幕となるだけのことだ。

いっぽう、同盟の国力低下は目をおおうばかりの惨状をていしつつある。一昨年のアムリッツァにおける大敗と、昨年の内乱がその主要原因である。軍事的パワーはこの二年たらずで三分の一に激減したが、それ以上に深刻なのは、社会維持システムのいちじるしい弱体化である。各分野で事故発生率が上昇し、市民の信頼度は下落している。

それにくわえて消費物資への圧迫である。生産量の減少、質の低下、価格の上昇と三拍子そろって、破滅への坂を転げおちている。

「アムリッツァでの大敗がなければ、同盟の国力もここまで落ちこみはしなかったでしょう。イゼルローンを占領した時点で、彼らは平和攻勢にこそでるべきだったのです。そうすれば、帝国内の旧勢力と新勢力を手玉にとって、有利な外交成果をあげることもできたはずです。にもかかわらず、成算のない軍事的冒険にでて、あげくがこの醜態。彼らの愚劣さときたら、犯罪的ですな」

しかも、帝国と対立をつづける以上、軍事費を削減するわけにはいかず、軍隊を縮小することもできない。現在の同盟経済の悲惨さが、そこにあった。これだけの苦境にあって、同盟はなお国民総生産《GNP》の三〇パーセント以上を軍事費にまわさねばならないのだ。

国民総生産《GNP》にたいする平時の軍事費の割合は一八パーセントが限界とされる。戦時中はどうかと言えば、敗戦寸前の交戦国の場合、一〇〇パーセントをこすことがある。過去の蓄積を食いつぶしているわけだ。消費が生産をうわまわるのだから、その経済は貧血死にいたるしかない。

「同盟には、ぜひこのままいってほしいものです。彼らの国家経済が破産したとき、わがフェザーンは完全に同盟をのっとることができます。そして、その権益を帝国に認めさせたとき、宇宙は事実上、フェザーンの手によって統一支配されるのですから」

ルビンスキーは、若い補佐官の熱弁にたいしてなにも応えず、資料に目をとおしていたが、やがて言った。

「とにかく駒を多く確保しておけ。そのなかから役にたつ者を残していけばいいのだから」

「心得ております。うつだけの策《て》はうちました。ご安心を。それから、帝国軍の科学技術総監シャフトはどうします？」

「どうすればよいかな、きみの意見を訊こう」

問いかえされて、若い補佐官は明快そのものといったようすで答えた。

「もう彼には使途《つかいみち》がないでしょう。吾々《われわれ》にたいする要求も拡大するいっぽうですし、この際、切り捨てるべきだと思います」

彼は一度口を閉ざしたが、自治領主《ランデスヘル》の表情を観察して意を強くし、語をついだ。

「例の書類がしぜんなかたちで帝国司法省の関係者に入手されるよう、じつはすでに準備してあります。閣下のご了承をいただきしだい、実行にうつせますが」

「よろしい、すぐやってもらおう。廃物はさっさと流さないと、下水がつまってしまうからな」

「かしこまりました」

命令する者も、される者も、シャフトを人間とみなしてはいないようだった。利用価値を失った相手への酷薄さはみごとなほどだ。

「それはそれですんだな。ところで、明日はきみの母上の命日だったと思うが、休んでかまわないぞ」

自治領主が突然、そう言うと、若い補佐官は片頬だけで笑った。意図的にそうしたのではなく、それは彼の癖であるようだった。

「これはこれは、閣下にプライベートなことまでご心配いただけるとは、望外のいたりです」

「当然だろう……自分の血を分けた相手と思えばな」

ケッセルリンクの上半身が、わずかな揺らぎをみせた。

「……ご存じだったのですか」

「きみの母親には悪いことをしたと思っているのだ」

自治領主《ランデスヘル》と補佐官――父親と息子は、おたがいを見やった。父子《おやこ》の情愛というには乾いたものが、それぞれの表情にある。

「気にしていらしたのですか」

「ああ、ずっとな……」

「それを聞けば、母もあの世で喜ぶでしょう。代わってお礼を申しあげます。ですが、じつのところ、気になさることはなかったのですよ。その日の食事にもこまる貧家の娘と、宇宙全体の富の幾パーセントかをにぎる富豪の娘。私も閣下と……ええ、閣下とおなじ選択をしたでしょうから」

ルビンスキーの息子は、遠い目をしたが、それも二秒そこそこのものだった。

「……で、大学院をでたばかりの青二才でしかないのに、私を補佐官の重職につけていただいたのは、ひとえに父子の情愛からなのですか」

「そう思うか」

「思いたくありません。私は自分の能力に、多少の自信はもっていますから、そこをかっていただいたものと信じたいですね」

昂然《こうぜん》と言いはなつ息子の姿を、ルビンスキーは表情を消した目でながめた。

「きみは、私に内面が似ているようだな。外見は母親に似ているが……」

「ありがとうございます」

「フェザーンの元首の地位は世襲ではない。私の後継者となるには、血ではなく、実力と人望が必要だ。時間をかけて、それを養うことだな」

「おことば、胆《きも》に銘じておきます」

ルパート・ケッセルリンクは一礼したが、それは父親の視線から表情を隠すためであったかもしれない。しかし、その行為は、同時に、彼が父親の表情を見ることもできない結果を生むのだ。

ほどなく、ルパート・ケッセルリンクは、父親である自治領主のもとを辞した。

「実力と人望か、ふん……」

ルビンスキーの息子は、父親の邸宅の灯を見あげて、不遜《ふそん》なつぶやきを発した。

「それを手にいれるために、あなたはいろいろと無理をなさいましたな、自治領主閣下。ご自分が時間をかけたわけでもないのに、私にはそうしろとおっしゃる。矛盾ですな。お忘れなく、私はあなたの息子なんですよ」

地上車《ランド・カー》に乗って走りさる息子の姿を、ルビンスキーはモニターTVの画面をつうじて見送った。彼はメイドも呼ばず、自分の手でドライジンとトマトジュースをカクテルして、グラス一杯の〝ブラッディ・カザリン〟をつくった。

「ルパートはおれに似ている……」

つまり、野心も覇気も充分すぎるほどあり、しかも目的は手段を正当化すると信じているということだ。冷静に思考し、計算し、必要とあらばなんのためらいもなく、目的への最短距離をとり、障害物を排除するだろう。

そのような危険な人物は、遠くにおいて自由に行動させるより、ちかくで監視すべきだろう。だからこそ、ルビンスキーは、彼を補佐官に任命したのだ。

あるいはルパートの資質は、父親を凌駕《りょうが》しているかもしれない。だが、二〇年以上の経験の差は、才能だけでは容易に埋めつくすことはできないものだ。それを埋めるため、ルパートは絶大な努力をはらわなくてはならないだろう。その結果、彼がなにを手にいれることになるのか、まだ誰にもわからない……。

Ⅲ

わずか七〇〇隻あまりにまで撃ち減らされたイゼルローン回廊派遣軍は、ロイエンタールとミッターマイヤーの両提督にまもられて、帝都オーディンへと帰還してきた。総司令官ケンプ大将を失い、ガイエスブルク移動要塞を失い、一万五〇〇〇隻以上の艦艇と一八〇万以上の将兵を失っての、無残な帰還だった。

過去の帝国軍はともかく、ラインハルトと彼の部下が、これほどまでに一方的な敗北をこうむった例はない。アムリッツァにおけるビッテンフェルト提督の失敗も、全体の勝利のなかでの小さな傷であるにすぎなかった。ミッターマイヤーとロイエンタールは、深追いしてきた敵にしたたかな逆撃をくわえて、戦術の妙をしめしはしたが、作戦全体の失敗を回復することはできなかった。

ローエングラム公爵の、傷つけられた誇りが、雷霆《らいてい》となって、おめおめと生還した副司令官ナイトハルト・ミュラーの頭上に落ちかかるであろうことを、多くの者が予測した。

そのミュラーは、血のにじんだ包帯を頭部にまいたままの姿で元帥府におもむき、ラインハルトの前にひざまずいて罪を謝した。

「小官こと、閣下より大命をおおせつかりながら、任務をはたすことかなわず、主将たるケンプ提督をお救いすることもできず、多くの兵を失い、敵をして勝ち誇らせました。この罪、万《ばん》死《し》に値しますが、おめおめと生きて還りましたのは、ことのしだいを閣下にお報せし、お裁きを待とうと愚考したからであります。敗戦の罪はすべて小官にありますれば、部下たちにはどうか寛大なご処置をたまわりたく――」

深々と頭をさげたとき、包帯の端から赤い流れが生じて頬を伝わった。

ラインハルトは、しばらくのあいだ、敗残の提督を冷たい瞳で凝視していたが、息をのむ近臣たちの前で、やがて言葉を発した。

「卿《けい》に罪はない。一度の敗戦は、一度の勝利でつぐなえばよいのだ。遠路の征旅、ご苦労であった」

「閣下……」

「私はすでにケンプ提督を失った。このうえ、卿《けい》まで失うことはできぬ。傷が全快するまで静養せよ。しかるのちに、現役復帰を命じるであろう」

ミュラーは片ひざをついたままさらに深く頭をさげたが、不意に前にのめると、そのまま床に倒れこんだ。長きにわたって心身の苦痛と緊張にたえつづけてきた彼は、気がゆるんだ瞬間、失神したのであった。

「病院へはこんでやれ。それから、ケンプは昇進だ。上級大将の称号を贈ってやれ」

ラインハルトが命じると、彼の親衛隊長となったキスリング大佐が、部下に合図してミュラーを病院へはこばせた。人々は安堵し、若い主君が度量の広い人であることを喜んだ。

じつは、ラインハルトは、部下の惨敗を知って、最初は激怒したのである。戦況が不利になり、撤退のやむなきにいたることはあっても、全兵力の九割までも失うとは予想していなかった。彼はその報を聞いたとき、ワイングラスを床にたたきつけて書斎にこもってしまったのだ。ミュラーに厳罰をくわえてやるつもりだった。だが、胸のペンダントが鏡に映ったとき、彼は亡きジークフリード・キルヒアイスのことを想いだしたのである。アムリッツァ会戦のとき、ビッテンフェルトの失敗を赦すよう進言したキルヒアイスが、もし生きていれば、ミュラーも赦すようラインハルトに頼んだにちがいない。

「……そうだな、ミュラーのような男はえがたい存在だ。無益な戦いで死なせるような愚行はやめよう。それでいいだろう、キルヒアイス？」

ミュラーにたいしては寛容をしめしたラインハルトであったが、科学技術総監シャフト技術大将にたいしては、まったくべつであった。彼はシャフトを呼びつけると、

「弁解があれば聞こうか」

と、最初から糾弾の姿勢をみせた。シャフトは自信満々でそれに応じた。

「お言葉ながら、閣下、私の提案にミスはございませんでした。作戦の失敗は、統率および指揮の任にあたった者の責任でございましょう」

ミュラーさえ赦されたではないか、と言いたげであった。

美貌の帝国宰相は低い冷笑で彼にむくいた。

「いたずらに舌をうごかすな。誰が卿にたいして敗戦の罪を問うと言ったか。ケスラー！　ここへ来て、こいつに自分の罪状を教えてやれ」

靴音とともにひとりの将官が歩みでた。

ラインハルトによって、この年から憲兵総監兼帝都防衛司令官に任命されたウルリッヒ・ケスラー大将が鋭角的な顔を科学技術総監にむけ、鼻白んだようすの相手に、厳格な態度で申しわたした。

「シャフト技術大将、卿を収監する。罪状は収賄《しゅうわい》および公金横領、脱税、特別背任、軍事機密の漏洩《ろうえい》だ」

六人の屈強な憲兵が、すでにシャフトの周囲に威圧的な制服の壁をつくっていた。

科学技術総監の顔が、火山灰土を塗りたくられたような色に変わった。それはあきらかに冤《えん》

罪《ざい》への恐怖からではなく、秘められた事実を暴露されたことによるものだった。

「証拠は……」

そう言いかけたが、虚勢もそれが限度だった。左右から憲兵に腕をとられると、彼は意味不明のわめき声をあげてもがいた。

「つれていけ！」

ケスラーが命じた。

「くずが！」

遠ざかるわめき声を聞きながら、ラインハルトは嫌悪をこめて吐き棄てた。蒼氷色《アイス・ブルー》の瞳には、ひとかけらの同情も浮かんでいなかった。彼は、退出しようとするケスラー大将を呼びとめて命じた。

「フェザーンの弁務官事務所にたいする監視を強化しろ。それと悟られてもかまわない。そのことじたいが奴らにたいしての牽制となるだろう」

不要の存在となったシャフトを、フェザーンが切り捨てたのだ、という事実を洞察するのは、ラインハルトにとって困難ではなかった。あたえられた契機を利用して、彼は、科学技術総監部のにごった古い血をいれかえることにしたのである。だが、それとはべつに、フェザーンの動向を看過するわけにはいかない。シャフトが不要になったのは、フェザーンが所定の目的を達したか、ことなるルートを開発したか、いずれにせよ、えるところがあったからこそ、いっぽうでは廃物を捨てたのである。

「フェザーンの拝金主義者ども、なにを考えているのか……」

不安はないが、不審はぬぐいきれなかったし、フェザーンの計画なり陰謀なりを楽々と成功させるのは快いものではなかった。

Ⅳ

カール・グスタフ・ケンプ〝上級大将〟の家を訪れ、彼の死を家族に伝える役目は、帝国軍統帥本部次長エルネスト・メックリンガー大将にあたえられた。芸術家でもあるメックリンガーは、充分な覚悟をもってその任にあたったのだが、夫人がこらえきれずに泣きだし、八歳の長男がけんめいに母親を力づける光景を見ると、心にひるみをおぼえずにいられなかった。

「母さん、母さん、泣かないでよ。父さんの讐《かたき》はきっとぼくが討つから。ヤンとかってやつを、きっとぼくがやっつけてあげるよ」

「やっつけるよ!」

と、意味もよくわからず、五歳の弟が唱和した。

いたたまれず、メックリンガーはケンプ家を辞した。ケンプは上級大将に昇進し、帝国軍葬をもってほうむられ、いくつかの勲章が授与される。遺族が生活にこまることは絶対にない。しかし、どのような栄誉や報償をもってしても、埋めあわせることが不可能なものは、たしかに存在するのだった。

ラインハルトの心に埋めがたい空洞があることは、ヒルデガルド・フォン・マリーンドルフにはわかっていた。困難なことではあるが、それを埋めるようにしなければ、ラインハルトの人格はついに崩壊するのではないか、とすら、ヒルダは危惧している。

ある日の昼食の席で若い金髪の帝国元帥は言った。

「奪ったにせよ、きずいたにせよ、最初の者は賞賛をうける資格がある。それは当然だ」

その点は、ヒルダもまったく同感だったので、心からうなずいた。

「……だが、自分の実力や努力によることなく、たんに相続によって権力や富や名誉を手にいれた者が、なにを主張する権利をもっているというのだ？　奴らには、実力ある者にたいして慈悲を乞《こ》う道が許されるだけだ。おとなしく歴史の波に消えていくことこそ、唯一の選択だ。血統による王朝などという存在じたいがおぞましいと私は思う。権力は一代かぎりのもので、それは譲られるべきものではない、奪われるべきものだ」

「すると、宰相閣下は、ご自分の地位や権力を、お子さまにお継がせにはならないのですね」

若い帝国宰相は、背後でいきなり大声をあげられたような表情でヒルダを見やった。自分が父親になる、などという想像は、この若者にとって意外すぎるものであったことはうたがいえない。彼は、ヒルダから視線をそらすと、なにか考えていたが、

「私の跡を継ぐのは、私とおなじか、それ以上の能力をもつ人間だ。そして、それは、なにも

私が死んだあととはかぎらない……」

そう言ったとき、ラインハルトの秀麗な顔に、青白い微笑がひらめいて消えた。それを見て、ヒルダが連想したのは、寒気のなかを乱舞するダイヤモンド・ダストの光彩だった。まぶしいほどに美しく——だが、明るくも温かくもない、微細な氷の霧。

「……私を背後から刺し殺して、それですべてが手にはいると思う人間は、実行してみればいいんだ。ただし、失敗したらどんな結果がもたらされるか、その点には充分な想像力をはたらかせてもらおう」

ほとんど音楽的なひびきをおびた声で語られたにもかかわらず、ラインハルトの言葉には、聞く者に悪寒を感じさせるなにかがあった。言い終えたラインハルトは、桃色葡萄酒《ヴァン・ローゼ》を飲みほした。赤毛の友を失って以来、彼はあきらかに酒量がふえていた。

ヒルダは沈黙していた。無機質の仮面がひび割れたその下に、ラインハルトの孤独をかいま見たような思いがした。分身ともいうべき存在であったジークフリード・キルヒアイスを失い、姉アンネローゼには去られ、歳月と心を共有してきた相手を、いまやもたないラインハルトだった。有能で忠実な部下たちはいても、彼らにたいしてラインハルトは心をどこか閉ざしている。それをよしとする者もいるにはいる。オーベルシュタインだ。

オーベルシュタインが必要としているのは、彼の構想と権謀術数を、情に流されることなく、精密機械の正確さで実行してのける人物なのであろう。極端に表現すれば、ラインハルトはオーベルシュタインにとって道具であるにすぎないのではないか。その〝道具〟が宇宙を征服し、人類社会を統一して、権勢と栄華の頂点に立つことを、オーベルシュタインは満足して見まもるにちがいない。その満足感は、完璧な技巧をこらした作品を完成させた芸術家のそれと、たぶん異質なものではないはずだ。ラインハルトという比類ない画筆をふるって、時間と空間の織りなす広大なキャンバスに、画家オーベルシュタインは壮麗な歴史画を描きあげる……。

姉アンネローゼと亡きジークフリード・キルヒアイスにむけられたラインハルトの想いは、オーベルシュタインにとって忌避すべきものであったろう。それは覇者にとってあるまじき甘さ、脆弱《ぜいじゃく》さとオーベルシュタインの義眼には映ったのだ。

「君主は臣下にとって恐怖と畏敬の対象であるべきだ。親愛の対象であるべきではない……」

そう主張した古代の思想家がふたりいたことを、ヒルダは大学で学んだことがある。名はたしか韓非《かんぴ》とマキャベリだった。数千年の時空を超えて、オーベルシュタインはその思想の忠実な実践者たらんとのぞんでいるのだろうか。おそらく彼は、歴史上空前の覇者を、この銀河系に誕生させるであろう。しかし、そのいっぽうで、ひとりの本来多感であるはずの若者の感性を破滅させてしまうかもしれない。あらたな覇者の出現が、けっきょくルドルフ大帝の拡大再生産を意味するとすれば、それはラインハルト個人の不幸にとどまらず、人類全体にとっても、歴史にとっても、幸福とはなりえないであろう。

ヒルダはかるい頭痛を感じた。それには、一閃の戦慄がふくまれていた。自分はオーベルシュタインを相手どって闘うことになるかもしれない、との思いがその戦慄を呼んだのである。さけることのできない闘いなら、闘って、そして勝たなくてはならない——ヒルダは自分自身の決意を確認した。ラインハルトは〝ルドルフ二世〟になってはならないのだ。ラインハルトはラインハルト自身であらねばならない。その欠点や弱点もふくめて、ラインハルトがラインハルト自身でありつづけることは、どれほど貴重なことであろうか！

「決意はりっぱだけどね、ヒルデガルド・フォン・マリーンドルフ……」

樫材《かし》でふちどられた古風な鏡に、かるく上気した彼女の顔が映っている。活力と知性に富んだブルーグリーンの瞳にむけて、自宅にもどった彼女はしかつめらしく問いかけた。

「勝算はあるの？　決意だけで勝てるものなら、誰も苦労はしないわよ。そうね、彼の姉君グリューネワルト伯爵夫人にお目にかかる機会をつくることでしょうね。ああ、それにしても、キルヒアイス提督が健在なら、わたしなどがでしゃばる必要はないのだけど」

ヒルダは短くしてあるくすんだ金髪を、すんなりした指でかきあげた。死者を冥宮《めいきゅう》から呼びもどすことはできない。それにしても、若くして逝《い》った赤毛の若者は、今後どれほど人々になじつぶやきを発せさせることになるのだろうか。

「キルヒアイスが生きていたら！」

と……。

ヒルデガルド・フォン・マリーンドルフの従弟、ハインリッヒ・フォン・キュンメル男爵は、天蓋のついた豪華なベッドに病身を横たえていた。微熱がつづき、発汗がはなはだしく、その日だけで一〇枚以上もシーツを交換しなくてはならなかった。ベッドの傍にすわった侍女が、若い主人の心をなぐさめるために詩集を朗読していた。

「……わが心は翼あるにあらざるに……重力の掌を逃れ……大空を飛翔するをえたり……見捨てられし母星は、旧《ふる》き日は緑なれど……いまは鳥の声も絶え……」

「もういい！　さがれ」

烈しいが力強さに欠ける声が命じ、侍女は恐縮したように詩集を閉じ、礼もそこそこに部屋をでていった。ハインリッヒは、健康な者にたいするやりきれない憎悪をこめて、閉ざされたドアに目をやり、それだけで疲労を感じて呼吸をととのえた。

しばらくして、ハインリッヒは熱にうるむ瞳を壁ぎわの鏡にむけた。頬は病的な赤みをおび、汗の条《すじ》が咽喉から胸へとつたわっている。

自分はもう長くない、と、キュンメル男爵家の若すぎる当主は思った。一八歳の今日まで生き永らえたことが、むしろ不思議なのだ。子供のころは、夜を迎えるたびに、つぎの朝の光を見ることができるだろうか、という恐怖に心身をさいなまれたものだった。

死それじたいには、現在ではそれほどの恐怖を感じはしない。だが、死んだあと、人々の記憶から自分の姿が失われてゆくのがこわかった。死後一年もたてば、居館の使用人たちも、親族も、あの美しい聡明な従姉のヒルダでさえ、ハインリッヒという虚弱な若者のことなど忘れさっているのではないか。

いったい自分はなんのために生きてきたのだろう。召使の手を借りて食事や洗顔をし、医師に治療費を支払い、ベッドの天蓋をながめて、短い生涯を終わるのか。なにひとつこの世に生みだすこともなく、この世に生きた証をたてることもなく、むなしく消えさってしまわねばならないのだろうか。世の中には、彼とおなじ一八歳で提督となり、二〇歳で元帥に叙せられ、二二歳で帝国宰相の座にあり、なおも無限の未来へむかって歩みつづける者もいるというのに、なぜ彼は不公平な運命の軛《くびき》につながれたまま死にいたらねばならないのか。

汗で湿った枕に、ハインリッヒは肉の薄い白い横顔をおしつけた。このままでは死なない。このままでは死ねない。なにかひとつのことをやってから、生きていたという証を歴史のうえに残してからなら、彼は満足して死ねるのだ……。

ケンプの帝国軍葬がおこなわれた日の夕方、ウォルフガング・ミッターマイヤーは、一本の白ワインをさげて、僚友オスカー・フォン・ロイエンタールのひとりずまいの官舎を訪れた。ロイエンタールはなにか考えごとをしていたようだったが、喜んで彼を居間にむかえ、グラスをかさねた。客のほうは、酒の合間に世間話でもするつもりだったのだが、主人のほうは奇妙に酔いがまわったらしく、驚くべきことを言いだしたのである。

「聞いてくれ、ミッターマイヤー、貴族どもを打倒し、自由惑星同盟《フリー・プラネッツ》を滅ぼし、宇宙を手にいれるのは、ローエングラム公とおれたちとの共通の目的であり、共通の作業だと、おれは以前には思っていたが……」

「ちがうというのか」

「このごろ、おれは思うのだ。部下とは、あのかたにとって便利な使い捨ての道具にすぎないのかもしれないとな。ジークフリード・キルヒアイスは、むろんべつだ。彼以外の部下は、公爵にとって、どうでもよい存在なのではないか。ケンプを見ろ。おれはべつにケンプに同情はせんが、無益な戦いで、文字どおり使い捨てされたようなものだ」

「だが、公爵はケンプの死を悼《いた》み、敗戦したにもかかわらず、上級大将に昇進させた。遺族には充分な年金があたえられることにもなったではないか」

「そこだがな、こうも考えられるだろう。ケンプは死んだ。死者には涙と名誉をあたえればそれですむ。だが生きている者には、もっと実質的なものを――権力とか富とかをあたえねばならん。あのかたは、はたしてそれができるか、と、おれはうたがっている」

ミッターマイヤーは、ワインの酔いにほてった顔をひとふりして反論した。

「おい、卿《けい》はそう言うがな、昨年の秋だ、ジークフリード・キルヒアイスがあのような死にかたをして、公が放心状態にあったとき、公にかならず立ちなおっていただく、と言ったのは卿ではなかったか。あれは本心ではなかったのか」

「本心だったさ、あのときはな」

ロイエンタールの金銀妖瞳《ヘテロクロミア》が、左右でことなる光を放った。

「だが、おれは生まれたときから正しい判断と選択のみをかさねて今日にいたったわけではない。いまはそうではないが、いつかその選択を後悔するようなときがくるかもしれない」

ロイエンタールが口を閉ざすと、重苦しい沈黙が無形の檻となって、ふたりの青年提督を閉じこめた。

「聞かなかったことにしておこう」

ミッターマイヤーはやがて言った。

「めったなことは口にしないほうがいいぞ。オーベルシュタインの耳にでもはいったら、粛清の対象にもされかねん。ローエングラム公は一代の英雄だ。おれたちはあのかたの手足になってうごき、それ相応の恩賞をいただけばいい。おれはそう思っているがね」

やがて友人が辞去すると、ロイエンタールはひとりソファーにすわってつぶやいた。

「ふん、またしても、おれとしたことが……」

にがにがしげな光が、金銀妖瞳にやどっていた。以前、母親について語ったときもそうだが、酒量がふえると、ロイエンタールはミッターマイヤーに多くを語りすぎてしまう。まして今度は、彼の心のなかでかならずしも熟してはいない考えを、誇張して話してしまった。それは昨年、ラインハルトから「自信があるなら挑んできてかまわないぞ」と言われて以来、胸の底に沈澱《ちんでん》していた思いではあったのだが……。

ロイエンタールは黒と青の瞳を窓外へむけた。薄明がゆるやかに舞いおりつつある。ほどなく人々の頭上に、金粉をちりばめたダーク・サファイアの天蓋がおおいかぶさるであろう。

宇宙を手にいれる、か――。

心のなかで言ってみる。現在の人類の能力と実績からすれば誇大な言種《いいぐさ》だが、それには奇妙に血を騒がせるなにかがあるように思えた。

かつてラインハルト・フォン・ローエングラムは――彼の若い主君は――ジークフリード・

キルヒアイスにむかって言ったという。ルドルフ大帝にやれたことがおれにはできないと思うか、と。それを敷衍《ふえん》すれば、彼、オスカー・フォン・ロイエンタールにも、こう言う資格があるだろう――ローエングラム公ののぞんだことが、おれにはのぞめないのか、と。彼はまだ三一歳だった。地位は銀河帝国軍上級大将。元帥の座は、手のとどくところにある。ルドルフ大帝が三一歳だった当時より、はるかに最高権力の座にちかいのだ。

いずれにせよ、これはきわめて不穏な言である。ミッターマイヤーはけっして他人には洩らさないだろうが、明日にでも冗談にまぎらわせておく必要があるかもしれない。

いっぽう、帰宅途中のミッターマイヤーは、酸味の強すぎるコーヒーを飲んだような気分だった。記憶が消せない以上、ロイエンタールの発言は、酒のせいだと思いこみたかったが、自分をだますことはできなかった。

あたらしい時代とは、あたらしい不和をもたらす時代ということなのであろうか。それにしても、よりによって親友のロイエンタールが、あれほどの不満と不信を主君にたいしていだいていたとは。それが直接、破局にむすびつくことはないであろうけれども、たとえばオーベルシュタインなどに目をつけられるような行為はつつしんだほうがよかろうに。

自分は単純なのだろうか、と、ミッターマイヤーは思う。彼は知的水準が高いが、戦場で敵を倒す以外のことにあまり頭脳を使いたくないのだった。味方どうしの権力闘争など、おぞましいかぎりである。ふと、彼は、敵のことを考えた。彼らにも悩みはあるのだろう。ヤン・ウエンリーなる男はいまごろなにをしているのか。戦勝パーティーで、美女を相手にダンスでもしているのだろうか……。

V

ミッターマイヤーの想像は外《はず》れた。

自由惑星同盟《フリー・プラネッツ》をまたしても存亡の危機から救った英雄は、くしゃみを連発しながらベッドで横になっていた。原因は過労であったろうが、根絶不可能の病気——風邪をひきこんでしまったのである。もっとも、それを幸いとしたふしもあるが、彼は戦勝祝賀会もキャゼルヌ、フレデリカ・グリーンヒル、シェーンコップ、メルカッツらの手にゆだね、官舎にもどってベッドにもぐりこんでしまった。准尉に昇進が予定されているユリアン少年が、傍についている。彼は、初陣につづいて、この一連の戦闘でも敵機を撃墜したし、なによりも、帝国軍の作戦を看破したということが、上官たちの推薦をうける理由になったのだ。ヤン自身はといえば、高級士官人事のバランスの面で、今回も元帥への昇進はなく、勲章があたえられるだけのようである。

「ホットパンチをつくりましょう。ワインに蜂蜜とレモンをいれて、お湯で割って。風邪にはいちばんですよ」

「蜂蜜とレモンとお湯を抜いてくれ」

「だめです！」

「たいしたちがいはないじゃないか」

「じゃ、いっそ、ワインを抜きましょうね」

「……お前、四年前に家《うち》に来たときは、もっと素直だったよ」

「ええ、ぼくがこうなったのも、後天的な原因によるのです」

すましてユリアンが応戦すると、反論に窮したヤンは、壁のほうをむいて、ぶつぶつ文句を言いはじめた。

「ああ、なににもいいことのない人生だった……。いやな仕事はおしつけられるし、恋人はいないし、せめて酒でも飲もうとすれば叱られるし……」

「風邪ぐらいで気分をださないでください！」

ユリアンは大声をあげたが、それはつい甘くなる表情をひきしめるためだった。こんな会話を、二カ月以上もかわさずにすごしてきたのだ。よくそんなことができたものだという気がする。ヤン家に来て以来の、それは欠かせない習慣だった。キッチンでホットパンチをつくって、彼は風邪の患者に手わたした。

「お前、いい子だよ」

不見識にも、ひとくち飲んだヤンは、たちまち前言をひるがえした。少年がつくってくれたホットパンチは、かぎりなく生《き》のワインにちかいものだったのだ。ベッドの上に毛布にくるまってすわりこみ、満足そうに〝温かい風邪薬〟をすする黒い髪の若い提督を、亜麻色の髪の少年はしばらく見つめていたが、決心したように声をかけた。

「ヤン提督……」

「なんだい」

「ぼく、正式に軍人になりたいんです」

「…………」

「許可をいただけますか？　もし、どうしてもだめだということなら……あきらめます」

「どうしてもなりたいのかい」

「はい、自由と平等をまもる軍人になりたいんです。侵略や圧政の手先になるような軍人ではなくて、市民の権利をまもるための軍人にです」

「あきらめると言ったけど、あきらめてどうするんだ？」

「わかりません。いえ、そのときは、提督がなれとおっしゃるものになります」

ヤンはホットパンチが半分ほど残っているコップを掌のなかでくるくるまわした。

「お前、最初から、だめと言われることなんて考えてないだろう？」

「そんなことありません！」

「一五年の時間差を甘く見るな。それくらいお見とおしだ」

えらそうにヤンは言ったが、なにしろパジャマ姿なので、本人が思っているほど威厳はない。

「……すみません」

「しようがないな。そんな表情《かお》をされたら、だめだなんて言えないじゃないか。わかった。お前ならこまり者の軍人にはならないだろう、なりたいものになりなさい」

少年の、ダークブラウンの瞳がかがやいた。

「ありがとうございます！　ありがとうございます、提督！」

「……しかし、そんなに軍人になりたいかねえ」

ヤンは苦笑せざるをえない。

どのような宗教でも、どのような法律でも、基本となる項目は古来さだまっている。殺すなかれ。奪うなかれ。あざむくなかれ――

ヤンはみずからをかえりみる。どれほど多くの敵と味方を殺し、どれほど多くのものを奪い、どれほどの回数にわたって敵をあざむいたことか。それが現世において免罪されているのは、たんに、国家の命令にしたがったから、という一事によるにすぎない。まことに、国家というものは、死者をよみがえらせる以外のことは、すべてなしうる力を有している。犯罪者を免罪し、その逆に無実の者を牢獄《ろうごく》へ、さらに処刑台へと送りこみ、平和に生活する市民に武器をもたせて戦場へとかりたてることもできるのだ。軍隊とは、その国家において、最大の組織された暴力集団なのだ。

「なあ、ユリアン。あんまり柄《がら》にない話をしたくはないんだが、お前が軍人になるというのなら、忘れてほしくないことがある。軍隊は暴力機関であり、暴力には二種類あるってことだ」

「いい暴力と悪い暴力？」

「そうじゃない。支配し、抑圧するための暴力と、解放の手段としての暴力だ。国家の軍隊というやつは……」

ヤンは、かなりさめてしまったホットパンチの残りを飲みほした。

「本質的に、前者の組織なんだ。残念なことだが、歴史がそれを証明している。権力者と市民が対立したとき、軍隊が市民の味方をした例はすくない。それどころか、過去、いくつもの国で、軍隊そのものが権力機構と化し、暴力的に民衆を支配さえしてきた。昨年も、それをやろうとして失敗した奴らがいる」

「でも、提督は軍人だけど、それに反対なさったでしょう？　ぼくは提督みたいな軍人になりたいんです、せめてこころざしだけでも」

「おいおい、そいつはこまる。私のこころざしは、ほんとうは軍隊にはないんだ、ということ、お前はよく知っているはずじゃないか」

剣よりペンが絶対に強い、と信じるヤンであった。真理などめったに存在しない人間社会で、これだけは数すくない例外だと思っているのだ。

「ルドルフ大帝を剣によって倒すことはできなかった。だが、吾々は彼の人類社会にたいする罪業を知っている。それはペンの力だ。ペンは何百年も前の独裁者や何千年も昔の暴君を告発することができる。剣をたずさえて歴史の流れを遡行《そこう》することはできないが、ペンならそれができるんだ」

「ええ、でもそれはけっきょく、過去を確認できるというだけのことでしょう？」

「過去か！　いいかい、ユリアン、人類の歴史がこれからもつづくとすれば、過去というやつは無限に積みかさねられてゆく。歴史とは過去の記録というだけでなく、文明が現在まで継続しているという証明でもあるんだ。現在の文明は、過去の歴史の集積のうえにたっている。わかるかい？」

「はい」

「……だから私は歴史家になりたかったんだ。それが最初のボタンをかけまちがえたばかりに、このありさまだものなあ」

ため息とぐちが同時にでてしまう。

「でも、歴史をつくる人がいなければ、歴史を書く人の存在価値はなくなるじゃありませんか」

少年が言うと、ヤンはもういちど苦笑し、少年にカップをさしだした。

「ユリアン、さっきのホットパンチ、あれをもう一杯つくってくれないか、じつにうまかった」

「はい、すぐに」

キッチンへと立っていくユリアンの背中をながめたヤンは、視線を転じて天井を見あげた。

「まあ、なかなか思いどおりにはいかないものさ。自分の人生も他人の人生も……」

Ⅵ

ヤンをはじめとするイゼルローン要塞と駐留艦隊の幹部たちに、勲章を贈ることが決定されたあと、自由惑星同盟《フリー・プラネッツ》政府では、小規模な人事異動がおこなわれた。国防委員長のネグロポンティが辞表を提出し、アイランズがそれにかわったのである。いずれにしても、トリューニヒト議長の影響がいちじるしく強い政治家であり、これによって軍事政策の変更がなされる可能性は皆無といってよかった。新任のアイランズ委員長は、引責辞任した前任者ネグロポンティのいさぎよい出処進退をほめたたえ、その政策を全面的にひきついでいくことを表明した。それに心なぐさめられたかどうかは、判断が微妙なところだが、ネグロポンティはたしかに表面いさぎよく国防委員長の座を去り、国営水素エネルギー公社の総裁になった。

新任のアイランズ委員長が最初にやった仕事は、フェザーンから派遣された弁務官ブレツェリのもとを訪れ、軍需物資の輸入にまつわるリベートの件で談合することだった。その件が無事にすんで雑談になると、辞任したネグロポンティが、ヤン・ウェンリー相手の査問会で失敗したことを、アイランズはしゃべった。その話のなかで、アイランズは、ネグロポンティの意図が軍人の専横《せんおう》をふせぐことにあったのだ、と美化して語った。

「いろいろうかがいましたが、要するに、あなたがたは、理由さえあればヤン・ウェンリーをやめさせたい。しかし、やめたあと、彼が政界に進出して、あなたがたの権力の牙城を揺るがしてはこまる、というわけですな」

ブレッェリは、ことばを飾ろうという努力をみせず、度のすぎた率直さでアイランズの真意をついた。アイランズはいささか閉口し、ヤン個人がどうということではなく、軍人の政界進出を抑制したいのだ、と答えた。

「そういうことなら、法律をつくればよろしい。なんのための権力ですか。自分がつくった法律や規則を、万人が順守しなければならない。その娯《たの》しみ、金銭で買えない娯しみがあればこそ、大金を投入しても権力をにぎろうとなさるのでしょう。ちがいますか」

「おっしゃるものですな……」

アイランズは、でてもいない顔の汗をハンカチでぬぐった。不快な表情を隠すためである。その不快感のゆえんは、相手の口調があまりに露骨であること、にもかかわらず真実の一端を的確についていること、その双方であった。

とにかく、フェザーン弁務官の提案じたいは、魅力的なものであったので、アイランズは礼を述べて、注進するためにトリューニヒトのもとへ急いだ。

隣室にひかえていたボリス・コーネフは唾を吐こうとしたが、あまりに磨きあげられた床だったので、断念してのみこんでしまった。

なんという汚濁にみちた世界であろう。彼が独立商人としていままですごしてきた世界は、それなりにかけひきや策略はあったものの、対立者を制するのに政治権力を利用するような者は、侮蔑の対象となっただけ、より正々堂々とした世界であったと思う。それが、弁務官オフィスの一員となってから、この種の話ばかりに接している。長くたえるつもりは最初からなかったが、そろそろ限界かもしれなかった。

五月も終わりかけたある日、フェザーンでは自治領主《ランデスヘル》ルビンスキーがひとつの決断をくだした。

「ケッセルリンク!」

自治領主は呼んだ。若い補佐官が姿をあらわし、うやうやしく一礼する。

「例の計画、準備は充分にととのっているだろうな」

自信にみちた微笑が応えた。

「万全です、閣下」

「よろしい。では計画を発動する。そのむね、実行グループに伝えろ」

「かしこまりました。それにしても、閣下、この計画が成功した結果、ローエングラム公ラインハルトとヤン・ウェンリーとが、全能力をあげて衝突したら、どちらが勝つのでしょうか」

「わからんな。だが、それだからこそ興味深い。そうではないかね」

「おっしゃるとおりです。では実行グループに命令を伝えてまいります」

あの夜以来、父親と息子の間柄は、親密さをましたりしなかった。双方が承知のうえで、上司と部下としての関係をたもとうとしているのだ。自分のオフィスにさがった補佐官は、画像送信機能を消したTV電話《ヴイジホン》のスイッチをいれ、受信を確認してから命令を伝えた。

「こちらは狼の巣……たったいま、怪狼《フエンリル》は鎖から放たれた。くりかえす。フェンリルは鎖から放たれた」

なんという幼稚な暗号であろう、と、ルパート・ケッセルリンクは思うのだが、彼自身の言語的センスは、このさい関係ない。誰が言ったのか外部には判明せず、相手につうじればよいのである。

さて、鎖から放たれたフェンリルは、赤い巨大な口をあけて、誰を食い殺すことになるのだろうか。辛辣な笑いが、若い補佐官の顔をいろどった。犬ならぬ狼であれば、飼主に襲いかかることもあろうものを……。

もと銀河帝国軍大佐レオポルド・シューマッハは、あたえられた偽名のパスポートを、もういちど確認した。それは正式にフェザーン自治政府から発行されたものだが、別人の名義になっているのだ。

この計画に成功すれば、フェザーンの永住権、市民権のみならず、充分な富が報酬として約束されることになっていた。

もっとも、シューマッハは、フェザーンの若い補佐官の約束などを、全面的に信じてはいなかった。フェザーン自治政府にたいしても、ケッセルリンク補佐官自身にたいしても、彼は強烈な不信感をいだいており、その考えを修正する気は、さらさらなかった。だが、彼自身よりむしろ部下たちにくわえられる報復のことを思うと、ここは計画にのるしかなかった。フェザーンが彼を利用する気なら、彼もフェザーンを利用してやるだけのことだ。それにしても、ふたたび帝都オーディンの土を踏むことになろうとは……。

「いこうか、大佐」

　同行するランズベルク伯アルフレットが明るい声で言い、うなずいたシューマッハはフェザーン宇宙港のオフィスにむかってゆっくりと歩きはじめた。

……宇宙暦《SE》七九八年、帝国暦四八九年は、まだその前半を終えただけである。銀河帝国と自由惑星同盟《フリー・プラネッツ》の双方を驚愕させる事件が発生するまで、なお一カ月を必要とした。

大いなる歴史を知る歓び

細谷正充

　歴史を語るとは、過去を語ることである。すでに確定された事象を語るということである。結果から逆算して、人物の言葉や行動に意味を見出すなんて朝飯前。したり顔で月旦《げったん》できるというものである。意地悪くいってしまえば、歴史を語ることは、どうしても後出しじゃんけんになってしまうのだ。しかし、だからこそ、語れることがあるのも事実である。そこでこの解説では、まず田中芳樹のデビュー作を、後出しじゃんけんで語ってみたい。

　田中芳樹は、探偵小説専門誌《幻影城》の第三回幻影城新人賞に李家豊《りのいえゆたか》名義で投じた「緑の草原に……」で、商業デビューを果たした。一九七八年一月号に、連城三紀彦の「変調二人羽織」、亜《あ》城白人《じろはくと》の「蒼月宮《そうげつきゅう》殺人事件」と並んで掲載されたこの作品は、すでに人類が統一され、宇宙に飛び出した未来を舞台にしたSFミステリであった。選評では、まとまりのよさや、文章の読みやすさが評価されている。だが一方では辛口の意見もあり、中井英夫は「あえて（応募作の）欠点だけを拾」うとして、

『『緑の草原に……』』はなぜSFでなければならないのかが第一の疑問で、それも手法はずいぶんと古めかしい。さらに国家がなくなって二世紀も経つ時代を設定しながら、まだドアのチャイムが鳴ったりウイスキーで酔っぱらったりという未来社会への展望がなさすぎる点が閉口である」

といっている。しかし現時点から振り返ってみるならば、いささか的外れであることが分かるだろう。中井のいう〝ドアのチャイムが鳴ったりウイスキーで酔っぱらったり〟することは、作者の未来社会への展望のなさを示したものではない。どんなに時間が経とうが、宇宙へ進出しようが、そんなに簡単に社会様式や人間行動は変わらないという、作者の確固たる信念に基づく描写だったのである。だから『銀河英雄伝説』のヤンは、自分の責任が重くなるにつれ酒量が増え、ユリアンに心配されたりするのだろう。根源的な部分で、現在の社会や人間が、数千年前のそれと変わらないように、数千年先の社会や人間も変わらない。『銀河英雄伝説』ではっきりと現われる、社会や人間に対する作者の認識は、最初からひそやかに表明されていたのだ。

かくして田中芳樹はデビューした。それから数ヵ月後のことである。《幻影城》に、同誌の新人作家による、書き下ろし単行本の近刊予告が載った。その中に、〈超戦士シリーズ・第一作〉とうたわれた、作者の『銀河のチェス・ゲーム』もあった。せっかくだから、そこに掲載されていた粗筋を引用しておこう。

「時は37世紀。人類統一政体は汎恒星連合と称され、スピカ系第四惑星アタラシアに首都が置かれていた。その宇宙港に地球から一人の少年が下りた。少年の名はリューク。最高幹部会議に招かれたこの超能力者を待っているのは? 広大無限の銀河を舞台にくりひろげられる、SF界の新星・李家豊の雄大なスペース・オペラ」

これはこれで面白そうだが、肝心の《幻影城》が潰れてしまい、最初の長篇は幻に終わる。だが、またもや後出しじゃんけんの結果論でいうならば、これは作者にとって幸運であった。なぜなら、この作品が幻になったことにより『銀河英雄伝説』が誕生したのだから……。当時の事情については、第二巻の大森望の解説に詳しいので、そちらを参考にしていただきたい。

ふう、やっと『銀河英雄伝説』にたどり着いた。本書は『銀河英雄伝説』の第三巻である。一九八四年四月、トクマ・ノベルズの一冊として刊行された。副題に〝雌伏篇〟とあるように、前巻で起きた銀河帝国・自由惑星同盟の内乱もそれぞれ治まり、新たな対決に向かうまでの狭間の時期が扱われている。といっても物語が停滞しているわけではない。帝国軍科学技術総監アントン・ヒルマー・フォン・シャフト技術大将の発案により、ラインハルトと貴族連合軍の決戦場となったガイエスブルク要塞をワープさせ、イゼルローン要塞の前面に出現させるという、とんでもない計画が描かれているのだ。要塞対要塞という、前代未聞の戦い。しかもイゼルローン要塞を預かるヤン・ウェンリーは、首都ハイネセンに召喚されて留守であった……。いやもう、どこが雌伏だといいたくなる怒濤の展開、怒濤の面白さである。

また本書で、ヤンの養子のユリアン・ミンツが、初陣《ういじん》を飾っているのも注目すべきポイントであろう。ヤンやイゼルローン要塞の面々の薫陶《くんとう》を受け、戦いの中で成長していくユリアンの姿も、今後のシリーズの大きな読みどころだ。

そしてやはり『銀河英雄伝説』の楽しみといえば、作品全体に流れる歴史観である。現在の読者から見れば未来の出来事を、さらに未来の視点から、確定された過去の歴史として語る。このような手法は一九六〇年代に『星間文明史』という遠未来の歴史書をたびたび引用するという方法で光瀬龍も使っていたが、そこで光瀬が表現していたのは無常観であった。それに対して田中芳樹が表現しているのは、人間の連なりによって創られる歴史なのだ。本書の中で、ヤンがユリアンにいっている。

「人類の歴史がこれからもつづくとすれば、過去というやつは無限に積みかさねられてゆく。歴史とは過去の記録というだけでなく、文明が現在まで継続しているという証明でもあるんだ。現在の文明は、過去の歴史の集積のうえにたっている」(三二九〜三三〇ページ)

これこそが作者の歴史観といっていい。その歴史観に沿って、作者は未来を創出した。地球上に人類が生まれてから積み重ねてきた、長い長い歴史が、はるかな未来でルドルフという人物を産み落とし、それにより銀河帝国が生まれる。そのルドルフに抵抗する人々によって自由惑星同盟が作られる。やがてふたつの星間国家は戦争に突入し、いつ終わるとも知れぬ戦いを繰り広げる。こうした歴史の流れの中から、ヤン・ウェンリーやラインハルト・フォン・ローエングラムが、歴史の表舞台へと飛び出すのだ。さらにいえば、今、ここにいる私たちも、歴史の一部として『銀河英雄伝説』の中に存在する。その事実に感動せずにはいられないのだ。

また、そうした歴史観を強める、魅力的な語り口も見逃してはならないだろう。物語の中の事件や人物を、未来から振り返った文章だ。

「――のちに、ユリアンは保護者であったヤン・ウェンリーについて他人から問われると、つぎのように答えたものだ」（二三四ページ）

「結果としてミュラーは誤った。のちに帝国の歴史家がそれを非難し、ロイエンタールかミッターマイヤーであったら初志を貫徹してヤンを捕えるのに成功していただろう、と言ったことがある」（二五四ページ）

こうした文章に出会うたびに、ドキドキハラハラしながら読み進めている物語が、すでに結果の確定した過去のことであることを読者は知らされるのだ。巻を重ねるごとに増えていく、歴史の流れに思いを馳せる文章を読むことも『銀河英雄伝説』を読む醍醐味なのである。

悠久の時間の中で、またたくような一瞬を、人間の連なりによって創られる歴史として捉える。これはいうなれば、歴史小説の手法だ。

『銀河英雄伝説』に触れた多くの人が『三国志』を想起したが、それは帝国・同盟・フェザーンの三国の関係が『三国志』を下敷きにしているためだけではなく、物語そのものに歴史小説の匂いを嗅ぎつけたからであろう。もっとも作者自身は、執筆のときに意識したのは『三国志』ではなく『史記』の「列伝」だといっている。

中国前漢時代の歴史家・司馬遷が編纂した中国通史『史記』百三十巻中七十巻を占める「列伝」は、さまざまな人物の事蹟を取り上げた評伝だ。作者が『史記』の中でも、特に「列伝」

を意識していたことは、注目すべき事実である。なぜなら作者の歴史への興味が、人間への興味に他ならないことを証明しているからだ。人間がいるからこそ、歴史がある。『銀河英雄伝説』に登場する人々――主役クラスから名もない端役《はやく》まで――の誰もが魅力的なのは、作者にそのような強い想いがあるからなのである。

最後に『銀河英雄伝説』が創った、もうひとつの歴史の流れを見てみたい。この作品の登場によって、日本のスペース・オペラは『銀河英雄伝説』以前・以後といってもいいほど変化した。まさに時代を画した物語だったのである。

第一巻の解説で鏡明が、「この作品の影響は、SFそのものにではなく、いわゆる架空戦記ものに顕著なのではないか」と語っているが、SFのカテゴリーでもさまざまな作家が影響を受けた作品を発表している。

まず筆頭に挙げるべきは、吉岡平《ひとし》の《宇宙一の無責任男》シリーズ（富士見ファンタジア文庫、一九八九年～。ファミ通文庫、二〇〇一年～）だろう。人類とラアルゴン帝国との戦争の中で、痛快かつC調な活躍をする、ジャスティ・ウエキ・タイラーを主人公にしたスペース・オペラだ。

吉岡平は『田中芳樹読本』（早川書房、一九九四年）に寄せたエッセイ「教えられた戦略と補給」で、作品世界に〝戦略〟と〝補給〟の概念を持ち込んだ、作者の先進性を褒《ほ》め称え、「特に宇宙空間での『戦略』における空間構成、つまり『面』の概念を小説に登場させたのは、田中先生の『銀河英雄伝説』をもって嚆矢《こうし》とする」

「私は作家の端くれとして、田中芳樹先生から『戦略』と『補給』の重要性を教えていただいた」

といっている。その教えは《宇宙一の無責任男》シリーズに、たしかに活《い》かされたのである。『銀河英雄伝説』がなくても《宇宙一の無責任男》シリーズは書かれたかもしれないが、その場合、現存の作品とはかなり違ったものになったことだろう。

次に、荻野目悠樹の《星書》シリーズ（二〇〇〇年〜）に注目したい。田中芳樹原案のスペース・オペラ『野望円舞曲』（徳間デュアル文庫、二〇〇〇年〜）を執筆した荻野目は、第一巻の「あとがき」で、

「田中芳樹先生の作品にであったのは、大学受験のころでした。勉強もそっちのけで『銀河英雄伝説』に熱狂し、次巻の発売を心待ちにしたものです」

と心情を吐露《とろ》している。そんな荻野目が『双星記』（角川スニーカー文庫、二〇〇〇年〜）『ダイアナ記　戦士の還るところ』（エニックス、二〇〇二年）『デス・タイガー・ライジング』（ハヤカワ文庫JA、二〇〇〇年〜）と書き継いでいる《星書》シリーズでは、ひとつの時代をさまざまな視点から眺める〝横の未来史〟を目指している。これは、さまざまな事件や人物を積み重ねて歴史を描く『銀河英雄伝説』の〝縦の未来史〟の対極を成すものといえよう。『銀河英雄伝説』に熱狂した荻野目は、あえて正反対の手法を選んだ。逆説的になるが、そこに『銀河英雄伝説』の大きな影響を見て取ることができるのだ。

この他、羅門祐人《らもんゆうと》の『星間興亡史』（アスキー、一九九七年〜）『星間群龍伝』（アスキー／エンターブレイン、一九九九年〜）、森岡浩之の《星界》シリーズ（ハヤカワ文庫JA、一九九六年〜）、鷹見一幸の《でたまか》シリーズ（角川スニーカー文庫、二〇〇一年〜）などにも『銀河英雄伝説』の影響を感じるのだが、どんなものだろうか。

そして何よりも『銀河英雄伝説』の影響を受けているのは、私たち読者である。SFであれ、ライトノベルであれ、これからも歴史や国家を踏まえた大局観のあるスペース・オペラを読んだとき、『銀河英雄伝説』という大きな存在を感じずにはいられない。多くの作家と読者に影響を与え続ける、まさに傑作なのである。

本書は一九八四年にトクマ・ノベルズより刊行された。九二年には『銀河英雄伝説4　策謀篇』と合冊のうえ四六判の愛蔵版として刊行。九七年、徳間文庫に収録。二〇〇〇年、徳間デュアル文庫に『銀河英雄伝説VOL.5, 6［雌伏篇上・下］』と分冊して収録された。創元SF文庫版では徳間デュアル文庫版を底本とした。

検　印
廃　止

著者紹介　1952年，熊本県生まれ。学習院大学大学院修了。78年「緑の草原に……」で幻影城新人賞受賞。88年《銀河英雄伝説》で第19回星雲賞を受賞。《創竜伝》《アルスラーン戦記》《薬師寺涼子の怪奇事件簿》シリーズの他，『マヴァール年代記』『ラインの虜囚』など著作多数。

銀河英雄伝説3　雌伏篇

2007年6月29日　初版
2023年2月3日　24版

著者　田《た》中《なか》芳《よし》樹《き》

発行所　（株）東京創元社
代表者　渋谷健太郎

162-0814/東京都新宿区新小川町1-5
電話　03・3268・8231-営業部
　　　03・3268・8204-編集部
URL　http://www.tsogen.co.jp
振替　00160—9—1565
DTP　フォレスト
暁印刷・本間製本

乱丁・落丁本は，ご面倒ですが小社までご送付ください。送料小社負担にてお取替えいたします。

ISBN 978-4-488-72503-7　C0193